Henning Mankell est né en 1948 en Suède. Il a commencé sa carrière comme dramaturge puis a écrit des romans pour adultes et des livres pour enfants, couronnés par plusieurs prix littéraires. Devenu mondialement célèbre grâce à sa série de romans policiers centrés autour du commissaire Wallander, il est désormais le maître incontesté du polar suédois. Ses autres romans connaissent eux aussi un succès international grandissant, notamment *Profondeurs*, *Le Cerveau de Kennedy*, *Les Chaussures italiennes* ou encore *L'Œil du léopard*. Depuis plus de vingt ans, Henning Mankell partage sa vie entre la Suède et le Mozambique, où il dirige le Teatro Avenida, seule troupe de théâtre professionnelle du pays, pour laquelle il écrit et met en scène gratuitement. Vivre et travailler en Afrique « aiguise le regard que je pose sur mon propre pays », dit-il. Nombre de ses romans témoignent en effet d'une vision à la fois acérée et nuancée de la Suède mais aussi de l'Occident en général et du continent noir.

Henning Mankell

L'ŒIL DU LÉOPARD

ROMAN

Traduit du suédois
par Agneta Ségol et Marianne Ségol-Samoy

Éditions du Seuil

TEXTE INTÉGRAL

TITRE ORIGINAL
Leopardens öga
ÉDITEUR ORIGINAL
Ordfront Förlag, Stockholm, pour l'édition de 1990
et Leopard Förlag, Stockholm, pour l'édition de 2008
© 1990, Henning Mankell

Cette traduction est publiée en accord avec Leopard Förlag, Stockholm,
et l'agence littéraire Leonhardt & Høier, Copenhague

ISBN 978-2-7578-3370-4
(ISBN 978-2-02-094511-0, 1ʳᵉ publication)

© Éditions du Seuil, 2012, pour la traduction française

I
Mutshatsha

1

Il se réveille dans la nuit africaine avec la soudaine impression d'avoir le corps fendu en deux. Ses intestins ont explosé et son sang ruisselle le long de son visage et de sa poitrine.

Épouvanté, il tâtonne le mur, trouve l'interrupteur, tourne le bouton mais la lampe ne s'allume pas. L'électricité a encore été coupée, constate-t-il. Il passe sa main sous le lit, attrape une lampe de poche. Les piles sont mortes. Rien à faire, il restera dans le noir.

Non, ce n'est pas du sang, s'efforce-t-il de penser. J'ai une crise de paludisme et c'est la transpiration qui suinte de mon corps. La fièvre me fait faire des cauchemars. Le temps et l'espace se disloquent, je ne sais pas où je suis, je ne sais même pas si je suis encore en vie...

Des insectes, attirés par l'humidité que sécrètent ses pores, envahissent son visage. Il lui faut se lever, aller chercher une serviette. Mais il sait que ses jambes ne le porteront pas et qu'il sera obligé de se déplacer en rampant. Et peut-être n'aura-t-il pas la force de regagner son lit. Si je meurs, se dit-il, je veux au moins être couché dans mon lit.

Une nouvelle poussée de fièvre s'annonce.

Je ne veux pas mourir par terre, nu, le visage plein de cafards.

Il serre le drap humide entre ses doigts et se prépare à subir un accès de fièvre qui sera encore plus violent que les précédents. D'une voix faible, à peine audible, il appelle Luka, mais dehors il n'y a que le chant des cigales et le silence de la nuit africaine.

Luka est peut-être assis devant ma porte, se dit-il avec angoisse. Il est peut-être là à attendre ma mort.

Une tempête foudroyante soulève des vagues de fièvre qui s'emparent de son corps. Sa tête brûle, comme si des milliers d'insectes perçaient son front. Lentement il sombre dans des passages souterrains où il voit surgir des visages déformés par le cauchemar. Il perd connaissance.

Il ne faut pas que je meure maintenant, se dit-il en serrant fort le drap entre ses mains.

Mais la maladie est plus forte que sa volonté. La réalité se découpe en tronçons impossibles à remettre bout à bout. Il se retrouve soudain sur le siège arrière d'une vieille Saab lancée à l'aveuglette à travers les immenses forêts du nord de la Suède. Qui est au volant ? Il ne voit qu'un dos noir, un corps sans cou et sans tête.

C'est la fièvre, se répète-t-il. Je dois garder à l'esprit que toutes ces horreurs sont dues à la fièvre.

Tout d'un coup, il se met à neiger dans sa chambre. De gros flocons blancs tombent sur son visage et il fait soudain très froid.

Tiens, il neige en Afrique. C'est étrange, ça n'arrive jamais. Il faut que je trouve une pelle. Il faut que je me lève pour aller déblayer sinon je vais être enseveli.

Il appelle de nouveau Luka. Toujours en vain. Si je survis à cette crise, je le vire, essaie-t-il de se consoler.

Des bandits, poursuit-il confusément. Ce sont eux qui ont coupé les fils électriques.

Il tend l'oreille. Quelqu'un se déplace discrètement de l'autre côté du mur. Il prend son revolver sous l'oreiller, s'oblige à s'asseoir, dirige l'arme vers la porte d'entrée en la tenant des deux mains. Avec un désespoir grandissant il se rend compte qu'il n'aura pas la force d'appuyer sur la détente.

Je vais virer Luka. C'est lui qui a coupé les fils, c'est lui qui a fait venir les bandits. Il faut que je pense à le virer dès demain.

Les flocons de neige continuent à tomber, il essaie d'en attraper quelques-uns avec la bouche du canon de son revolver mais ils fondent à vue d'œil.

Mes chaussures ! Il me faut mes chaussures, sinon je vais crever de froid.

En déployant un effort surhumain, il s'agrippe au bord de son lit et se penche sur le côté à la recherche de ses chaussures mais il ne trouve que la lampe de poche inutilisable.

Les bandits ont volé mes chaussures, murmure-t-il, épuisé. Ils sont entrés pendant mon sommeil. Ils sont peut-être encore là…

Il tire un coup de revolver au hasard, le recul le pousse violemment en arrière contre les coussins. Le bruit résonne dans l'obscurité.

Il éprouve soudain un grand calme, presque une certaine satisfaction.

C'est Luka qui a tout manigancé. Il a comploté avec les bandits et c'est lui qui a coupé les fils électriques. Maintenant que je l'ai démasqué, il n'a plus de pouvoir. Je vais le mettre à la porte. Je vais le chasser de la ferme.

Ils ne m'auront pas. Je suis plus fort qu'eux.

Les insectes continuent à percer des trous dans son front et il est épuisé. L'aube est-elle encore loin ? Il faut qu'il dorme. Les crises de paludisme se succèdent et sont la cause de tous ces cauchemars.

Je dois arriver à faire la différence entre mon imagination et la réalité. Il ne neige pas et je ne suis pas assis sur le siège arrière d'une vieille Saab qui fonce à travers les forêts suédoises. Je suis en Afrique. Pas dans le Härjedalen. Et ça depuis dix-huit ans. C'est la fièvre qui me brouille l'esprit et qui fait ressurgir mes vieux souvenirs, c'est à cause d'elle que je confonds le passé et le présent. Il faut que j'arrive à faire la part des choses.

Les souvenirs sont des objets morts qui doivent être conservés au frais et en lieu sûr. La réalité exige que je reste lucide mais la fièvre dérègle mon orientation interne. Il faut que je garde ça en tête. Je suis en Afrique depuis maintenant dix-huit ans. Ce n'était pas prévu, mais c'est ainsi.

Je ne compte plus mes crises de paludisme. Elles sont parfois d'une violence extrême – comme aujourd'hui –, parfois elles ne sont qu'une ombre légère qui passe furtivement sur mon visage. La fièvre me tend des pièges, elle m'égare, elle provoque une chute de neige alors qu'il fait plus de trente degrés. Je suis toujours en Afrique. Je suis ici depuis le jour où j'ai débarqué à l'aéroport de Lusaka. J'étais venu pour quelques semaines, mais mon séjour s'est prolongé. Voilà la vérité. Et la neige n'en fait pas partie.

Sa respiration est courte et saccadée, la fièvre danse dans son corps et l'entraîne vers le point de départ, vers ce matin, il y a dix-huit ans, où il a senti la chaleur du soleil africain sur sa peau pour la première fois.

Un moment de lucidité surgit à travers les brumes

de la fièvre. Il passe sa main sur son visage pour chasser un gros cafard qui chatouille sa narine avec ses antennes et il se revoit subitement dans l'ouverture de la porte de l'avion. Il est là, debout en haut de la passerelle qui vient d'être installée.

Sa première impression de l'Afrique est la puissance du soleil qui rend le tarmac aveuglant. Puis une odeur légèrement amère, celle d'une épice inconnue ou d'un feu de charbon de bois.

C'était exactement ça, se dit-il. Jusqu'à la fin de ma vie, je me rappellerai ce moment alors que tant d'autres événements survenus depuis se sont effacés de ma mémoire. Je me suis habitué à l'Afrique. Je sais que je n'aurai plus jamais l'esprit tranquille en pensant à ce continent meurtri et blessé… Moi, Hans Olofson, je me suis fait à l'idée que je n'arriverai jamais à comprendre plus qu'une infime partie de ce continent. Mais malgré ce handicap, j'ai persévéré. Je suis resté. J'ai appris l'une des nombreuses langues du pays et je suis devenu le patron de plus de deux cents Africains.

J'ai appris à supporter l'étrange condition d'être à la fois aimé et haï. Tous les jours, je me trouve en face de deux cents Noirs qui veulent m'assassiner, me trancher la gorge, dévorer mon cœur.

Au bout de dix-huit ans, je m'étonne toujours de me réveiller le matin et d'être encore en vie. Tous les soirs je vérifie mon revolver, je fais tourner le barillet pour m'assurer que personne n'a remplacé les cartouches par des douilles vides.

Moi, Hans Olofson, j'ai appris à supporter la plus grande des solitudes. Jamais auparavant je n'ai eu autour de moi autant d'êtres qui demandent mon attention, attendent mes décisions tout en me guettant dans l'obscurité et en me surveillant de leurs yeux invisibles.

Mon souvenir le plus net est celui où je suis descendu de l'avion à l'Aéroport international de Lusaka il y a dix-huit ans. Je puise force et courage dans cet instant et j'y reviens sans cesse. Mes intentions et mes projets étaient alors encore clairs…

Aujourd'hui, ma vie n'est plus qu'une errance à travers des jours teintés d'irréalité. La vie que je mène ici n'est ni la mienne, ni celle d'un autre. Je réussis autant que je rate ce que je décide d'accomplir.

Je suis constamment étonné par ce qui s'est passé. Qu'est-ce qui m'a conduit ici ? Qu'est-ce qui m'a fait entreprendre ce long voyage d'une Suède recouverte de neige vers une Afrique qui ne m'a jamais demandé de venir ? Je n'arrive pas à comprendre la manière dont ma vie s'est déroulée.

Ce qui m'intrigue le plus, c'est que je suis ici depuis dix-huit ans. J'avais vingt-cinq ans quand j'ai quitté la Suède, à présent j'en ai quarante-trois. Mes cheveux sont gris depuis longtemps déjà, ma barbe que je n'ai jamais eu le courage de raser est toute blanche. J'ai perdu trois dents, deux en bas, une en haut. Il manque une phalange à mon annulaire droit. Par périodes, je souffre de douleurs aux reins. Je retire régulièrement des vers blancs qui se nichent sous la peau de mes pieds. Les premières années, je me servais d'une pince à épiler stérilisée et de ciseaux à ongles pour les enlever. Aujourd'hui je prends ce que j'ai sous la main, un clou rouillé ou autre chose, et je creuse mes talons pour retirer les parasites.

Parfois j'essaie de considérer toutes ces années en Afrique comme une parenthèse dans ma vie. Je finirai peut-être par me rendre compte qu'elles n'ont jamais existé autrement que dans un rêve délirant. Je me réveil-lerai peut-être le jour où je parviendrai enfin à m'en aller d'ici. Et cette parenthèse s'effacera, forcément...

La fièvre projette Hans Olofson contre des récifs invisibles qui déchirent son corps. Pendant de brefs instants, la tempête se calme et il se sent transformé en un bloc de glace ballotté par les flots. Mais au moment où le froid menace d'atteindre son cœur, la tempête forcit et la fièvre le pousse de nouveau contre les récifs bouillonnants.

Dans ses rêves agités où ses démons font rage, il revient sans cesse au jour de son arrivée en Afrique, au soleil blanc, au long voyage qui l'a conduit à Kalulushi et à cette nuit, il y a dix-huit ans.

L'accès de fièvre se tient devant lui, sous la forme d'un être malveillant sans cou et sans tête. Il serre désespérément son revolver dans sa main comme si celui-ci constituait son salut ultime.

Les crises de paludisme vont et viennent.

Hans Olofson, qui a grandi dans une misérable maison en bois sur les bords du Ljusnan, tremble et frissonne sous ses draps mouillés.

Le passé qui se dégage de ses rêves reflète une his-toire qu'il espère encore réussir un jour à comprendre...

2

La bourrasque de neige le ramène à son enfance.

Au cœur de l'hiver 1956. Il est quatre heures du matin et le froid couine dans les poutres de la vieille maison. Ce n'est pas ce bruit qui le réveille, mais les raclements et les murmures venant de la cuisine. Son père est de nouveau en train de lessiver le plancher. Vêtu d'un pyjama bleu taché de tabac à priser, des grosses chaussettes aux pieds déjà trempées par l'eau qu'il déverse avec rage, il chasse ses démons dans la nuit hivernale. Pendant que l'eau chauffait sur la cuisinière, il est sorti dans le froid à moitié nu pour enchaîner les deux chiens à l'abri à bois.

Et à présent il frotte. Il attaque furieusement la crasse qu'il est le seul à voir. Il jette de l'eau bouillante sur les toiles d'araignées qui se forment sous ses yeux, il lance un seau dans la hotte de la cuisinière, persuadé qu'un nœud de vipères s'y cache.

Hans Olofson est là, allongé dans son lit. Le gamin de douze ans a remonté sa couverture jusqu'au menton et écoute la scène. Il n'a pas besoin de se lever et de traverser sa chambre glacée sur la pointe des pieds pour aller regarder, il sait. À travers la porte, il entend le grommellement de son père, son rire nerveux, sa colère désespérée.

C'est toujours la nuit que ça se produit.

La première fois, il avait cinq ou six ans. Il s'était levé et, dans la pâle lumière de la lampe recouverte de buée, il avait vu son père patauger dans l'eau savonneuse, ses cheveux bruns ébouriffés, et il avait compris, sans le formuler en mots, qu'il était lui-même devenu invisible. Son père avait à l'esprit d'autres images quand il se démenait avec la brosse. Lui seul les voyait. Pour le fils, c'était encore plus effrayant que si son père avait brandi une hache au-dessus de sa tête.

Quand il est là dans sa chambre, à écouter, il sait que les jours qui suivront seront calmes. Son père restera quelque temps dans son lit avant d'enfiler de nouveau ses vêtements de travail pour retourner dans la forêt, où il abat des arbres pour Iggesund ou Marma Långrör.

Jamais le père et le fils n'évoqueront ce nettoyage nocturne. Pour le garçon, cette vision s'éloignera comme un mauvais rêve jusqu'à la prochaine fois où il sera réveillé par la chasse aux démons de son père.

Mais, à présent, nous sommes en février 1956. Hans Olofson a douze ans. Dans quelques heures il va s'habiller, avaler quelques tranches de pain, prendre son sac à dos et sortir dans le froid hivernal pour se rendre à l'école.

L'obscurité de la nuit est une personne ambiguë, à la fois amie et ennemie. C'est elle qui fait remonter à la surface les cauchemars et les terreurs. C'est elle qui transforme les poutres tourmentées par le froid en mains menaçantes. Mais l'obscurité est aussi amicale puisque c'est sous sa protection qu'il peut élaborer ses rêves et échafauder ce qu'on appelle l'avenir.

Il va quitter définitivement cette vieille maison isolée au bord du fleuve, il va traverser le pont, disparaître sous ses travées pour parcourir le monde. Enfin, pour commencer, il ira dans l'Orsa Finnmark.

Pourquoi suis-je moi ? se demande-t-il.

Moi et pas quelqu'un d'autre ?

Il se rappelle très bien la première fois où cette pensée a pris forme dans sa tête.

C'était une belle soirée d'été. Il avait joué dans la briqueterie désaffectée, derrière l'hôpital. Lui et ses copains s'étaient divisés en deux groupes : les amis et les ennemis, sans donner d'autres précisions. À tour de rôle, ils attaquaient et défendaient le bâtiment partiellement effondré. Ils avaient pris l'habitude de jouer là, non seulement parce que c'était interdit mais aussi parce que cette ruine leur offrait un décor modifiable à l'infini. La bâtisse, ayant perdu son identité, changeait constamment d'aspect à travers leurs jeux. Les gens qui y avaient travaillé n'étaient plus là pour la défendre et les enfants étaient devenus les maîtres des lieux. Il arrivait qu'un parent en colère vienne arracher son enfant de cet endroit dangereux, mais c'était rare. Il y avait des puits dans lesquels ils risquaient de tomber, des échelles pourries qui menaçaient de se casser, de lourdes portes rouillées qui n'attendaient qu'à écraser leurs mains et leurs jambes. Mais les enfants étaient conscients des dangers et les évitaient. Ils avaient repéré les chemins les plus sûrs dans le bâtiment gigantesque.

Et c'était là, dans cette douce soirée d'été, caché derrière un vieux four en attendant que ses copains le trouvent, qu'il s'était demandé pour la première fois pourquoi il était lui et pas quelqu'un d'autre. L'idée l'avait à la fois excité et bouleversé. Comme si un inconnu s'était introduit dans sa tête et lui avait chuchoté le mot de passe qui permettait d'accéder à l'avenir. Toutes ses réflexions, l'idée même de réfléchir, venaient de cet inconnu qui lui délivrait son message dans sa tête avant de disparaître.

Ce soir-là, il avait discrètement quitté les autres pour descendre au bord du fleuve en passant parmi les pins qui entouraient la briqueterie abandonnée.

La forêt était calme. Les nuées de moustiques n'avaient pas encore envahi la bourgade située dans une boucle que le fleuve avait formée dans sa longue descente vers la mer. Une corneille hurlait sa solitude du haut d'un pin tordu avant de s'envoler au-dessus de la crête de la colline, à l'endroit où le chemin de Hede serpentait vers l'ouest. La mousse était douce et souple sous ses pieds. Il avait abandonné le jeu et, pendant qu'il marchait vers le fleuve, son existence avait basculé. Tant qu'il n'était pas conscient de sa propre identité, tant qu'il n'était qu'*un* parmi les autres, il était immortel. C'est là le privilège de l'enfant. Le sens même de l'enfance. Or, lorsque cette question inconnue avait surgi dans sa tête – pourquoi je suis moi ? –, il était devenu un être spécifique et donc mortel. À présent, sa décision était prise : il était lui et ne serait jamais quelqu'un d'autre. Il avait compris l'inutilité de se dérober. Il avait une vie devant lui, une seule, et, tout au long de cette vie, il serait lui.

Arrivé au bord du fleuve, il s'était assis sur une pierre pour contempler l'eau sombre qui descendait lentement vers la mer. Une barque attachée à une chaîne frottait contre la berge. Il avait compris à quel point il était facile de disparaître. De disparaître du village. Mais jamais de lui-même.

Il était resté longtemps au bord de l'eau à devenir un homme. Des limites s'étaient progressivement tracées. Plus jamais il ne jouerait comme avant. Le jeu ne serait plus qu'un jeu. Rien d'autre.

Il avait ensuite remonté la berge en escaladant les pierres. Lorsqu'il avait aperçu sa maison, il s'était assis sur un arbre déraciné qui sentait la pluie et la terre et avait regardé les volutes de fumée monter de la cheminée.

À qui allait-il raconter sa grande découverte ? À qui pourrait-il se confier ?

Il avait de nouveau lancé un regard vers la maison. Peut-être pourrait-il frapper à la vieille porte fissurée du rez-de-chaussée pour parler avec Karlsson, le transporteur d'œufs ? Il pourrait demander à entrer dans sa cuisine, où flottait toujours une odeur de graisse rance, de laine mouillée et de pisse de chat. Mais Karlsson ne parlait avec personne. Il s'enfermait derrière sa porte comme dans une coquille en acier. Hans Olofson ne savait pas grand-chose de lui à part qu'il était sauvage et revêche. Et qu'il faisait le tour des fermes à vélo pour acheter des œufs qu'il livrait ensuite à différentes épiceries. Il travaillait le matin et passait le restant de la journée derrière sa porte fermée.

Toute la maison portait l'empreinte du silence de Karlsson, le transporteur d'œufs. Elle planait comme de la brume au-dessus des groseilliers mal entretenus, du champ de pommes de terre, du palier et de l'escalier qui montait au premier étage, où vivaient Hans Olofson et son père.

Il ne pouvait pas non plus se confier à la vieille Westlund qui habitait, elle aussi, au rez-de-chaussée, en face de chez Karlsson. Au lieu de l'écouter, elle se plongerait dans sa broderie et lui infligerait son sempiternel message religieux.

Le petit appartement qu'il partageait avec son père était situé sous les combles. Il ne lui restait plus qu'à aller parler avec Erik Olofson, né à Åmsele, loin de ce trou glacial, loin de ce village oublié dans le cœur du Härjedalen, au plus profond de la mélancolie du nord de la Suède. Hans Olofson savait à quel point son père souffrait de vivre aussi loin de la mer, de devoir se contenter d'un fleuve engourdi. Avec son intuition d'enfant, il comprenait qu'il était impossible qu'un marin se plaise dans un endroit où l'horizon était caché par une forêt dense, recouverte de givre. Une carte marine pâlie était épinglée dans la cuisine. Elle représentait l'île Maurice, La Réunion et la côte australe de Madagascar, baignées par des eaux dont la profondeur atteignait par endroits quatre mille mètres. Cette carte rappelait constamment qu'un marin s'était trompé de destination, qu'un marin avait réussi l'incroyable exploit d'échouer dans un endroit loin de la mer.

Sur la hotte de la cuisine était posé un globe en verre avec à l'intérieur un trois-mâts acheté dans une boutique indienne obscure à Mombasa pour une livre anglaise et rapporté plusieurs dizaines d'années auparavant. Dans cette partie froide du monde où vit le cristal de neige mais pas le jacaranda, on avait l'habitude de décorer les murs avec des têtes d'élans et des queues de renards. Ici ça ne sentait pas les feux de camp et le sel drainé par la mousson mais les airelles et les bottes en caoutchouc mouillées. Dans cette maison, il y avait cependant un trois-mâts portant un nom plein de rêves : la *Célestine*. Depuis longtemps déjà, Hans Olofson avait décidé qu'il ne pourrait épouser qu'une femme qui s'appellerait Célestine. Sinon, ça serait une trahison envers son père et le bateau, et également envers lui-même.

Hans sentait intuitivement qu'il existait un lien entre le trois-mâts dans son globe poussiéreux et les nuits de désespoir où son père frottait le sol de la cuisine. Il devinait que ce marin, qui avait échoué dans une forêt nordique où il était impossible de calculer sa position et de mesurer la profondeur de la mer, portait en lui un cri de détresse refoulé. Lorsque la souffrance lui devenait insupportable, il sortait les bouteilles et récupérait les cartes marines dans le coffre en bois, pour sillonner de nouveau les océans et se transformer lui-même en une épave aux rêves hallucinatoires noyés dans l'alcool.

Les réponses se trouvaient toujours ailleurs.

Sa mère avait disparu. Un jour elle n'était plus là, tout simplement. À l'époque, il était si petit qu'il ne se souvenait de rien, ni d'elle ni de son départ précipité. Tout ce qu'il savait, c'était qu'il y avait deux photos d'elle dans le journal de bord inachevé que son père avait caché derrière le poste de radio. Et que son nom était Mary.

Ces deux photos évoquaient pour lui l'aube et le froid. Elles montraient un visage rond aux cheveux bruns, une tête légèrement penchée, peut-être un sourire esquissé. Au verso était écrit *Atelier Strandmark, Sundsvall*.

Parfois il se représentait sa mère comme une figure de proue sur un navire qui avait sombré après une violente tempête sur les mers du Sud et qui reposait maintenant dans sa tombe à quatre mille mètres de profondeur. Il imaginait son mausolée invisible quelque part sur la carte marine épinglée dans la cuisine. Peut-être au large de Port-Louis ou à proximité des récifs devant la côte australe de Madagascar.

Elle n'avait pas voulu. C'est l'explication qu'il avait obtenue. Les rares fois où son père évoquait son départ, il utilisait toujours les mêmes mots.

Elle était quelqu'un qui n'avait pas voulu.

Il comprenait qu'elle avait disparu avec sa valise de façon précipitée et inattendue. Un jour, elle n'était plus là, tout simplement. Quelqu'un l'avait vue monter dans le train vers Orsa et Mora. Les forêts finnoises s'étaient refermées derrière elle.

Sa seule réaction face à la disparition de sa mère

était un désespoir muet et infini. Il supposait qu'ils en partageaient la culpabilité, lui et son père. Ils n'avaient pas été à la hauteur. Elle les avait abandonnés, sans jamais leur donner le moindre signe de vie.

Il n'était pas sûr qu'elle lui manquait. Elle n'était plus qu'une image. Sa mère n'était pas un être de chair et de sang qui riait, faisait des lessives et lui remontait sa couverture quand le froid de l'hiver pénétrait dans la maison. La peur le tenaillait. Et la honte d'avoir été jugé indigne.

Très tôt, il avait décidé de partager le mépris dans lequel les honnêtes villageois enfermaient cette mère indigne. Il leur donnait raison et c'était serrés dans l'étau des convenances qu'ils vivaient leur vie commune, lui et son père, dans leur maison aux poutres qui hurlaient la misère tout au long des hivers interminables. Parfois, Hans Olofson imaginait que leur maison était un navire qui avait jeté l'ancre pendant la période hivernale. Les laisses des chiens devant l'abri à bois étaient en fait des câbles d'ancrage, et le fleuve un bras de mer. Le logement sous les combles était la cabine du commandant, l'étage en dessous appartenait à l'équipage. L'attente du vent était longue, mais le jour viendrait où ils remonteraient les ancres des profondeurs, et, ce jour-là, la maison descendrait le fleuve toutes voiles dehors. Après un dernier salut à la hauteur du parc, là où le fleuve formait une boucle, elle serait emportée vers le large. Vers un *ailleurs* qui n'impliquerait pas de retour.

Dans une tentative maladroite de comprendre, il inventa la seule explication plausible au séjour prolongé de son père dans ce village desséché.

S'il sortait tous les jours dans la neige profonde avec ses outils, c'était pour abattre la forêt qui lui cachait la mer, qui l'empêchait de se poster pour repérer les horizons lointains. Il coupait les arbres, les uns après les autres, il arrachait l'écorce de leur tronc pour ouvrir progressivement le paysage vers d'autres horizons. Le marin échoué avait entrepris de se frayer un chemin vers les rivages lointains.

Mais la vie de Hans Olofson ne se limitait pas à l'absence douloureuse de sa mère et à l'alcoolisme périodique de son père. Il leur arrivait, à son père et à lui, d'étudier en détail la mappemonde et les cartes marines, ils débarquaient dans les ports que son père connaissait déjà et, en imagination, ils découvraient des endroits qui les attendaient. Les cartes marines étaient décrochées du mur, déroulées sur la table et maintenues à plat avec des cendriers et des tasses ébréchées. Les soirées se prolongeaient souvent car Erik Olofson était un bon conteur. Dès l'âge de douze ans, Hans possédait des connaissances détaillées sur des endroits lointains tels que Pamplemousse et Bogamaio, il avait appris les plus grands secrets de la navigation, il était au fait de l'histoire de navires mystérieusement disparus, de pirates et de marins inégalables. Sans vraiment comprendre, il avait mentalement enregistré le monde mystérieux et l'organisation compliquée des comptoirs et des affréteurs. Il avait l'impression d'avoir approché l'origine de la connaissance. Il percevait l'odeur de suie à Bristol, voyait l'indescriptible saleté de l'Hudson River, sentait la mousson changeante de l'océan Indien, admirait la beauté menaçante des icebergs et entendait le cliquettement des feuilles des palmiers.

– Ici on entend murmurer les feuilles, disait Erik Olofson, mais dans les tropiques les palmiers cliquettent.

Hans essayait de reproduire le son en tapant une fourchette contre un verre, mais les palmiers refusaient obstinément de cliqueter. Ils murmuraient comme les sapins qui l'entouraient.

Il avait voulu expliquer à son professeur que les palmiers cliquetaient et qu'il existait des nénuphars grands comme le cercle central d'une patinoire de hockey, mais on s'était moqué de lui et on l'avait traité de menteur. Le principal, M. Gottfried, un homme au visage rougeaud, était sorti précipitamment de son bureau nauséabond où il buvait du vermouth à longueur de journée pour essayer de combattre son dégoût grandissant pour l'enseignement. Il avait tiré Hans Olofson par les cheveux tout en lui dressant un tableau effrayant de ce qui attendait celui qui osait entrer dans le pays du mensonge.

Plus tard, seul dans la cour et exposé aux moqueries, Hans avait décidé de ne plus jamais partager ses connaissances exotiques. Les habitants de ce trou enneigé aux baraques misérables étaient incapables de comprendre les vérités qui voguaient sur les mers.

Il était rentré les yeux rougis et enflés, et avait mis des pommes de terre à bouillir en attendant son père. Peut-être est-ce à ce moment-là qu'il avait décidé que sa vie serait un voyage ininterrompu. Devant la casserole et sous les chaussettes accrochées au-dessus de la cuisinière, l'Esprit du voyage avait pris possession de lui.

Des voiles, avait-il pensé, des voiles rapiécées, des voiles réparées…

Le soir, dans son lit, il avait demandé à son père de lui parler encore une fois des nénuphars de l'île Maurice et il s'était endormi apaisé par la conviction que le principal brûlerait dans l'enfer réservé à ceux qui ne font pas confiance aux récits d'un marin.

Erik Olofson terminait généralement ses journées en écoutant la radio, assis sur sa chaise défoncée, une tasse de café à la main. Il laissait les ondes de l'éther bruire tout doucement. Comme si le bruissement était un message suffisant, la respiration de la mer lointaine. Les deux photos brûlaient dans son journal de bord. Il était seul à guider son fils. Il avait beau abattre des arbres, la forêt devenait de plus en plus dense. Au fond de lui il se disait que son véritable échec, c'était de continuer à supporter sa vie ici.

Pour combien de temps encore ? Quand allait-il craquer comme un verre resté trop longtemps sur le feu ?

Les ondes de l'éther bruissaient et il se demandait encore une fois pourquoi elle l'avait quitté, pourquoi elle avait abandonné son fils. Pourquoi elle s'était comportée comme un homme ? Les pères abandonnent, les pères disparaissent. Mais pas les mères. Surtout de façon réfléchie et préméditée. Jusqu'à quel point est-il possible de comprendre quelqu'un ? Quelqu'un qui a vécu tout près, dans la sphère la plus proche ?

Assis dans la lumière glauque de la pièce, à côté de la radio, Erik Olofson cherchait à comprendre.

Mais les questions revenaient. Tous les soirs, il les retrouvait accrochées à leurs clous comme avant. Erik Olofson s'efforçait de pénétrer dans le mensonge pour essayer de comprendre. Pour essayer de supporter.

Le marin d'Åmsele et son fils de douze ans finissaient cependant par s'endormir. Les poutres couinaient et luttaient dans la nuit d'hiver. Un chien solitaire courait au clair de lune le long du fleuve.

Leurs deux chiens étaient couchés devant la cuisinière. Leur poil était ébouriffé et leurs oreilles se dressaient quand les poutres se plaignaient.

La maison au bord du fleuve dormait. L'aube était encore loin.

Une nuit en Suède, en 1956.

3

Lorsqu'il se remémore son départ pour l'Afrique, ce sont des images floues qui lui viennent.

Ses souvenirs sont une forêt devenue broussailleuse et Hans Olofson ne dispose pas d'outils pour défricher son paysage intérieur qu'il a de plus en plus de mal à embrasser du regard.

Il lui reste cependant quelques images précises de cette matinée de septembre 1969, lorsqu'il a quitté les horizons de son enfance et s'est envolé pour le monde.

Ce matin-là, le ciel suédois est lourd. L'humidité pénètre dans ses chaussures quand il traverse le tarmac pour monter dans un avion pour la première fois. Un immense tapis de nuages de pluie s'étend au-dessus de sa tête.

Je quitte la Suède avec des chaussettes mouillées, se dit-il. Si j'arrive à atteindre l'Afrique, j'emporterai sans doute avec moi un petit rhume comme cadeau de mon pays.

Il se retourne, mais les silhouettes grises sur la terrasse de l'aéroport d'Arlanda ne sont pas là pour lui. Personne n'est venu assister à son départ.

Au moment de l'enregistrement, il a soudain envie de garder son billet et de dire que c'est une erreur.

Pourtant, il prend la carte d'embarquement qu'on lui tend et il remercie quand on lui souhaite bon voyage.

Première escale à Londres. Puis Le Caire, Nairobi. Enfin il atterrit à Lusaka.

Dans sa tête, il pourrait aussi bien être en route pour une constellation lointaine, la Lyre par exemple, ou pour une des étoiles fixes de la Ceinture d'Orion.

Tout ce qu'il sait sur Lusaka est que son nom vient d'un chasseur d'éléphants africain.

Mon voyage est aussi absurde que ridicule. Qui d'autre que moi aurait l'idée d'aller dans une mystérieuse mission au fin fond du bush zambien, au-delà des grandes routes qui mènent à Kinshasa et à Chingola ? Qui d'autre partirait en Afrique avec une vague impulsion pour seul bagage ? Je n'ai aucun projet organisé, personne ne m'accompagne au départ et personne ne m'attend à l'arrivée. Le voyage que je vais entreprendre est une échappatoire...

Voilà ce qu'il pense à ce moment-là. La suite reste floue. Il se souvient de s'être accroché à son siège quand l'appareil a pris de la vitesse. La carlingue vibrait, les moteurs à réaction chuintaient et Hans Olofson s'est élevé dans les airs en faisant une petite révérence.

Vingt-sept heures plus tard, il atterrit à l'Aéroport international de Lusaka. Exactement à l'heure prévue.

Bien entendu, personne n'est là pour l'accueillir.

4

Sa rencontre avec le continent africain n'a rien d'extraordinaire et ne signifie rien de particulier. Hans Olofson est un simple visiteur européen. Un homme blanc présomptueux et angoissé qui s'arrange avec ce qui lui est inconnu en le condamnant d'emblée.

Le désordre et le chaos règnent à l'aéroport. Les documents à remplir sont terriblement compliqués : les fiches d'information sont mal orthographiées, les contrôleurs des passeports n'ont aucune notion du temps et de l'organisation. Hans Olofson se range à la fin d'une queue interminable, mais en arrivant au guichet sur lequel des fourmis noires portent des bribes de nourriture invisibles il est brutalement dirigé vers une autre file. Il se rend compte qu'il a choisi celle réservée aux passagers munis d'un passeport ou d'un permis de séjour zambien. La sueur ruisselle le long de son corps, d'étranges odeurs inconnues s'infiltrent dans son nez. Il finit par obtenir un tampon, apposé à l'envers, et une date erronée censée indiquer son arrivée. Une Africaine d'une beauté époustouflante lui donne encore un formulaire à remplir. L'espace d'un instant, sa main effleure la sienne. Il inscrit consciencieusement le montant de ses devises.

À la douane, la pagaille est indescriptible. Des Africains agités poussent des chariots chargés de valises qu'ils jettent ensuite par terre. Il finit par repérer la sienne, à moitié écrasée entre des cartons déchirés. Lorsqu'il se penche pour l'attraper, un violent coup dans le dos le fait tomber. Il se retourne mais ne voit personne qui s'excuse. Et personne ne semble s'être rendu compte de l'incident. Une marée humaine se presse vers les douaniers qui, sans ménagement, ordonnent aux gens d'ouvrir leurs bagages. Aspiré par la foule, il est poussé en avant et en arrière comme s'il était une pièce dans un jeu mécanique. Soudain, tous les douaniers disparaissent et il ne reste plus qu'un soldat dans un uniforme effiloché qui se gratte le front avec sa mitraillette. Il doit avoir moins de dix-sept ans.

Une porte fissurée s'ouvre et Hans Olofson pénètre en Afrique pour de bon. Il est assailli avant d'avoir le temps de rassembler ses esprits, des porteurs lui arrachent sa valise et des chauffeurs de taxi lui proposent bruyamment leurs services. On l'entraîne vers une voiture dans un état de délabrement indescriptible sur laquelle est écrit TAXI en grosses lettres criardes. Sa valise est chargée dans le coffre déjà occupé par deux poules aux pattes ligotées et dont la porte est sommairement attachée avec un fil de fer. Il s'affale sur une banquette arrière si défoncée qu'il a l'impression de s'asseoir à même le plancher. Un bidon d'essence qui fuit cogne contre son genou et quand il voit le chauffeur s'installer derrière le volant, une cigarette allumée entre les lèvres, il ressent pour la première fois de la haine pour l'Afrique.

La voiture ne va jamais démarrer, se dit Hans Olofson, accablé. Elle aura explosé avant de quitter l'aéroport… Le chauffeur, un garçon d'à peine quinze ans, relie deux fils qui pendent à côté du volant ; quand le moteur souffreteux se met en marche, il se retourne en souriant pour lui demander où il veut aller.

Chez moi, a envie de répondre Hans. Ou ailleurs. En tout cas loin de ce continent qui me rend impuissant en me privant des outils de survie que je me suis fabriqués au cours de ma vie.

Il est interrompu dans ses réflexions par une main qui s'est introduite par le côté dépourvu de vitre et qui lui tâtonne le visage. Il sursaute, se retourne et rencontre les yeux vides d'une mendiante aveugle.

Le chauffeur rugit quelque chose dans une langue qu'il ne comprend pas et démarre sur les chapeaux de roue pendant que la femme pousse des cris désespérés. En même temps, Hans Olofson s'entend dire qu'il veut être conduit à un hôtel en ville.

– Pas trop cher, ajoute-t-il.

Il ne connaîtra jamais la réponse du chauffeur : celle-ci est noyée par le bruit d'un car au tuyau d'échappement puant qui les double en forçant le passage.

Sa chemise humide de sueur lui colle à la peau, il a déjà mal au dos à cause du siège inconfortable et il regrette de ne pas avoir pensé à fixer le prix avant de se laisser entraîner de force.

L'air incroyablement chaud et saturé d'odeurs mystérieuses inonde son visage. Un paysage écrasé par le soleil, comme une photographie surexposée, défile devant ses yeux.

Je ne vais pas en sortir vivant, se dit-il. Je vais mourir dans un accident avant d'avoir compris que je suis réellement arrivé en Afrique. Au même instant se produit ce qui ressemble à une confirmation de sa prophétie : la voiture perd une roue, dérape et se retrouve dans le fossé. Hans Olofson se cogne le front contre le bord métallique du siège avant et sort précipitamment de la voiture de crainte qu'elle n'explose.

Le chauffeur lui jette un regard étonné puis s'accroupit tranquillement pour examiner l'essieu vide. Il décroche ensuite du toit une roue de secours rapiécée et lisse qu'il monte sans se presser. Le soleil aveuglant rend le monde blanc. Hans Olofson sent que des fourmis grimpent le long de ses jambes.

Pour retrouver son équilibre intérieur, il aimerait pouvoir poser son regard sur quelque chose de familier. Quelque chose qui lui rappellerait la Suède et sa vie. Il ferme les yeux et les odeurs africaines se confondent avec ses souvenirs d'avant.

Une fois la roue montée, le voyage reprend. Avec de grands mouvements de volant, le chauffeur roule vers Lusaka, qui constitue la prochaine étape dans ce cauchemar qu'est devenue la rencontre de Hans Olofson avec l'Afrique.

La ville se révèle être un véritable capharnaüm de voitures délabrées, de cyclistes hésitants et de vendeurs vociférants qui étalent leurs marchandises en pleine rue. Ça pue l'essence et le gaz d'échappement. Un essaim de mouches noires et vertes s'infiltre dans le taxi quand, à un feu rouge, ils s'arrêtent à côté d'un camion chargé de carcasses d'animaux. Hans Olofson rêve d'arriver et de pouvoir enfin fermer une porte derrière lui.

Le taxi finit par se garer devant un hôtel sous un jacaranda en fleurs. Hans Olofson donne au chauffeur le montant exigé bien qu'il soit exorbitant. Un Africain vêtu d'un uniforme usé et étriqué ouvre la portière non sans mal et l'aide à sortir.

Il passe ensuite plus d'une heure à la réception avant de réussir à savoir s'il y a une chambre de libre. Convaincu que des voleurs le guettent de partout, il garde sa valise entre ses pieds. Quand il inscrit pour la énième fois le numéro de son passeport sur une des innombrables fiches, il décide de l'apprendre par cœur. Il fait ensuite une demi-heure de queue pour changer de l'argent avant de remplir d'autres documents qu'il a le sentiment d'avoir déjà remplis.

Un porteur aux chaussures percées se charge de sa valise dans l'ascenseur brinquebalant et jusqu'à la chambre 212 de l'hôtel Ridgeway, qui devient le premier lieu de répit de Hans Olofson sur ce nouveau continent. Dans un élan de révolte, il arrache ses vêtements et se glisse entre les draps.

Le voyageur que je pensais être n'est plus qu'un froussard paralysé par la peur, se dit-il.

On frappe à la porte, il se lève précipitamment comme s'il avait commis un acte illégal en se couchant dans le lit. Enveloppé dans le drap, il va ouvrir.

Une vieille Africaine au dos courbé lui demande s'il a quelque chose à laver. Il fait non de la tête. Ne sachant pas comment il est censé se comporter face à une Africaine, il est exagérément poli.

Il ferme les rideaux et retourne se coucher. Un climatiseur se met en marche en râlant. Soudain, il éternue. Mes chaussettes mouillées, se dit Hans, l'humidité que j'ai emportée de Suède. Je ne suis qu'une succession de points faibles, pense-t-il, résigné. L'angoisse est inscrite dans mes gènes. Libéré de la neige tourbillonnante, je vis sous la menace constante d'une perte de mon orientation intérieure.

Pour sortir de son apathie, il décroche le téléphone et appelle le room service. Une voix confuse répond au moment où il s'apprête à abandonner. Il commande du thé et des sandwiches au poulet. La voix répète sa commande et promet de l'apporter immédiatement.

Au bout de deux longues heures, un serveur se présente à sa porte avec un plateau. Démoralisé par l'impression de ne pas exister, même aux yeux du personnel du room service, Hans Olofson a passé ces deux heures à attendre, incapable d'agir.

Il s'aperçoit que les chaussures du serveur sont dans un état lamentable, un des talons est parti, la semelle bâille comme les ouïes d'un poisson. Mal à l'aise quant au montant du pourboire, Hans Olofson donne une somme beaucoup trop importante, le serveur lui lance un regard étonné avant de se retirer silencieusement.

Hans Olofson s'assoupit après avoir mangé. Quand il se réveille, il fait déjà nuit. Il ouvre la fenêtre et s'étonne que la chaleur soit toujours aussi intense bien qu'il n'y ait plus de soleil.

Quelques réverbères isolés répandent une lumière faible et des ombres noires passent rapidement dans la rue. Le rire d'un être invisible s'élève du parking juste sous sa fenêtre.

Il examine les vêtements dans sa valise, indécis quant à ce qui pourrait bien convenir dans le restaurant d'un hôtel africain. Sans vraiment choisir, il s'habille et cache ensuite son argent dans un trou dans le mur, derrière la cuvette des toilettes.

Il constate avec étonnement qu'il n'y a pratiquement que des clients blancs au bar et qu'ils sont entourés de serveurs noirs, tous avec des chaussures éculées. Il s'installe à une table vide sur une chaise qui est dans le même état que la banquette du taxi. Une armée de serveurs se précipite pour prendre sa commande.

– Un gin tonic, s'il vous plaît, dit-il.

L'air désolé, un des serveurs répond qu'il n'y a pas de tonic.

– Avez-vous autre chose à ajouter au gin ? demande Hans Olofson.

– Des oranges pressées, répond le serveur.

– Ça me va très bien.

– Malheureusement il n'y a pas de gin, dit le serveur.

Hans Olofson commence à transpirer.

– Alors qu'est-ce que vous avez ? demande-t-il avec patience.

– Il n'y a rien ici, répond une voix à une table voisine.

Hans se retourne et voit un homme boursouflé au visage cramoisi, vêtu d'un costume kaki râpé.

– Il n'y a plus de bière depuis une semaine, poursuit l'homme. Aujourd'hui il y a du cognac et du xérès. Il y en aura encore pendant deux heures, après ça aussi ce sera fini. D'après la rumeur, ils attendent du whisky pour demain.

L'homme envoie un regard courroucé au serveur avant de s'appuyer de nouveau contre le dossier de sa chaise.

Hans Olofson commande du cognac en se faisant la réflexion que l'Afrique semble être un continent où tout s'épuise. Quand il entame son troisième verre de cognac, une Africaine vient s'asseoir à côté de lui et lui adresse un sourire aguicheur.

– Vous voulez de la compagnie ? demande-t-elle.

Flatté même s'il comprend que c'est une prostituée, il se dit qu'elle arrive trop tôt. Qu'il n'est pas encore prêt.

– Non, répond-il, pas ce soir.

– Demain ?

– Une autre fois. Demain je serai sans doute parti.

La femme se lève et disparaît dans l'obscurité derrière le bar.

– Des putes, commente l'homme boursouflé qui semble veiller sur Hans Olofson comme un ange gardien.

Ici elles ne sont pas chères, mais elles sont meilleures dans les autres hôtels.

– Ah bon, répond Hans Olofson poliment.

– Ici elles sont soit trop vieilles soit trop jeunes. C'était mieux organisé avant.

L'homme se tait et se penche de nouveau en arrière en fermant les yeux. Hans Olofson ne saura pas en quoi consistait l'organisation d'avant.

Dans la salle de restaurant, il est immédiatement entouré d'autres serveurs et il note qu'ils ont tous des chaussures en mauvais état. L'homme qui lui apporte une carafe d'eau n'a pas de chaussures du tout. Hans Olofson regarde ses pieds nus.

Après une longue hésitation, il commande de la viande mais, au moment où on lui apporte son plat, il est saisi d'une diarrhée aiguë. Un des serveurs s'est aperçu qu'il n'a pas touché à son assiette.

– Ce n'est pas bon ? s'inquiète-t-il.

– Je suis sûr que c'est excellent. Mais mon estomac me joue des tours.

À son grand embarras, il voit accourir les serveurs.

– Le plat est parfait, assure-t-il, mais pas mon estomac.

Incapable de se retenir plus longtemps et terrifié à l'idée de ne pas réussir à regagner sa chambre à temps, il quitte la table précipitamment, sous les regards étonnés des autres clients.

Devant l'ascenseur, il s'aperçoit avec stupeur que la femme qui s'était proposée pour lui tenir compagnie tout à l'heure sort du restaurant avec l'homme en costume kaki qui lui avait déconseillé les prostituées de l'hôtel.

L'ascenseur monte avec une lenteur désespérante. Dans la cabine, il fait dans son pantalon. Ses matières fécales coulent le long de ses jambes et répandent une odeur épouvantable. Quand il traverse le couloir de son étage, il entend un homme rire derrière une porte fermée.

Dans la salle de bains, il ne peut que constater le désastre. Il s'allonge sur son lit en se disant que la tâche dont il s'est chargé est aussi impossible qu'inutile. Sur quoi s'est-il fondé pour prendre sa décision ?

Son portefeuille contient l'adresse à peine lisible d'une mission située dans le haut Kafue. Il n'a aucune idée de la manière dont il pourra s'y rendre. D'après les renseignements obtenus avant son départ, il existe un train pour la province du Copperbelt.

Et après ? Deux cent soixante-dix kilomètres dans un paysage désertique sans route ?

À la bibliothèque de son village natal, il a appris que certaines zones du pays où il se trouve actuellement sont impraticables pendant la saison des pluies. Mais la saison des pluies c'est quand ?

Comme d'habitude, je suis mal préparé, se dit-il. Mon équipement est insuffisant, ma valise a été faite à la hâte. Quand je commence à élaborer un plan, il est déjà trop tard. J'avais envie de connaître la mission où Janine n'a pas pu se rendre avant sa mort. J'ai repris son rêve au lieu de m'en bâtir un moi-même...

Hans Olofson finit par s'assoupir, il dort mal et se réveille à l'aube. À travers la fenêtre de l'hôtel, il voit le soleil s'élever au-dessus de l'horizon. Une gigantesque boule de feu. Des ombres noires passent dans la rue. L'odeur des fleurs de jacaranda se mêle à celle des feux de bois. Des femmes avec de gros baluchons sur la tête et des enfants attachés dans le dos marchent vers une destination qu'il ne connaît pas.

Sans que ce soit vraiment une décision, il va continuer, vers Mutshatsha, vers l'endroit où Janine n'a pas pu se rendre...

5

Quand il se réveille, ce matin d'hiver glacial, son père dort, affalé sur la table de la cuisine après avoir lutté toute la nuit contre ses démons invisibles. Hans Olofson sait cependant qu'il n'est pas seul au monde. Il a un confident, un allié. C'est avec lui qu'il part à la recherche de nouvelles aventures qui doivent forcément exister même dans ce village figé par le froid. C'est avec lui qu'il persécute la Femme sans Nez qui habite à Ulvkälla, un groupement de maisonnettes sur la rive sud.

Le voisin des Olofson était un homme important : le vieux juge Turesson habitait une maison blanche entourée de poteaux en pierre et de fil de fer bien astiqué. Une large double porte ouvrait sur une terrasse soutenue par des colonnes. Le rez-de-chaussée était occupé par la salle du tribunal, l'étage par son domicile.

Mais la maison est vide depuis un peu plus d'un an, plus précisément depuis le décès du vieil homme.

Un jour, une Chevrolet chargée à ras bord entre dans la cour de la maison, suivie des regards curieux et impatients des villageois cachés derrière leurs rideaux. La famille du nouveau juge s'extrait de la voiture rutilante. Parmi les enfants qui jouent dans la cour, il y en a un qui s'appelle Sture et qui deviendra l'ami de Hans Olofson.

Un après-midi, alors que Hans se promène du côté du fleuve, il voit un garçon inconnu assis sur sa pierre préférée. Là d'où il a l'habitude de surveiller le pont métallique et la rive sud. Il s'accroupit derrière un buisson et observe l'intrus qui est en train de pêcher.

S'apercevant qu'il s'agit du fils du nouveau juge, il éprouve un grand mépris mêlé d'une pointe de satisfaction. Seul un imbécile ou un étranger peut croire qu'il est possible d'attraper des poissons à cette époque de l'année.

Von Croona. C'est le nom de la famille. D'après ce qu'il a cru comprendre, c'est un nom noble. Une grande famille, un grand nom. Pas un nom banal comme Olofson. Le nouveau juge a un passé glorieux qui se perd dans les brumes des champs de bataille de l'histoire.

Hans en conclut que le fils du juge est un benêt et il sort de sa cachette derrière le buisson.

Le garçon lui jette un regard curieux.

– Il y a du poisson ici ? demande-t-il.

Hans fait non de la tête tout en se disant qu'il devrait le chasser de sa pierre mais il y renonce en voyant que l'aristocrate se lève tranquillement après avoir rangé son fil de pêche et décroché l'appât de l'hameçon.

– C'est toi qui habites la maison en bois ? dit-il en le regardant droit dans les yeux.

Hans Olofson acquiesce.

Et, le plus naturellement du monde, ils remontent le chemin ensemble. Hans Olofson en tête, l'aristocrate quelques pas derrière. Hans, qui connaît bien le pays, montre et explique. Ils descendent jusqu'au pont qui mène au parc, puis ils prennent un raccourci à travers la prairie pour s'engager dans la rue Kyrkogatan. Au niveau de la pâtisserie de Leander Nilsson, ils s'arrêtent pour regarder deux chiens s'accoupler. Devant le château d'eau, Hans indique l'endroit où Rudin le fou s'est immolé par le feu parce que le médecin-chef Torstensson avait refusé de l'hospitaliser pour ses prétendues douleurs abdominales.

Avec une fierté mal dissimulée, Hans fait un compte rendu des événements les plus spectaculaires de l'histoire du village, qui a connu d'autres fous que Rudin. D'un pas décidé, il se dirige vers le temple pour montrer un trou dans le mur, résultat du tourment religieux d'un de ses plus fervents et fidèles serviteurs. Tard un soir de janvier, en proie à une crise de croyance aiguë, il s'était attaqué à l'épais mur à l'aide d'une massue. Le bruit avait alerté la population et le sous-brigadier Bergstrand avait dû enfiler son manteau d'hiver pour braver la tempête de neige et arrêter le pauvre homme.

Hans Olofson raconte. L'aristocrate écoute.

Une vraie amitié naît entre ces deux garçons mal assortis. Le fils du juge et le fils du bûcheron surmonteront ensemble leurs différences. Cependant il y aura toujours entre eux un *no man's land*.

Sture a sa propre chambre dans le grenier de la maison de justice. C'est une grande pièce lumineuse qui contient une multitude d'objets étranges. Des cartes, des Meccano et des produits chimiques, mais il n'y a pas de jouets, à part deux maquettes d'avion suspendues au plafond.

Sture montre une image accrochée à son mur. Hans Olofson voit un homme barbu qui lui rappelle les anciens portraits de pasteurs. Sture explique qu'il s'agit de Léonard de Vinci et qu'il sera un jour comme lui. Il inventera des choses que les gens ne peuvent même pas imaginer aujourd'hui mais dont ils auront besoin…

Hans écoute sans tout comprendre, il sent cependant l'enthousiasme de son ami et reconnaît chez lui ses propres rêves obsédants. Un jour, il larguera les amarres et descendra le fleuve vers cette mer qu'il n'a encore jamais vue.

C'est dans cette chambre au grenier qu'ils échangent leurs pensées les plus profondes. Sture se rend rarement chez son ami. Il est conscient de son appartenance sociale et soulagé de ne pas avoir à vivre dans le monde de Hans Olofson.

Déjà, au début de leur premier été commun, ils commencent à sortir en cachette la nuit. Sture se sauve par la fenêtre à l'aide d'une échelle, Hans s'échappe à l'insu de son père en achetant le silence des chiens avec des os. Ils traversent le village endormi et mettent un point d'honneur à ne pas être découverts. Après une période de prudence, ils développent une audace sans retenue. Ils se faufilent à travers les haies et les barrières, espionnent sous les fenêtres ouvertes, se font la courte échelle pour coller leur visage contre les carreaux encore éclairés, voient des hommes ivres en slip dormir dans des appartements confinés. À un moment béni, malheureusement resté unique, ils assistent aux ébats amoureux d'un cheminot et d'une vendeuse de chaussures.

Ils sont les maîtres incontestés des rues et des cours désertées.

Une nuit de juillet, ils s'introduisent par effraction dans la boutique d'un marchand de vélos près de la pharmacie et déplacent quelques engins dans la vitrine. Puis ils se sauvent à toute vitesse sans rien emporter. Ce qui les intéresse, c'est l'intrusion, l'acte gratuit dont le seul but est de mettre les gens face à une énigme.

Wiberg, le marchand de vélos, ne comprendra jamais ce qui s'est passé.

Mais il leur arrive aussi de voler. Une nuit, devant l'Hôtel de Tourisme, ils trouvent une bouteille d'aquavit dans une voiture non verrouillée et prennent leur première cuite sur la pierre au bord du fleuve.

L'un domine l'autre. Ils ne se fâchent jamais.

Mais ils ne partagent pas tous leurs secrets.

Le fait que Sture ait beaucoup d'argent est une source d'humiliation constante pour Hans Olofson. Quand son sentiment d'infériorité devient trop pesant, il se dit que son père est un incapable qui n'a jamais su en gagner. Pour Sture, le secret est inversé. Il voit en Hans Olofson un allié valeureux mais se réjouit de ne pas être à sa place.

Peut-être se doutent-ils, l'un comme l'autre, que leur amitié est impossible. Jusqu'à quel point pourront-ils pousser leur complicité sans qu'elle se brise ? L'abîme est là, ils sont tous les deux conscients de sa proximité mais aucun des deux ne veut envisager la catastrophe.

Un penchant pour la cruauté germe dans leur amitié. Personne ne connaît son origine mais il est soudain là. Et c'est vers la Femme sans Nez, à Ulvkälla, qu'ils le dirigent.

La Femme sans Nez a, durant sa jeunesse, été victime d'une infection qui a nécessité une opération de son nez. Le chirurgien de l'époque chargé de l'intervention, le docteur Stierna, n'était ce jour-là pas très en forme et le nez a disparu sous son scalpel et ses doigts maladroits. La jeune femme est rentrée chez elle avec un trou entre les yeux. Elle avait dix-sept ans. Elle a essayé de se suicider à deux reprises. Sa mère, qui était couturière, est morte à peine un an après l'opération catastrophique de sa fille.

Si Harry Persson, le pasteur d'une église dissidente et surnommé Hurrapelle, n'avait pas eu pitié d'elle, elle aurait très certainement fini par se supprimer. Or Hurrapelle l'a emmenée au temple baptiste situé entre les deux principaux lieux de débauche du village, le débit de boissons et la salle des fêtes. Là, elle a découvert la chaleur d'une communauté qu'elle ne connaissait pas. Il y avait notamment deux sœurs d'un certain âge qui n'ont pas été effrayées par le trou entre les yeux de la Femme sans Nez. Elles avaient passé de nombreuses années en Afrique en tant que missionnaires, surtout au Congo belge où elles avaient connu des atrocités bien pires que l'absence d'un nez. Elles portaient en elles les souvenirs de corps lépreux et de grotesques éléphantiasis testiculaires. Pour elles, la présence de la Femme sans Nez était la preuve que la charité chrétienne pouvait faire des miracles même dans un pays qui niait l'existence de Dieu avec autant de conviction que la Suède.

Hurrapelle a chargé la Femme sans Nez de vendre des revues baptistes à domicile. Comme personne n'osait refuser de lui en acheter, elle est rapidement devenue une véritable mine d'or. Au bout d'un an, le pasteur a pu remplacer sa vieille Vauxhall rouillée par une Ford flambant neuve.

La Femme sans Nez habitait une petite maison discrète à Ulvkälla, où Sture et Hans Olofson se sont rendus une nuit pour l'espionner. Ils y sont retournés la nuit suivante, cette fois pour clouer un rat mort à sa porte. La difformité de la Femme sans Nez avait éveillé en eux une envie irrésistible de la faire souffrir.

Au cours de quelques semaines d'activités nocturnes, ils ont vidé une fourmilière dans sa cuisine par sa fenêtre ouverte, ont recouvert ses groseilliers de vernis et glissé une corneille décapitée dans sa boîte aux lettres avec quelques feuilles arrachées à une revue porno trouvée dans une poubelle. Deux nuits plus tard, ils sont revenus, cette fois équipés d'un taille-haie pour massacrer ses fleurs.

Hans montait la garde derrière la maison et Sture s'attaquait aux plates-bandes quand la porte s'est soudain ouverte. La Femme sans Nez est apparue sur le seuil, vêtue d'un peignoir blanc. Très calmement, sans montrer ni tristesse ni colère, elle leur a demandé ce qu'ils faisaient. Au lieu de se sauver comme deux lapins effrayés, ils sont restés, frappés par une vision qu'ils n'ont jamais pu oublier.

Un ange, s'est dit Hans Olofson de nombreuses années plus tard, quand il a été englouti par la nuit africaine. Et c'est encore à un ange qu'il a pensé en entreprenant ce voyage pour réaliser le rêve de la Femme sans Nez.

La Femme sans Nez est là, dans la nuit d'été, son peignoir blanc illumine la clarté glauque de l'aube. Elle attend leur réponse. En vain.

Elle s'écarte légèrement et les invite à entrer. Son geste est irrésistible. Sur la pointe des pieds et tête basse, ils pénètrent dans sa cuisine fraîchement lessivée. Hans Olofson reconnaît aussitôt l'odeur du savon noir qui lui rappelle son père et son nettoyage frénétique. Il se dit que la Femme sans Nez passe peut-être aussi ses nuits à frotter.

Ils sont désarmés par sa douceur. La situation aurait été plus facile à gérer, s'ils avaient vu du feu jaillir du trou entre ses yeux. Un dragon est plus aisé à combattre qu'un ange.

L'odeur du savon noir se mêle à celle du merisier

qui s'infiltre dans la cuisine par la fenêtre ouverte. Une pendule émet un petit bruit métallique.

Les vandales ont les yeux rivés au sol.

La cuisine est silencieuse, comme repliée sur elle-même, en prière. La Femme sans Nez est peut-être en train de demander conseil au Dieu de Hurrapelle ? Elle cherche peut-être à savoir comment obtenir une explication au comportement des garçons ?

Les deux frères d'armes ont la tête vide. Leur réflexion semble bloquée. Leurs pensées n'avancent plus. En fait, existe-t-il une explication à leurs actes ? Comment expliquer l'origine de leur soudaine envie de faire du mal ? Les racines de la méchanceté descendent dans des profondeurs qui ne sont pas avouables et qui craignent la lumière.

Quand leur silence a suffisamment duré, la Femme sans Nez les laisse repartir. Avec douceur, elle leur demande simplement de revenir quand ils se sentiront capables de lui fournir une explication.

La rencontre avec la Femme sans Nez constitue un tournant dans leur vie. Ils reviendront souvent dans sa cuisine et progressivement naîtra entre eux une grande intimité. Cette année-là, Hans Olofson a treize ans, Sture en a quinze. Ils seront toujours bien accueillis chez la Femme sans Nez. Dans un accord muet, ils n'aborderont jamais l'histoire de la corneille décapitée. Ils présenteront des excuses silencieuses, ils recevront le pardon. La vie leur a présenté l'autre joue.

Ils découvrent que la Femme sans Nez a un nom. Un vrai. Et pas n'importe lequel. Elle s'appelle Janine, un nom qui exhale une douce odeur d'étrangeté et de mystère.

Elle a un nom, une voix, un corps. Et elle est encore jeune, elle n'a même pas trente ans. Quand ils parviennent à faire abstraction du trou entre ses yeux, ils discernent chez elle une faible lueur de beauté. Ils devinent ses battements de cœur, ses envies, ses rêves, et ils se rendent compte de sa vivacité intellectuelle. Elle les guide à travers l'histoire de sa vie, elle leur permet d'assister à la minute épouvantable où elle comprend que le chirurgien a amputé son nez, elle les emmène nager dans le fleuve pour partager avec eux le moment où ses poumons sont sur le point d'exploser. Ils l'accompagnent jusqu'au banc de pénitence de Hurrapelle, goûtent au mystère de la rédemption et assistent finalement avec elle à la découverte de la fourmilière dans sa cuisine.

Cette année-là, un étonnant sentiment amoureux s'installe entre les trois êtres.

Une fleur sauvage prend racine dans la maison sur la rive sud...

6

Hans Olofson pose son doigt sur le nom de Mutshatsha repéré sur une carte crasseuse.

– Comment je peux m'y rendre ? demande-t-il.

C'est le matin de son deuxième jour en Afrique. Il a une boule d'angoisse dans le ventre et la transpiration ruisselle sous sa chemise.

Il se trouve à la réception du Ridgeway Hotel, en face d'un vieil Africain aux cheveux blancs et aux yeux fatigués. Le col de sa chemise est effiloché et son uniforme est sale. Hans Olofson ne résiste pas à la tentation de se pencher en avant pour voir ce que l'homme porte aux pieds.

Si le continent africain est dans le même état que les chaussures de ses habitants, son avenir est irrémédiablement perdu, s'est-il dit tout à l'heure dans l'ascenseur.

Il s'aperçoit que le vieux est pieds nus.

– Il y a peut-être un bus, répond l'homme. Ou un camion. Tôt ou tard il y aura certainement aussi une voiture.

– Comment trouve-t-on le bus ?

– On l'attend au bord de la route.

– À un arrêt ?

– S'il y en a un. Parfois il y en a. Mais la plupart du temps il n'y en a pas.

Hans Olofson comprend qu'il n'obtiendra pas de réponse plus précise. Il y a quelque chose de vague et de fugace dans la vie des Noirs, si différente, si éloignée du monde d'où il vient.

J'ai peur, se dit-il. L'Afrique me fait peur avec sa chaleur, ses odeurs et ses habitants aux chaussures abîmées. Je suis trop visible ici. La couleur de ma peau fait l'effet d'une bougie allumée. Dès que je quitterai l'hôtel, je vais disparaître, être englouti sans laisser de traces…

Le train pour Kitwe est annoncé pour le soir. Hans Olofson passe la journée dans sa chambre, où il reste de longs moments à regarder par la fenêtre. Un homme aux vêtements déchirés fauche l'herbe autour d'une grande croix en bois à l'aide d'un long couteau, des gens marchent dans la rue en portant sur la tête de gros baluchons difformes.

À sept heures du soir, il quitte sa chambre mais on lui demande de payer aussi pour la nuit suivante.

En sortant de l'hôtel, il est immédiatement assailli par des chauffeurs de taxi. Pourquoi sont-ils aussi bruyants ? Pour la première fois, il sent une vague de mépris monter en lui.

Dans une voiture qui lui semble en moins mauvais état que les autres, il s'installe sur la banquette arrière avec sa valise. Il a dissimulé son argent dans ses chaussures et dans son slip, mais, en sentant les billets coller contre sa peau, il regrette le choix de ses cachettes.

Le chaos qui règne à la gare est encore plus grand qu'à l'aéroport. Le taxi le dépose au milieu d'une marée de gens parmi des ballots de vêtements, des poules, des chèvres, des marchands d'eau, des feux et des épaves de voitures. Les ampoules des réverbères étant soit volées soit grillées, il y fait presque noir.

À peine a-t-il payé le taxi qu'il se trouve encerclé d'enfants sales qui lui demandent de l'argent ou lui proposent de porter sa valise. Il se sauve le plus vite possible sans savoir quelle direction prendre.

Un panneau indique le guichet de la vente des billets, qui se révèle être un trou béant dans le mur. Il se range dans ce qui lui semble être une queue. La salle d'attente est pleine à craquer, elle sent l'urine et le fumier. Un cul-de-jatte avance vers lui en se traînant sur une planche et essaie de lui vendre un billet pour Livingstone. Il refuse d'un signe de tête.

Je hais ce chaos, se dit-il. Impossible de se faire une idée des lieux. Je suis à la merci des circonstances et des estropiés.

Il achète un billet pour Kitwe et sort sur le quai où stationne un train avec une locomotive diesel. Découragé, il regarde ce qui l'attend. Les wagons délabrés aux vitres cassées sont déjà bondés. On dirait des boîtes en carton éclatées, pleines à ras bord de petites poupées.

Soudain il voit deux Blancs monter dans le wagon juste derrière la locomotive. Il se précipite pour se joindre à eux, comme si tous les Blancs dans ce monde noir étaient amis. Il trébuche sur un homme endormi par terre et manque de tomber.

Espérant que son billet lui donne accès à ce wagon, il avance jusqu'au compartiment où les deux Blancs sont en train de ranger leurs valises sur le porte-bagages.

Quand on entre dans un compartiment en Suède, on a la sensation désagréable de pénétrer dans la salle de séjour privée de quelqu'un. Ici on est accueilli par des sourires et des signes de tête aimables.

Ruisselant de sueur, il range sa valise et s'installe. Il a l'impression de venir en renfort d'une armée blanche en voie de disparition.

Il découvre un homme d'un certain âge accompagné d'une jeune femme. Un père et sa fille, suppose-t-il. La jeune femme lui lance un regard encourageant tout en attrapant un livre et une lampe de poche.

– Je viens de Suède. Ce train va bien à Kitwe ?

Il éprouve soudain le besoin de parler avec quelqu'un.

– De Suède, dit la jeune femme. *How nice.*

L'homme dans son coin a allumé sa pipe et se penche en arrière.

– Masterton, dit-il. Je m'appelle Werner, et ma femme Ruth.

Hans Olofson se présente à son tour et éprouve une immense satisfaction à se trouver enfin en compagnie de gens correctement chaussés.

Le train s'ébranle, le vacarme à la gare devient assourdissant. De l'autre côté de la fenêtre il voit les jambes d'un homme qui se hisse sur le toit du wagon. Il est suivi d'un panier avec des poules et d'un sac de poisson séché qui se déchire et répand des effluves de pourriture et de sel.

Werner Masterton regarde sa montre.

– Dix minutes trop tôt, dit-il. Le machiniste est soit bourré, soit pressé de rentrer chez lui.

Hans Olofson sent l'odeur de diesel, il voit des feux flamber le long du rail et les lumières de Lusaka disparaître dans le lointain.

– Il est rare qu'on prenne le train, explique Werner Masterton dans son coin. Ça nous arrive à peu près une fois tous les dix ans. Dans quelques années, il n'y aura plus de trains ici. Depuis l'indépendance, le pays se dégrade. En l'espace de cinq ans, tout a été rasé et volé. Si ce train s'arrête de façon imprévue, ce qui ne saurait tarder, ça signifiera que le machiniste est en train de vendre le combustible depuis la locomotive aux gens qui accourent avec des bidons. Les feux verts de signalisation ont disparu parce que les enfants les démontent et essaient de les faire passer pour des émeraudes auprès des touristes. Mais bientôt il n'y aura plus de touristes non plus. Les animaux sauvages sont exterminés. Ça fait deux ans que personne n'a vu de léopard.

« Il y avait des lions ici, ajoute-t-il en faisant un geste vers l'obscurité. Et d'énormes troupeaux d'éléphants en liberté passaient par là. Aujourd'hui il n'y a plus d'animaux.

Au cours de cette longue nuit de voyage vers Kitwe, Hans Olofson apprend que les Masterton possèdent une grande ferme près de Chingola. Les parents de Werner sont venus d'Afrique du Sud au début des années 1950, Ruth est la fille d'un enseignant reparti en Angleterre en 1964. Ils se sont connus chez des amis à Ndola et se sont mariés malgré leur grande différence d'âge.

– L'indépendance est une catastrophe, déclare Werner Masterton en proposant du whisky à Hans Olofson. Pour les Africains, la liberté signifie qu'ils n'ont pas besoin de travailler. Il n'y a plus personne pour donner des ordres et ils estiment qu'ils n'ont pas à faire ce que personne n'exige d'eux. À présent, le pays vit grâce au cuivre. Mais qu'arrivera-t-il quand les prix sur le marché mondial baisseront ? Aucun investissement n'a été fait dans des productions alternatives. C'est un pays agricole et il pourrait être un des plus importants du monde compte tenu de la fertilité de sa terre et de la présence d'eau. Les Africains n'ont rien compris, rien appris. Le jour où ils ont échangé le drapeau anglais contre le leur, les soucis ont commencé et ce n'est que le début.

– Je ne sais pratiquement rien de l'Afrique, dit Hans.

Je ne suis ici que depuis deux jours mais je commence déjà à douter du peu de choses que je croyais savoir.

Werner et sa femme lui jettent un regard interrogateur. Il aurait aimé pouvoir leur fournir une explication valable à sa présence.

– Je vais visiter une mission à Mutshatsha, commence-t-il, mais je ne sais pas très bien comment m'y rendre.

À sa surprise, les Masterton s'empressent de lui indiquer comment mener à bien son expédition. Contrairement aux problèmes que Werner vient de citer, celui qu'il leur soumet semble possible à résoudre. Peut-être que les Noirs s'occupent des problèmes des Noirs et les Blancs de ceux des Blancs.

– Nous avons des amis à Kalulushi, explique Werner. Je te conduirai chez eux en voiture et ils t'aideront par la suite.

– Je n'en demandais pas tant, objecte Hans.

– C'est comme ça, dit Ruth. Si les *mzunguz* ne s'entraident pas, qui le fera ? Tu crois vraiment que tu pourrais compter sur ces Noirs qui s'accrochent au toit du wagon ? S'ils pouvaient, ils te voleraient ta chemise.

Ruth propose à Hans de partager avec eux le repas qu'elle a apporté.

– Tu n'as même pas une bouteille d'eau avec toi ? s'étonne-t-elle. Le train peut très bien avoir vingt-quatre heures de retard. Il arrive toujours des complications. Une pièce peut se casser ou manquer ou avoir été oubliée.

– Je pensais qu'il y aurait de l'eau dans le train.

– Il y en a, mais elle est si sale que même un *munto* ne la boirait pas, explique Werner en envoyant un crachat par la fenêtre. Ce pays serait agréable s'il n'y avait pas les Noirs.

Si les Blancs en Afrique sont racistes, c'est sans doute pour arriver à supporter la vie d'ici, se dit Hans Olofson. Mais cela vaut-il aussi pour les missionnaires ?

– Il n'y a pas de contrôleur ? demande-t-il pour éviter de commenter la réplique de Werner.

– Pas sûr, répond Ruth. Il a très bien pu oublier de monter dans le train. Ou alors, un de ses cousins éloignés est mort et il s'est rendu à ses funérailles en oubliant de prévenir. Les Africains passent une grande partie de leur vie à aller à des enterrements. Mais il se peut aussi qu'il soit là. Dans ce pays, rien n'est impossible.

Ce sont les restes d'une époque révolue, se dit Hans Olofson. Aujourd'hui le colonialisme n'existe plus, sauf en Afrique du Sud et dans les colonies portugaises. Mais les Blancs sont encore là et leur mentalité n'a pas changé. Une époque transmet toujours une poignée d'hommes nostalgiques du passé à l'époque suivante. Ils regardent leurs mains vides en se demandant où sont passées les armes du pouvoir et ils découvrent avec stupéfaction qu'elles se trouvent entre les mains de ceux à qui ils ne se sont jamais adressés autrement qu'en leur donnant des ordres. Ils vivent à l'Époque de l'Amertume. Les Blancs en Afrique ne sont plus que des débris humains dont tout le monde se fout. Ils ont perdu leur fondement. Ce qu'ils croyaient appartenir à l'éternité n'existe plus...

– C'était donc mieux avant ? demande-t-il.

– Qu'est-ce qu'on peut répondre à ça ? dit Ruth en regardant son mari.

– La vérité, suggère Werner.

Une petite lampe vacillante maintient la pénombre dans le compartiment. Hans Olofson note que l'abat-jour est recouvert d'insectes morts. Werner Masterton suit son regard.

– Avant, un abat-jour dans cet état entraînait le licenciement de l'agent d'entretien, dit-il. Pas le lendemain, pas après un avertissement. Non. Sur-le-champ. Une mise à la porte immédiate. Un train aussi sale que celui-ci était impossible. Dans quelques heures, nous arriverons à Kabwe. Qui s'appelait auparavant Broken Hill. Même l'ancien nom était mieux. La vérité, si toutefois tu as envie de la connaître, c'est que rien n'a été préservé ni amélioré. Nous sommes obligés de vivre dans un pays en décomposition.

– Mais…

– Ton « mais » arrive trop tôt, l'interrompt Ruth. Je pense que tu veux savoir si la vie des Noirs n'a pas changé en mieux, mais cela n'est pas vrai non plus. Quand les Européens ont quitté le pays en 1964, qui pouvait reprendre derrière eux ? Rien n'avait été préparé et les gens ont manifesté une grande arrogance, une énorme vanité tout en revendiquant – de façon totalement délirante – l'indépendance, un drapeau et sans doute bientôt aussi une monnaie.

– La responsabilité exige des connaissances, poursuit Werner. En 1964, ce pays comptait six Noirs titulaires d'un diplôme d'études supérieures.

– Une nouvelle ère germe toujours dans celle qui précède, objecte Hans. La formation était forcément mauvaise.

– Ton point de départ est faux, réplique Ruth. Personne n'avait imaginé qu'il y aurait ce que tu appelles une « nouvelle ère ». Le développement aurait dû continuer, les conditions de vie auraient dû s'améliorer. Pour tout le monde et surtout pour les Noirs. Mais aujourd'hui, c'est le chaos qui règne.

– Une nouvelle ère n'arrive pas toute seule, insiste Hans. Que s'est-il passé ?

– Une trahison, dit Ruth. Les mères patries ont trahi. Nous avons compris bien trop tard qu'on nous avait abandonnés. Par contre, en Rhodésie du Sud ils ont compris, et les choses ne se sont pas passées aussi mal qu'ici.

– Nous arrivons tout juste de Salisbury, intervient Werner, et là, il est encore possible de respirer. Si nous en avons la possibilité, nous nous y installerons. Les trains partent à l'heure, les lampes ne sont pas recouvertes d'une couche d'insectes. Les Africains font ce qu'ils savent le mieux faire : obéir aux ordres.

– La liberté…, commence Hans Olofson mais il s'interrompt, ne sachant plus comment continuer.

– Si la liberté c'est d'avoir faim, les Africains de ce pays sont en bonne voie, persifle Ruth.

– J'ai du mal à comprendre.

– Tu verras par toi-même, continue Ruth avec un sourire. Nous n'avons aucune raison de ne pas te dire les choses comme elles sont puisque, tôt ou tard, tu finiras par t'en apercevoir toi-même.

Dans un crissement de freins, le train s'immobilise en pleine voie. Les cigales chantent dans la chaleur de la nuit. Hans Olofson se penche par la fenêtre et regarde le ciel étoilé, si proche. Il reconnaît la constellation lumineuse de la Croix du Sud.

Que s'est-il imaginé en quittant la Suède ? Qu'il partait pour une étoile lointaine ?

Ruth Masterton se replonge dans son livre en s'éclairant avec sa lampe de poche, Werner Masterton mordille sa pipe éteinte. Hans essaie de faire le point dans sa tête.

Janine est morte, se dit-il. Mon père est devenu une épave qui ne pourra plus jamais être remise à l'eau. Ma mère se résume à deux photos de l'atelier Strandmark à Sundsvall : deux images angoissantes représentant le visage d'une femme éclairé par une lumière matinale impitoyable. Je vis avec pour seul héritage une odeur de chiens du Nord, de longues nuits d'hiver et le sentiment bien ancré d'être parfaitement inutile. Au moment où j'ai choisi de rompre avec mon destin qui voulait que je sois bûcheron comme mon père et que j'épouse une des filles rencontrées aux bals du village, j'ai choisi de renoncer à ce qui avait ponctué ma jeunesse. J'ai passé mon brevet. J'étais un élève dont les professeurs n'ont gardé aucun souvenir, j'ai vécu quatre années horribles dans la capitale de ma région, où j'ai obtenu un baccalauréat sans mention. J'ai fait mon service militaire au régiment blindé de Skövde en étant encore une fois absolument invisible. Durant une courte période, j'ai nourri l'espoir de faire du droit pour devenir le défenseur des *circonstances atténuantes*. Pendant un an, j'ai loué un appartement sombre à Uppsala où, tous les jours, je prenais le petit déjeuner en face d'un fou. La confusion, l'apathie et la peur de la classe ouvrière suédoise actuelle ont, en ma personne, un représentant parfait.

Et, malgré tout ça, je n'ai pas renoncé. Je me sens capable de dépasser l'échec de mes études de droit qui n'a été qu'une humiliation passagère.

Mais suis-je capable d'accepter de ne pas avoir de rêves à moi ? D'être parti en Afrique avec le rêve de quelqu'un d'autre ? De quelqu'un qui est mort. Au lieu d'entrer dans la vie, j'entreprends un voyage de pénitence comme si j'étais coupable de la mort de Janine.

Une nuit d'hiver, j'ai traversé le fleuve en rampant sur l'arche métallique du pont. La lune me regardait du ciel avec son œil de loup. J'étais tout seul. J'avais quatorze ans et je ne suis pas tombé. Mais ensuite, quand Sture a voulu faire comme moi...

Il s'interrompt dans sa réflexion. Il entend quelqu'un ronfler. Le bruit vient du toit du wagon.

Dans un élan de colère, il s'offre deux possibilités : reprendre ses études de droit ou bien retourner dans la région enneigée de son enfance.

Son voyage en Afrique, à la mission à Mutshatsha, sera vite oublié. Chaque être humain commet des actions irréfléchies, tout le monde entreprend des voyages qui n'auraient pas dû voir le jour. Dans deux semaines, il retournera en Suède et laissera la Croix du Sud derrière lui. La parenthèse sera ainsi fermée.

Werner Masterton vient le rejoindre devant la fenêtre.

– Ils vendent du diesel, explique-t-il, le regard plongé dans le noir. Pourvu qu'ils aient fait une estimation correcte de nos besoins et qu'on ne reste pas bloqués ici. Des armées de fourmis chasseuses auraient vite fait de transformer ce train en un squelette métallique…

Au bout d'une heure, le train se remet en marche. Pour une raison inexplicable, il reste ensuite longtemps immobile à Kapiri Mposhi. Vers l'aube, Hans Olofson s'assoupit dans son coin.

Le contrôleur ne passe pas. Au moment où la chaleur du matin s'abat sur eux, le train entre en cahotant à la gare de Kitwe.

– Viens avec nous, propose Ruth. Nous te conduirons à Kalulushi.

7

Un soir, Janine leur apprend à danser.

Les gens s'attendaient à ce qu'elle se plaigne de son sort, mais elle a choisi un autre chemin. Elle s'achète un trombone à coulisse et s'entraîne de façon quotidienne, espérant que la douleur inscrite dans son corps se transformera en notes. Elle trouve son salut dans la musique. Hurrapelle lui conseille de prendre un instrument moins spectaculaire, une guitare, une mandoline ou éventuellement un tambour, mais elle persévère et renonce même au plaisir de jouer avec les musiciens du temple. Elle préfère s'exercer toute seule, dans sa maison au bord du fleuve. Elle s'achète aussi un tourne-disque de la marque Dux et se rend fréquemment au magasin de musique. Le jazz, où le trombone occupe une place de choix, la captive et elle s'entraîne lors des longues soirées d'hiver, une fois sa vente de journaux à domicile terminée. Elle écoute, accompagne les enregistrements et petit à petit apprend les notes. *Some of These Days*, *Creole Love Call* et surtout *A Night in Tunisia* sortent de son trombone.

Elle joue pour Sture et Hans qui sont sidérés la première fois qu'ils la voient, pieds nus, l'instrument en cuivre contre ses lèvres. Parfois elle laisse la mélodie s'envoler en toute liberté, mais la plupart du temps ses notes s'entremêlent avec celles de l'orchestre du disque.

Janine et son trombone…

Janine, avec son visage sans nez et sa gentillesse incompréhensible alors qu'elle aurait dû les dénoncer à la police, transforme l'année 1957 en une aventure inégalable.

Pour Sture, quitter leur résidence dans le Småland pour s'installer dans le petit village septentrional était un cauchemar. Il était convaincu qu'il périrait dans la neige du Norrland mais il a trouvé un allié et, ensemble, ils ont trouvé Janine…

Hans Olofson, quant à lui, comprend tout de suite qu'il l'aime. Il aime Janine. Il l'équipe d'un nez, la transforme en une mère de substitution et se fabrique ainsi un rêve douillet dans lequel il peut se blottir comme dans un gros peignoir de bain.

Même si Janine leur appartient à eux deux, leurs expériences individuelles demeurent confidentielles. On ne peut pas tout partager, il faut s'aménager un jardin secret. En avançant dans la vie, on acquiert cette sagesse fondamentale qui vous indique les rêves qui sont à partager et ceux qui sont à garder secrets.

Janine observe, écoute et devine. Elle voit la tendance de Sture à l'arrogance et à un sentiment de supériorité. Elle comprend le chagrin de Hans face à la disparition de sa mère. Elle voit les failles, elle est sensible à leurs différences.

Un soir, elle leur apprend à danser.

L'orchestre de Kringström, qui depuis 1943 anime les bals du samedi soir, accepte à contrecœur de changer de répertoire, poussé par une jeunesse de plus en plus mécontente. Un soir de printemps, l'orchestre étonne tout le monde, surtout lui-même, en jouant une musique qui présente certaines ressemblances avec celle qui vient des États-Unis.

Et ce soir-là justement, Sture et Hans Olofson traînent devant la salle des fêtes où ils attendent impatiemment d'avoir l'âge de pouvoir aller sur la piste de danse avec les autres. En entendant la musique, Sture décide qu'il est grand temps qu'ils apprennent à danser.

Plus tard dans la soirée, ils descendent vers le fleuve, transis de froid, et traversent le pont en poussant des cris sous les arches métalliques. Ils courent jusqu'à la maison de Janine. À travers sa porte, ils entendent encore de la musique. C'est elle qui joue…

En apprenant ce qui les amène, elle se dit prête à leur donner un coup de main. Avant que le médecin n'ait déformé son visage, elle se rendait souvent au bal, mais depuis elle ne fréquente plus ce genre d'établissement.

Elle tient les deux garçons fermement autour de la taille et répète inlassablement les mouvements du pied gauche et du pied droit, puis les embarque dans le piétinement rythmé de la valse et du fox-trot. Elle les serre contre elle, d'abord l'un puis l'autre, et les fait évoluer sur le lino de la cuisine. Celui qui ne danse pas est chargé du tourne-disque. Les carreaux de la fenêtre sont rapidement embués par les efforts qu'ils déploient en comptant les pas.

À leur grande surprise, elle sort une bouteille d'eau-de-vie d'un placard et répond par un rire quand ils lui demandent comment elle se l'est procurée. Elle leur offre un petit verre mais boit elle-même jusqu'à l'ivresse, puis allume un cigare et souffle la fumée par le trou au milieu de son visage en se vantant d'être la seule femme-locomotive au monde. Elle leur confie qu'elle envisage parfois d'abandonner le banc de pénitence de Hurrapelle pour s'engager dans le monde de la variété.

Pas dans l'intention de devenir une funambule célèbre, mais en tant que monstre de foire, pour provoquer du dégoût et des sensations interdites chez les spectateurs. La tradition d'exhiber des gens déformés et estropiés a des racines profondes qui remontent loin dans le temps. Elle leur parle des Enfants Rieurs dont on avait fendu les bouches jusqu'aux oreilles et qui ont été vendus à une fête foraine pour une grosse somme d'argent.

D'un tiroir de la cuisine, elle sort un nez de clown qu'elle met sur son visage. Ahuris, les deux garçons regardent cette femme d'où émanent tant de forces contradictoires. Ils sont troublés et ont du mal à comprendre comment Janine fait pour vivre sa double vie. Comment arrive-t-elle à concilier la danse, l'eau-de-vie et les bancs austères du temple de Hurrapelle ?

Son entrée dans la religion était cependant sincère. Elle garde son Dieu bien ancré dans son cœur. Si elle n'avait pas connu cette chaleur au sein de la communauté religieuse, elle ne serait plus de ce monde. Mais elle ne se reconnaît pas pour autant dans toutes les convictions du temple baptiste. Le fait de récolter de l'argent pour financer la présence des missionnaires auprès du peuple bantou dans une Afrique lointaine n'est pas seulement dénué de sens à ses yeux mais constitue aussi une véritable injure : un outrage au décret selon lequel tout acte de foi doit être libre et volontaire. Lorsque les femmes de la communauté se réunissent dans des ateliers de couture pour fabriquer leurs éternels napperons pour les ventes de charité, elle reste chez elle et se confectionne ses propres vêtements. Elle est un électron libre au sein de la communauté. Mais tant qu'elle récolte – à elle seule – la majeure partie des recettes annuelles par son démarchage à domicile, elle considère qu'elle peut se permettre certaines libertés. Face aux multiples tentatives du pasteur pour l'intégrer dans un atelier de couture, elle refuse obstinément. Craignant que la foi de Janine ne vacille ou, bien pire, qu'elle n'embarque son Dieu vers une église concurrente, Hurrapelle n'insiste pas. Les autres membres se plaignent et l'accusent de désinvolture, mais il s'oppose à leurs critiques.

– Elle est la plus jeune de nous tous, dit-il. Pensez à ses souffrances, n'oubliez pas tout le bien qu'elle apporte à notre église...

Au cours de cette année 1957, les soirées avec Janine constituent une chaîne ininterrompue de moments étonnants. Sur fond de *Some of These Days*, elle apaise et rassure les deux vandales qui l'avaient si cruellement harcelée.

C'est chez elle qu'ils trouvent, chacun à sa façon, un peu de l'aventure qu'ils ont cherchée en vain dans le village. C'est dans la maison sur la rive sud qu'ils entreprennent leur voyage vers le monde...

Le soir de leur cours de danse, ils ressentent pour la première fois l'excitation que provoque la proximité du corps chaud d'une femme. Quant à elle, elle éprouve le désir de se dénuder pour être enfin vue, fût-ce par deux garçons trop maigres et trop jeunes.

Ce soir-là, des forces secrètes et jusque-là refoulées la submergent. Suivre l'invitation de Hurrapelle à se consacrer entièrement et sans réserve à Dieu devient pour elle une impossibilité. La corde religieuse se rompt et elle se retrouve face à elle-même. Parmi toutes les souffrances qu'elle a endurées, la plus douloureuse est de ne pas avoir connu l'étreinte amoureuse, ne serait-ce que sur la banquette arrière d'une voiture garée à la hâte sur un chemin forestier.

Mais elle refuse de se plaindre. Et maintenant elle a

son trombone. En hiver, tôt le matin, elle joue *Creole Love Call* debout dans sa cuisine.

La porte de sa maison est toujours ouverte aux garçons qui prenaient un malin plaisir à la persécuter. Elle leur apprend donc à danser et elle s'évertue à vaincre leur timidité de gosses…

Sture et Hans Olofson passent de nombreuses soirées dans sa maison au cours de l'hiver 1957. Souvent, ils rentrent chez eux tard dans la nuit, lorsque le froid glacial s'est emparé du village.

Le printemps revient. Les modestes pas-d'âne illuminent bientôt l'herbe jaunie des fossés et dans le temple baptiste Hurrapelle récupère les affiches de l'année précédente pour annoncer le Rassemblement du Printemps. Mais le printemps est un traître dont la beauté a du mal à dissimuler la mort enfermée dans la couronne des pas-d'âne.

Pour Sture et Hans, la mort est un insecte qui grignote la vie et les événements. Ils passent de longues soirées au bord du fleuve ou dans la cuisine de Janine à réfléchir à la manière dont ils pourraient la décrire. Selon Sture, elle ressemblerait à Jönsson, le directeur du Grand Hôtel, qui reçoit ses clients sur les marches de son établissement en habit noir mais qui, sans scrupule, serait capable de verser quelques gouttes de poison dans leurs plats…

Hans Olofson, lui, ne peut pas comparer la mort à un être en chair et en os. Selon lui, si elle avait un visage, elle serait aussi facile à vaincre que les épouvantails qui protègent les groseilliers du marchand de chevaux.

Non, la mort est plus vague, plus complexe. Elle est un vent glacial qui se met soudain à souffler sur le fleuve sans que la surface se ride.

Au cours de ce printemps, Hans Olofson ne parviendra pas à se rapprocher plus que ça de la mort. Il ne le fera pas avant que la grande catastrophe ne les frappe… Pourtant, ces moments resteront gravés dans sa mémoire.

Bien plus tard, enveloppé par la nuit africaine, quand son enfance sera aussi lointaine que son pays, il se rappellera leurs conversations au bord du fleuve ou dans la cuisine de Janine. Il se souviendra de l'année où Janine leur a appris à danser et où ils ont écouté *A Night in Tunisia* à travers la porte de sa maison…

8

À Kitwe, ils sont accueillis par un Africain qui court vers eux en riant.

Hans Olofson note qu'il a des tennis blanches aux pieds et qu'elles ne sont pas trouées.

– C'est Robert, explique Ruth. Notre chauffeur. Le seul à la ferme en qui nous ayons confiance.

– Vous avez combien d'employés ? se renseigne Hans.

– Deux cent quatre-vingts.

Hans se glisse sur le siège arrière d'une jeep en piteux état.

– Tu as ton passeport avec toi ? vérifie Werner. Il y a plusieurs barrages sur la route.

– Qu'est-ce qu'ils cherchent ?

– De la contrebande vers le Zaïre, répond Ruth, ou des espions d'Afrique du Sud. Des armes aussi. Mais, ce qu'ils veulent en fait, c'est de la nourriture et des cigarettes.

Ils rencontrent le premier barrage au nord de Kitwe. Les deux voies sont bloquées par des troncs d'arbres croisés et entortillés de fils de fer barbelé. Un car vétuste est arrêté devant et un jeune soldat armé d'un fusil-mitrailleur oblige les passagers à descendre. Hans Olofson s'étonne en voyant la file interminable de gens qui sortent par la portière du car. Combien de personnes peut bien contenir ce véhicule ? Un soldat crie aux passagers de se mettre en ligne pendant qu'un autre monte sur le toit du car et commence à soulever le tas de baluchons et de matelas. Soudain, une chèvre se détache d'un coup de sabot, saute du toit et disparaît dans la broussaille en bêlant. Une vieille femme se met à crier et à se lamenter, un boucan terrible éclate. L'homme sur le toit lève son arme, la vieille s'apprête à courir pour rattraper sa chèvre mais d'autres soldats sortent d'une case près de la route et l'en empêchent.

– C'est un cauchemar d'arriver juste après un car, se plaint Ruth. Pourquoi tu ne l'as pas doublé ?

– Je ne l'avais pas vu, madame, répond Robert.

– La prochaine fois, il faudra que tu voies ce genre de choses, sinon tu n'auras plus qu'à trouver un autre emploi, s'énerve Ruth.

– Oui, madame.

Les soldats font signe à la jeep de passer, sans rien vérifier.

Un paysage lunaire s'étend devant eux. D'énormes terrils se dressent à côté de profonds puits de mine. Hans Olofson en déduit qu'ils traversent la région qui abrite d'importants gisements de cuivre et qui s'enfonce comme un triangle dans la province du Katanga au Zaïre.

Qu'aurait-il fait s'il n'avait pas rencontré la famille Masterton ? Serait-il descendu du train à Kitwe ? Ou serait-il reparti à Lusaka sans quitter le compartiment ?

D'autres barrages se trouvent sur leur chemin. Des policiers et des soldats ivres comparent son visage avec la photo sur son passeport. Hans s'aperçoit qu'il a très peur. Ils haïssent les Blancs ici, se dit-il. Probablement autant que les Blancs semblent haïr les Noirs…

Ils quittent la grande route et débouchent sur un

vaste paysage vallonné à la terre rouge et aux pâturages clôturés.

Deux Africains ouvrent une barrière en bois et leur font maladroitement un salut militaire. La jeep s'arrête devant une villa blanche avec des colonnades et des bougainvillées en fleurs.

Hans Olofson constate qu'elle lui rappelle la maison de justice de son village lointain.

– Sois notre hôte, dit Werner. Demain je t'emmènerai à Kalulushi.

Ruth le conduit à sa chambre à travers des couloirs frais. Les sols pavés sont recouverts de tapis moelleux.

Un homme d'un certain âge se tient soudain devant eux. Hans Olofson note qu'il est pieds nus.

– Louis s'occupera de toi pendant ton séjour, l'informe Ruth. Au moment de partir, tu pourras lui donner une pièce. Mais pas trop importante. Il ne faut pas nous le gâter.

Hans s'inquiète en voyant les vêtements déchirés de l'homme. Son pantalon a deux trous béants aux genoux, comme s'il passait son temps à quatre pattes. Sa chemise bleu clair est effilochée et rapiécée.

Par la fenêtre, Hans Olofson voit un énorme parc avec des fauteuils blancs en osier et un hamac accroché dans un arbre géant. La voix indignée de Ruth lui parvient de dehors, une porte claque, de l'eau coule dans la salle de bains.

– Votre bain est prêt, *bwana*, annonce Louis derrière lui. Vos serviettes sont posées sur le lit.

Hans Olofson est tout d'un coup agacé.

Il faut absolument que je lui fasse comprendre que je ne suis pas comme eux, pense-t-il. Je veux qu'il sache que je suis seulement de passage et que je n'ai pas l'habitude d'avoir des domestiques à ma disposition.

– Ça fait longtemps que tu es ici ? demande-t-il.

– Depuis ma naissance, *bwana*, répond Louis avant de quitter la chambre.

Il regrette sa question. J'ai beau avoir de bonnes intentions, pense-t-il, mes mots sont aussi faux que mon comportement.

Il s'enfonce dans la baignoire et se met à réfléchir. Il se sent comme un imposteur qui éprouve le besoin de se dénoncer. Ces gens m'aident dans mon entreprise absurde, se dit-il. Ils sont prêts à me conduire à Kalulushi et à me trouver un moyen de transport pour une mission perdue quelque part dans le désert. Ils se donnent du mal pour que je fasse un voyage dont le mobile est une impulsion égocentrique, un rêve qui n'existe plus.

Le rêve de Mutshatsha est mort en même temps que Janine. En faisant cette intrusion dans un monde qui n'est pas le mien, j'ai l'impression de dépouiller son cadavre. Comment peut-on être jaloux d'un mort ? Jaloux de son rêve auquel elle tenait tant, même si elle avait compris qu'il était impossible à réaliser ?

Moi qui nie l'existence de Dieu, comment j'ai pu m'emparer de son rêve de devenir missionnaire ?

Il décide de faire demi-tour. De rentrer chez lui. Il va tout de suite leur demander d'être ramené à Kitwe. Il va leur fournir une explication vraisemblable sur son changement de projets.

Il s'habille et sort dans le parc. À peine s'est-il installé sur un banc à l'ombre d'un immense arbre qu'un domestique lui apporte une tasse de thé. Werner Masterton est soudain là, lui aussi, vêtu d'un vieux bleu de travail.

– Tu veux visiter notre ferme ? demande-t-il.

Ils montent dans la jeep, Werner enfonce un vieux

chapeau sur sa tête, pose ses grandes mains sur le volant et l'emmène à travers de vastes pâturages. Ils roulent le long d'innombrables rangées de poulaillers. Dès que la voiture s'arrête, elle est immédiatement encerclée par des ouvriers noirs auxquels il donne des ordres brefs dans un mélange d'anglais et de langue locale.

Hans a l'impression que Werner lutte en permanence pour ne pas se laisser aller à un accès de colère.

– C'est une grosse ferme, constate-t-il.

– Pas spécialement, répond Werner. À une autre époque, je l'aurais sans doute agrandie mais, par les temps qui courent, on ne sait pas ce qui peut se passer. Il est possible que les fermes des Blancs soient confisquées. Par jalousie. Nous sommes bien plus performants que les fermiers noirs qui ont commencé à travailler après l'indépendance et cela est une source de mécontentement. Ils nous détestent pour notre sens de l'organisation et parce que nous gagnons de l'argent. Nous avons une meilleure santé qu'eux et une espérance de vie plus longue. La jalousie est une part de l'héritage africain. Mais la raison pour laquelle ils nous détestent le plus c'est que la sorcellerie n'a pas d'effet sur nous.

Ils passent devant un paon qui déploie ses plumes colorées.

– La sorcellerie ? s'étonne Hans.

– Un Africain qui réussit court toujours le risque d'être victime de sorcellerie. La magie qui s'exerce ici peut être extrêmement efficace. S'il y a une chose que les Africains savent faire, c'est préparer du poison mortel. Ils fabriquent des pommades qu'ils s'étalent sur le corps, ils font des mélanges de plantes qu'ils transforment en de banals légumes. Un Africain passe plus de temps à cultiver sa jalousie que sa terre.

– J'ignore beaucoup de choses.

– Ce n'est pas parce que tu es en Afrique que tu en sauras davantage. Plus tu crois comprendre, plus ta connaissance diminue.

Tout d'un coup, Werner s'interrompt et freine brutalement.

Une partie de la clôture est cassée. Un Africain accourt et, à sa surprise, Hans voit Werner lui pincer l'oreille. Il s'agit pourtant d'un adulte, d'un homme d'une cinquantaine d'années.

– Pourquoi vous ne l'avez pas réparée ? hurle-t-il. Ça fait combien de temps qu'elle est comme ça ? Qui l'a cassée ? Où est Nkuba ? Il est encore saoul, c'est ça ? Qui est responsable ici ? Il faut que cette clôture soit réparée d'ici une heure. J'attends que Nkuba vienne me voir dans une heure.

Werner écarte l'homme sans ménagement et remonte dans la jeep.

– Je ne peux pas m'absenter plus de deux semaines, râle-t-il. Sinon la ferme s'écroule.

Ils s'arrêtent devant une petite colline au milieu d'un pâturage où des troupeaux de vaches à bosse paissent tranquillement. Hans Olofson découvre une tombe sur le sommet.

John McGregor, killed by bandits 1967, lit-il sur la pierre tombale.

– La première chose à faire quand on prend possession d'une ferme est de choisir l'endroit où on veut être enterré, explique Werner, qui s'est accroupi en fumant sa pipe. Si on ne me chasse pas de ce pays, je reposerai ici moi aussi, tout comme Ruth. John McGregor était un jeune Irlandais qui travaillait chez moi. Il est mort à vingt-quatre ans. Un jour, il est tombé sur un faux barrage sur la route de Kitwe. Quand il a compris qu'il avait affaire à des bandits et pas à des policiers, il a voulu faire demi-tour mais on lui a tiré dessus avec des mitrailleuses. S'il s'était arrêté, les bandits se seraient contentés de lui prendre sa voiture et ses vêtements, mais il a dû oublier qu'il était en Afrique et qu'ici on ne défend pas sa voiture.

– Des bandits ? demande Hans.

Werner hausse les épaules.

– La police est venue me prévenir qu'elle avait tiré sur quelques individus suspects qui essayaient de s'enfuir. Est-ce que c'était réellement eux ? Pour la police, l'essentiel était d'avoir des coupables à enregistrer.

Un lézard s'immobilise sur la pierre tombale. Au loin, sur un chemin gravillonné inondé de lumière, une femme noire marche d'un pas extrêmement lent. Hans Olofson a l'impression étrange qu'elle se dirige droit vers le soleil.

– La mort est toujours présente en Afrique, dit Werner. Je ne sais pas pourquoi. C'est peut-être la chaleur qui fait ça. Tout ce qui pourrit, la rage à fleur de peau de l'Africain… Il suffit de peu pour exciter une foule. À tout moment, les gens sont capables de cogner sur n'importe qui avec une masse ou avec une pierre.

– Pourtant vous vivez ici, fait remarquer Hans.

– On va peut-être s'installer en Rhodésie du Sud, répond Werner. J'ai soixante-quatre ans. Je suis fatigué, j'ai du mal à pisser et à dormir. Oui, il se peut qu'on parte.

– Qui va racheter la ferme ?

– Je la brûlerai peut-être.

Ils retournent à la grande maison blanche et un perroquet venu de nulle part se pose soudain sur l'épaule de Hans Olofson. Au lieu de prévenir ses hôtes de son changement de projet, il observe le perroquet qui attrape le col de sa chemise avec son bec.

Parfois c'est la lâcheté qui est mon trait de caractère dominant, pense-t-il, résigné. Je n'ai même pas le courage de dire la vérité à des gens que je connais à peine.

La nuit tropicale tombe comme un rideau noir précédé par un crépuscule fugace. L'obscurité transporte Hans Olofson en arrière dans le temps.

Sur la grande terrasse qui longe la façade de la maison, il boit du whisky avec Ruth et Werner. Ils viennent tout juste de s'y installer avec leurs verres quand ils voient les phares d'une voiture balayer les pâturages. Ses hôtes essaient de deviner qui est ce visiteur tardif.

La voiture s'arrête devant la terrasse et un homme d'un âge difficile à estimer monte les rejoindre. À la lueur de la lampe à pétrole, Hans Olofson voit qu'il a des traces de brûlure sur le visage. Son crâne est entièrement chauve et il est vêtu d'un costume mal coupé. Il se présente comme étant Elvin Richardson, fermier lui aussi.

– Des voleurs de bétail, dit Elvin en s'asseyant lourdement avec un verre à la main.

Hans tend l'oreille, fasciné comme un enfant qui écouterait un conte.

– Hier dans la nuit, ils ont cassé la barrière du côté de Ndongo, explique l'homme. Ils ont volé trois veaux à Ruben White. Ils ont assommé les bestioles et les ont découpées sur place. Le gardien de nuit n'a rien entendu, bien évidemment. Si ça continue comme ça, il va falloir organiser des tours de garde. Et tirer sur un ou deux voleurs pour qu'ils comprennent que c'est sérieux.

Des serviteurs noirs se devinent dans l'ombre.

De quoi parlent les Noirs entre eux ? se demande Hans Olofson. J'aimerais bien savoir comment Louis me décrit quand il est assis autour du feu avec ses amis.

A-t-il remarqué mon manque d'assurance ? Est-il en train d'aiguiser un couteau qui m'est destiné ?

Manifestement, dans ce pays, il n'y a pas de rapports de confiance entre les Noirs et les Blancs. Un abîme sépare leurs deux mondes. D'un côté on lance des ordres et de l'autre on les reçoit, c'est tout.

Il écoute la conversation, note que Ruth est plus agressive que son mari. Werner préfère attendre, alors que Ruth estime qu'il faut prendre les armes immédiatement.

Hans sursaute quand un des domestiques noirs se penche pour remplir son verre. Il se rend compte qu'il a peur. Tout est source d'insécurité sur cette terrasse : la nuit qui tombe trop vite, la conversation inquiète entre les hôtes… Le sentiment d'impuissance qu'il éprouve est le même que lorsqu'il entendait, enfant, craquer les poutres de la maison au bord du fleuve.

De toute évidence une guerre se prépare, se dit-il, mais Ruth, Werner et cet homme ne semblent pas en être conscients et cela est très inquiétant.

Au dîner, la conversation change de caractère. Hans Olofson est plus à l'aise dans une pièce où la lumière électrique chasse les ombres et rend visibles les domestiques noirs.

Ils parlent du passé et des gens qui n'existent plus.

– On doit être fous de rester ici, dit Elvin Richardson. Après nous il n'y aura plus rien. On est les derniers.

– Non, s'oppose Ruth. Tu as tort. Les Noirs viendront un jour nous supplier de rester. La nouvelle génération voit ce qui arrive. L'indépendance n'aura été qu'un morceau de tissu coloré accroché en haut d'un mât, une proclamation solennelle de promesses vides. Les jeunes se rendent compte que rien ne fonctionne dans ce pays à part ce que nous détenons encore entre nos mains.

Encouragé par l'ivresse, Hans prend la parole :

– Êtes-vous tous aussi hospitaliers ici ? Rien ne dit que je ne suis pas un homme peu recommandable, peut-être même un criminel.

– Tu es blanc, dit Werner. Dans ce pays, c'est une garantie suffisante.

Elvin Richardson se retire une fois le dîner fini et Hans en déduit que les soirées chez Ruth et Werner se terminent de bonne heure. On ferme soigneusement les grilles métalliques devant les portes, Hans Olofson entend les bergers allemands aboyer dans le noir et on lui apprend à désactiver l'alarme s'il a besoin de se rendre dans la cuisine cette nuit. À vingt-deux heures, il est au lit.

Je suis enfermé, se dit-il. Une prison blanche dans un pays noir. On a mis le cadenas de la peur autour de la propriété des Blancs. Je me demande ce que pensent les Noirs en voyant nos chaussures à côté des leurs. Et que pensent-ils de la liberté qu'ils ont obtenue ?

Il sombre dans un sommeil agité.

Un bruit pénètre soudain dans sa conscience. L'espace d'un instant, il ne sait plus où il est.

Afrique, je ne sais pas grand-chose de toi, se dit-il. Tu es peut-être exactement comme dans les rêves de Janine. Je ne me souviens plus de ce qu'on se disait dans sa cuisine, mais je sens que mes valeurs n'ont pas cours ici. Il faut que je change ma manière de voir les choses…

Il tend l'oreille vers l'obscurité en se demandant si c'est le silence ou les bruits qui sont imaginaires. Il sent de nouveau la peur monter en lui.

La gentillesse de Ruth et de Werner Masterton renferme une catastrophe, se dit Hans. Cette ferme avec sa belle maison est encerclée par une angoisse grandissante et une colère refoulées depuis beaucoup trop longtemps.

Il compare l'Afrique à un animal blessé qui n'a pas encore assez de force pour se relever. La respiration de la terre se confond avec celle de l'animal. N'est-ce pas ainsi que Janine voyait ce continent mortifié ? Comme un buffle mis à terre mais qui arrive encore à tenir les chasseurs à distance ?

Janine, avec son empathie, aurait sans doute su bien mieux que moi pénétrer dans la réalité d'ici. Peut-être a-t-elle, dans ses rêves, fait un voyage aussi réel que ma fuite insensée ? Mais peut-être qu'une autre vérité existe. J'aimerais pouvoir rencontrer une autre Janine ici. Une Janine vivante qui pourrait remplacer la Janine morte.

Il reste éveillé jusqu'à ce que l'aube déchire l'obscurité. Par la fenêtre, il voit le soleil se hisser au-dessus de l'horizon comme une boule de feu rouge.

Soudain, il se rend compte que Louis l'observe de derrière un arbre. Il frissonne bien que la chaleur soit déjà intense. De quoi ai-je peur ? se demande-t-il. De moi ou de ce continent ? Quelle est cette histoire que l'Afrique cherche à me raconter mais que je ne veux pas entendre ?

À sept heures et quart, il fait ses adieux à Ruth et prend place à côté de Werner sur le siège avant de la jeep.

– Reviens nous voir, dit Ruth. Tu seras toujours le bienvenu.

Quand la voiture sort par la grande barrière de la ferme où deux Africains font un salut militaire maladroit, Hans Olofson aperçoit un vieillard sur le bas-côté. Il est à moitié caché par les herbes hautes et il rit. Des années plus tard, cette image lui reviendra.

Un vieil homme dissimulé dans l'herbe à éléphant qui rit silencieusement très tôt le matin…

9

Léonard de Vinci aurait-il pris de son temps précieux pour aller cueillir des fleurs ?

Ils sont dans la chambre mansardée de Sture en haut de la maison de justice lorsque le Grand Silence s'installe entre eux. C'est au début de l'été 1957 et la fin de l'année scolaire approche.

Pour Sture, cela signifie la fin de l'école primaire. Le collège l'attend.

Hans Olofson, lui, dispose d'une année supplémentaire pour prendre une décision. L'idée de poursuivre sa scolarité l'a effleuré, mais à quoi bon ? Il a hâte de devenir adulte. Aucun enfant n'a envie de rester enfant.

Mais l'avenir, qu'a-t-il à lui offrir ?

Sture, encouragé par le grand Leonardo accroché à son mur, semble avoir son chemin tout tracé, alors que Hans Olofson courbe le dos sous son rêve impossible : voir un jour sa vieille maison larguer les amarres et descendre le fleuve.

Il ne sait pas quoi répondre aux questions insistantes de Sture.

Abattra-t-il les arbres de la forêt pour dégager l'horizon comme son père ? Mettra-t-il lui aussi ses grosses chaussettes mouillées à sécher au-dessus de la cuisinière ?

Il ne sait pas. Il est là, dans la chambre de Sture, empêtré dans sa jalousie et son inquiétude. Un vent doux annonciateur de l'été souffle par la fenêtre ouverte. Il est venu proposer à son ami d'aller cueillir des fleurs pour la fête de fin d'année.

Penché sur une carte astronomique, Sture est en train de prendre des notes. Hans Olofson sait qu'il a décidé de découvrir une étoile inconnue.

C'est justement quand Hans lui propose d'aller cueillir des fleurs que le silence s'installe entre eux. Leonardo n'aurait pas sacrifié son temps pour des futilités pareilles.

Agacé, Hans se demande comment Sture peut avoir autant d'assurance, mais il ne dit rien. Il attend. Au cours de ce printemps, il lui arrive de plus en plus souvent d'être obligé d'attendre que Sture termine une de ses occupations importantes.

La distance entre eux s'agrandit. Bientôt, il n'y aura plus que les visites chez Janine pour leur rappeler leur vieille complicité. Hans Olofson sent que Sture s'éloigne. Pas du bourg, mais de leur amitié. Et cela l'inquiète. Que s'est-il passé ?

Un jour, il le lui demande mais Sture balaie la question d'un revers de la main.

Plus jamais il n'abordera le sujet.

Sture se montre parfois versatile et un brin capricieux. Comme ce jour-là. D'un geste impatient, il se débarrasse de la carte du ciel et se lève brusquement.

– Allons-y ! dit-il.

Ils descendent la berge et s'assoient au bord de l'eau sous le large toit formé par les poutres métalliques du pont. La crue printanière gronde à leurs pieds, le tranquille clapotement a été remplacé par le rugissement des remous. Une soudaine exaltation s'empare de Hans

Olofson, il éprouve le besoin de devenir visible aux yeux du monde.

Il a souvent rêvé d'accomplir un rite initiatique pour accéder à sa vie d'adulte. En réalité, il rêve de traverser le fleuve sur une des arches du pont, il veut monter vers des hauteurs vertigineuses sur cette étroite bande métallique, bien conscient qu'une chute serait fatale.

Découvrir des étoiles inconnues, quelle idée ! se dit-il avec sarcasme. Moi je vais m'approcher des étoiles, beaucoup plus près que Sture ne pourra jamais le faire.

– J'ai décidé de traverser le pont en marchant sur une des arches, annonce-t-il.

Sture lève la tête vers la gigantesque construction métallique.

– C'est impossible, dit-il.

– Mais non, ce n'est pas impossible ! C'est juste une question de courage.

Sture regarde de nouveau les arches.

– Il n'y a qu'un gosse qui pourrait être assez con pour faire ça, dit-il.

C'est à moi qu'il fait allusion ? se demande Hans Olofson, déstabilisé. Escalader une arche serait un jeu pour enfants ?

– Toi, tu n'oserais pas ! réplique-t-il. Je parie que tu n'es pas cap de le faire.

Sture a l'air surpris. D'habitude Hans ne s'exprime pas avec autant d'assurance. Aujourd'hui sa voix est forte, anguleuse, dure. Comme s'il avait de l'écorce de pin à la place de la langue. Se faire accuser de ne pas être à la hauteur…

Non, il n'oserait sans doute pas. Pourquoi mettre sa vie en danger pour rien ? Ce n'est pas une question de vertige. S'il le fallait, il grimperait aux arbres comme un singe. Mais là, c'est trop haut et il n'y aurait rien pour le retenir s'il lâchait prise.

Mais il ne dit rien de tout ça à Hans, bien entendu. Il éclate de rire et envoie un crachat dans le fleuve avec dédain.

C'est en voyant la réaction de Sture que Hans Olofson prend sa décision. Il n'y a qu'une réponse possible à cette accusation humiliante. C'est de concrétiser son défi.

– Moi je vais grimper, dit-il d'une voix tremblante. Et une fois là-haut, je me mettrai debout pour te pisser à la gueule.

Sa voix est chevrotante comme s'il se trouvait déjà en grand danger.

Sture lui lance un regard sceptique. Il est sérieux ? Même si Hans, tremblant et au bord des larmes, n'a rien d'un aventurier téméraire, il y a quelque chose dans son obsession qui trouble Sture.

– Alors fais-le, dit-il. Si tu le fais, moi aussi je le ferai. Après.

Sa déclaration ne permet plus à Hans Olofson de faire marche arrière. S'il se rétractait, son humiliation serait totale.

Avec l'impression de se rendre à sa propre exécution, Hans remonte la berge, enlève sa veste et se hisse en haut du parapet. Le sommet de l'arche au-dessus de lui se fond dans la couche nuageuse grisâtre. La distance lui semble infinie, comme s'il s'apprêtait à monter jusqu'au ciel. Il s'efforce de garder son calme, mais son inquiétude ne fait que croître.

Pris d'une rage désespérée, il se met à se traîner en avant sur le ventre comme une grenouille terrorisée. Rien ne justifie ce qu'il fait, mais il est trop tard pour changer d'avis.

Sture a fini par comprendre que le défi de Hans était

sérieux. Il aurait voulu lui dire de descendre mais il se tait, poussé par un sentiment inavouable : peut-être va-t-il assister à l'échec de quelqu'un qui cherche à accomplir l'impossible ?

Les yeux fermés, Hans Olofson continue à se glisser vers le haut. Le vent chante dans ses oreilles et le sang cogne dans sa tête. Il est totalement seul. Le métal est froid contre son corps, les têtes des rivets lui écorchent les genoux, ses doigts sont déjà engourdis. Il s'efforce de ne pas réfléchir, il continue à progresser comme si ça se passait dans un de ses rêves habituels. Pourtant, rien n'est familier, il a la sensation d'avancer sur l'axe de la Terre…

Il sent l'arche s'aplanir, mais cela ne le rassure pas pour autant. Bien au contraire, il prend conscience de la hauteur à laquelle il se trouve et de sa solitude absolue. S'il tombe, rien ne pourra le sauver.

Désespéré, il avance mètre après mètre en se cramponnant à la bande métallique. Bientôt, il entame sa descente vers la terre. Ses doigts sont ankylosés et ressemblent à des griffes, l'espace d'une seconde il se dit qu'il s'est transformé en chat. Une sensation de chaleur l'enveloppe soudain mais il ne cherche pas à savoir d'où elle vient.

Il finit par atteindre le parapet, ouvre prudemment les yeux et comprend qu'il a survécu. Longtemps, il reste agrippé à la bande métallique comme s'il devait sa vie à l'arche.

Il lève le regard vers le pont en se disant qu'il a gagné son pari, mais il sait très bien que c'est un ennemi intérieur qu'il vient de vaincre. Quand il s'essuie le visage et remue ses doigts pour retrouver sa sensibilité, il voit Sture s'approcher de lui en lui apportant sa veste.

– T'as oublié de pisser, fait remarquer Sture.

Il a oublié ? Mais non. Tout d'un coup il comprend d'où lui venait la sensation de chaleur là-haut. C'est son corps qui a cédé.

– Je n'ai pas oublié, regarde ! dit-il en montrant la tache sombre sur son pantalon. À moins que tu ne préfères sentir l'odeur ?

Après le triomphe vient la soif de vengeance.

– À toi maintenant ! dit-il en enfilant sa veste.

Mais Sture a déjà préparé sa porte de sortie. Quand il a compris que Hans Olofson allait réussir son défi, il s'est mis à chercher une échappatoire.

– OK, mais pas tout de suite. Je n'ai pas précisé quand.

– Alors décide d'une date, insiste Hans.

– Je te tiendrai au courant.

Ils rentrent dans la clarté de la soirée d'été. Chacun chez soi. Hans Olofson ne pense plus à ses fleurs. Des fleurs, il y en a plein. En revanche, il n'y avait qu'un seul pont à vaincre…

Le silence qui s'est installé entre eux s'approfondit encore davantage. Hans aimerait en parler avec Sture mais il n'y arrive pas. Son ami est impossible à atteindre et ils se séparent devant la grille de la maison de justice sans rien se dire…

Une légère brume annonçant le dernier jour d'école se dissipe rapidement au lever du soleil. Les salles de classe sentent le propre. Gottfried, le principal, arrive dans son bureau dès cinq heures du matin pour préparer le discours qu'il va adresser aux élèves qui seront bientôt dispersés aux quatre coins du monde.

La nostalgie et la réflexion que le moment lui inspire l'incitent à ne pas abuser du vermouth. Pas ce matin. Il règne une joyeuse impatience parmi les élèves mais ce dernier jour d'école lui rappelle aussi la nature éphémère de la vie. Nous ne sommes que de passage sur la terre...

À sept heures et demie, le principal sort sur les marches, espérant intensément qu'aucun élève ne se présentera sans ses parents. Rien ne le bouleverse autant qu'un enfant seul à la fête de fin d'année.

À huit heures, la sonnerie retentit. Une tranquillité fébrile règne dans les salles de classe que Gottfried s'apprête à visiter.

Törnkvist, un des maîtres, vient l'informer de l'absence d'un élève de dernière année. Il s'agit de Sture von Croona, le fils du juge. Le principal regarde sa montre et décide de passer un coup de fil au magistrat au moment où les élèves se rendront au temple. En allant au secrétariat, il se rassure en se disant qu'il y a forcément une explication naturelle à l'absence du garçon, mais ses mains sont moites et une inquiétude sourde le gagne...

D'après le juge, Sture a quitté la maison tôt dans la matinée. Sa mère, victime d'une violente crise de migraine, ne pouvait malheureusement pas l'accompagner. Mais Sture s'est bien rendu à l'école.

Le principal arrive au temple au moment où les derniers élèves accompagnés de leurs parents prennent place. Il essaie encore de trouver une explication rationnelle à l'absence de l'élève Sture von Croona.

Lorsqu'il attrape le livre destiné à récompenser l'excellent travail de Sture, il n'arrive plus à refouler sa crainte. Quelque chose de grave est arrivé, il le sent.

Il fait son discours, parle du repos bien mérité des élèves et de l'importance de se préparer pour l'année à venir lorsqu'il voit les portes du temple s'ouvrir tout doucement. Rassuré, il pense voir apparaître Sture, mais c'est son père qui entre.

Le juge von Croona pose une question muette au principal, qui secoue la tête. Non, Sture n'a pas assisté au rassemblement ce matin.

– Mon fils n'a pas pu s'évaporer, fait remarquer le juge un peu plus tard. Je vais appeler la police.

Gottfried acquiesce et sent son angoisse s'intensifier.

– Il est peut-être quand même…, commence-t-il mais il s'interrompt en voyant le juge sortir du temple.

L'organisation d'une battue se révèle inutile puisque Hans Olofson retrouve son ami à peine une heure après la cérémonie au temple.

Hans fait son petit tour habituel du côté du fleuve en se réjouissant de la grande liberté qui l'attend. L'idée de ne pas avoir vu Sture ce matin à l'école lui traverse rapidement l'esprit mais il se dit qu'il a dû préférer continuer à chercher son étoile inconnue.

Il s'assied au bord de l'eau pour réfléchir. L'été mérite bien un moment de recueillement. Sa solitude lui semble plus facile à supporter depuis qu'il a réussi son défi.

Soudain son regard est attiré par quelque chose de rouge sous le pont. Il fronce les yeux. C'est sûrement du papier accroché aux branches. Il s'approche pour vérifier et c'est ainsi qu'il trouve Sture. Sa veste rouge a attiré son regard. Sture est allongé sur la berge. Il est tombé de l'arche et ne peut plus bouger. Ce matin, au réveil, il a décidé d'accomplir le même exploit que Hans Olofson mais il a d'abord voulu se faire une idée des difficultés.

À l'aube, il s'est rendu au pont, il a longuement observé les arches gigantesques avant de commencer à grimper. À un moment donné, grisé par la prouesse qu'il était en train de réaliser, il a commis l'imprudence de se soulever légèrement. Alors un coup de vent venu de nulle part l'a déséquilibré et il est tombé. Il a heurté violemment la surface de l'eau et s'est brisé la colonne vertébrale contre un rocher. Son corps s'est rapidement refroidi dans l'eau glacée et, inconscient, il a ensuite été emporté par un courant vers la rive. Lorsque Hans Olofson le retrouve, il est mourant.

Hans lui parle, mais n'obtient pas de réponse. Hurlant de désespoir, il fonce vers le village.

Ce matin-là, l'été meurt brusquement et une ombre puissante s'empare de leur grande aventure.

Hans Olofson arrive dans le bourg en criant de toutes ses forces, les gens s'écartent, terrifiés, comme devant un chien fou. Mais Rönning, le ferrailleur, qui a participé à la guerre d'Hiver en Finlande et qui en a vu d'autres, arrête le gamin et lui ordonne de s'expliquer.

Le taxi, qui fait aussi office d'ambulance, démarre en trombe et disparaît en direction du pont.

Le seul médecin de l'hôpital, épuisé en permanence, commence à examiner Sture. Il vit, il respire, son traumatisme crânien guérira, mais sa colonne vertébrale est brisée. Sture est paralysé des pieds jusqu'au cou.

Le médecin s'attarde un moment devant la fenêtre pour contempler les collines boisées avant d'aller informer les parents dans la salle d'attente.

Pendant ce temps-là, Hans Olofson vomit aux toilettes du commissariat et, quand il a fini, un interrogatoire prudent commence.

– La veste rouge, répète-t-il sans cesse. J'ai vu sa veste dans le fleuve.

Erik Olofson revient précipitamment de la forêt. Rönning, le ferrailleur, ramènera ensuite le père et le fils chez eux en voiture. Erik restera longtemps au chevet de son fils, qui ne trouvera le sommeil que bien après minuit.

Les lampes de l'étage supérieur de la maison de justice seront allumées toute la nuit.

Sture quitte le village quelques jours après l'accident. Une ambulance vient le chercher tôt le matin pour le transporter vers le sud. La voiture fonce à travers Ulvkälla et disparaît en direction des forêts interminables de l'Orsa Finnmark. Janine dort encore.

Hans Olofson n'a même pas pu rendre visite à son frère d'armes avant son départ. La veille, il a erré devant l'hôpital en essayant de deviner derrière quelle fenêtre se trouvait la chambre de Sture, mais tout est si mystérieux et discret, comme si on craignait qu'une colonne vertébrale brisée ne soit contagieuse.

Il descend alors vers le fleuve, inexorablement attiré par le pont mais en proie à un énorme sentiment de culpabilité.

C'est lui qui est à l'origine de l'accident…

Apprenant que Sture a été conduit à un hôpital loin du village, il lui écrit une lettre, la glisse dans une bouteille qu'il lance dans l'eau. Il la regarde s'éloigner en direction du parc, puis il traverse le pont et court jusqu'à la maison de Janine.

Elle s'apprête à se rendre au Grand Rassemblement du printemps mais y renonce en voyant la pâleur mortelle de Hans Olofson. Il s'assied sur sa chaise habituelle dans la cuisine et Janine s'installe en face de lui.

– C'est la chaise de Sture, fait-il remarquer, ne t'assieds pas là.

Dieu envoie des souffrances inutiles à la terre, se dit-elle. Pour quelle raison brise-t-il la colonne vertébrale d'un garçon au moment même où l'été vient de naître ?

– Joue-moi quelque chose, demande soudain Hans sans lever la tête.

Elle attrape son trombone et joue *Creole Love Call* en s'appliquant autant que possible pour que ce soit beau.

Quand elle a fini, il se lève, prend sa veste et s'en va.

Un tout petit homme dans un monde trop grand et trop incompréhensible, se dit Janine en le regardant s'éloigner. Prise d'un accès de colère, elle met l'instrument à ses lèvres et donne libre cours à sa douleur en jouant *Siam Blues*. Les notes se plaignent comme des animaux en souffrance. Janine n'entend pas Hurrapelle entrer. Il la regarde avec stupéfaction se balancer au rythme de la musique. Quand elle s'aperçoit de sa présence, elle cesse de jouer et se met à le bombarder de questions furieuses. Elle l'oblige à l'écouter et lui lance en plein visage ses doutes sur l'existence d'un Dieu conciliant.

Il courbe le dos en silence et la laisse parler. Puis, choisissant ses mots avec soin, il la remet tout doucement sur le droit chemin. Bien qu'elle ne se débatte plus, il n'est pas certain d'avoir réussi à lui insuffler les forces de la foi. Il décide de la surveiller de près et lui demande si elle a l'intention de participer au Grand Rassemblement. Mais elle reste muette, fait un mouvement de refus de la tête et lui ouvre la porte en l'invitant à s'en aller.

Janine est partie très loin dans ses pensées et elle mettra longtemps à revenir…

Hans Olofson rentre chez lui en marchant dans l'herbe humide.

– Pourquoi tu ne m'as pas attendu ? crie-t-il en serrant les poings quand il passe sous le pont.

La bouteille avec son message descend le fleuve vers la mer…

10

Au bout de deux heures de voyage vers la mission de Mutshatsha, la tête du delco cesse de fonctionner et la voiture s'immobilise dans un paysage désolé.

Hans Olofson descend, essuie son visage moite et poussiéreux tout en promenant son regard le long de l'horizon qui s'étend à l'infini.

Il commence à comprendre la grande solitude qu'on peut ressentir sur ce continent noir. Harry Johanson a dû voir la même chose que moi, pense-t-il. Il est arrivé de l'ouest, dans le sens opposé, mais le paysage était forcément le même. Quand il a atteint son but après quatre ans de voyage, toute sa famille était décimée. La mort a mesuré la distance dans le temps et dans l'espace. Quatre années, quatre morts...

De nos jours, les voyages n'existent plus. Nous sommes catapultés à travers le monde comme des pierres munies de passeport. Notre temps sur terre n'est pas plus long que celui de nos ancêtres, mais nous l'avons dilaté à l'aide de la technologie. À notre époque, nous sommes rarement pris de vertige devant la distance et le temps...

Et pourtant, ce n'est pas tout à fait exact. Dix ans se sont déjà écoulés depuis le jour où Janine m'a raconté pour la première fois l'histoire de Harry Johanson, de son épouse Emma et de leur voyage vers la mission de Mutshatsha.

À présent, j'y suis presque arrivé, moi aussi, et Janine est morte. Mais c'était son rêve à elle, pas le mien. Tel un pèlerin, j'avance dans les traces des autres. Des gens aimables m'aident à me loger et à voyager, comme si la tâche dont je me suis chargé était importante.

David Fischer, par exemple, qui cherche à résoudre le problème du delco de sa voiture.

Tôt dans la matinée, Werner Masterton est arrivé dans la cour de David Fischer et quelques heures plus tard ils ont pris la route pour Mutshatsha. Fischer est un homme de son âge. Maigre et aux cheveux rares, il fait penser à un oiseau inquiet qui jette constamment des regards autour de lui comme s'il était poursuivi.

Il a immédiatement accepté d'aider Hans Olofson à atteindre Mutshatsha. Évidemment.

– Je n'ai jamais été chez les missionnaires, dit-il. Mais je connais le chemin.

Pourquoi ils ne me demandent rien ? pense Hans Olofson. Pourquoi personne n'a envie de savoir ce que je suis venu faire à Mutshatsha ?

Ils traversent le bush dans la jeep militaire rouillée de David Fischer. Elle dérape dans le sable profond et la poussière s'infiltre malgré la bâche.

– On risque d'avoir des problèmes avec la tête du delco ! crie Fischer par-dessus le bruit du moteur.

De temps à autre, Hans Olofson croit voir des gens passer dans les hautes herbes, mais il n'en est pas sûr. Ce ne sont peut-être que des ombres…

Peu après, la tête du delco s'encrasse, il sort dans la chaleur torride et écoute le silence africain.

Comme une nuit d'hiver dans mon village, se dit-il.

Calme et sans âme qui vive. Là-bas c'est à cause du froid, ici à cause de la chaleur. Pourtant les deux endroits se ressemblent. J'ai bien réussi à vivre là-bas, alors pourquoi pas ici ? Grandir dans le centre de la Suède septentrionale est peut-être une excellente préparation à la vie en Afrique...

David Fischer referme le capot, jette un regard derrière lui et se met à pisser.

– Que savent les Suédois de l'Afrique ? demande-t-il soudain.

– Rien, répond Hans Olofson.

– Nous qui vivons ici, nous ne comprenons pas ce nouvel intérêt des Européens pour l'Afrique. Vous nous aviez abandonnés et voilà que vous revenez comme de nouveaux sauveurs, rongés de remords.

– Ma visite est totalement inutile, dit Hans, et je ne suis pas venu sauver qui que ce soit.

– Quel est le pays africain qui reçoit la plus grande aide européenne ? demande Fischer. C'est une devinette. Personne ne m'a encore donné la bonne réponse.

– La Tanzanie, propose Hans.

– Faux. C'est la Suisse. Des fonds destinés au développement des pays africains viennent approvisionner des comptes anonymes en Suisse, l'argent ne fait que transiter par l'Afrique...

La route descend soudain à pic vers un fleuve et un pont branlant. Des grappes d'enfants se baignent dans l'eau verte, des femmes font la lessive à genoux.

– Quatre-vingt-dix pour cent de ces enfants mourront de bilharziose, dit David Fischer.

– Qu'est-ce qu'on peut faire à ça ?

– Personne n'a envie de voir un enfant mourir inutilement, c'est pour ça qu'on est si amers. Si on avait pu poursuivre notre travail, on aurait sans doute réussi à venir à bout des parasites intestinaux. Maintenant, c'est trop tard. En nous abandonnant, vous avez aussi abandonné les possibilités de créer un avenir supportable pour ce continent, répond Fischer.

Il freine d'un coup sec pour éviter un Africain qui surgit au milieu de la route en agitant les bras. Visiblement, il veut monter avec eux. Fischer klaxonne furieusement et passe devant l'homme tout en lui criant quelque chose.

– On arrive dans trois heures, annonce-t-il. J'espère que ce que je viens de te dire te fera réfléchir. Je suis raciste, bien entendu, mais je ne suis pas un raciste stupide. Je veux ce qu'il y a de mieux pour ce pays. Je suis né ici et j'espère mourir ici.

Hans Olofson essaie de suivre son conseil, mais il n'arrive pas à contrôler ses pensées. Il essaie de prendre de la distance par rapport à ce qu'il est en train de vivre et il a la sensation de se déplacer dans sa propre mémoire. Ce voyage est déjà devenu un souvenir lointain…

Dans l'après-midi, au moment où le soleil se trouve juste en face d'eux, David Fischer freine et coupe le moteur.

– C'est encore le delco ? demande Hans.

– On est arrivés. Ça doit être Mutshatsha. Le fleuve qu'on vient de traverser s'appelle le Mujimbeji.

Une fois la poussière dissipée, ils découvrent des bâtiments gris regroupés autour d'une place avec un puits au milieu. C'est donc dans ce village que Harry Johanson est arrivé, se dit Hans Olofson. La destination dont rêvait Janine…

Un vieil homme blanc s'avance lentement vers eux, des enfants nus ou en haillons s'agglutinent autour de la voiture.

Le visage du vieillard est blême et creusé. Hans Olofson sent tout de suite qu'il n'est pas le bienvenu. Je force la porte d'un monde réservé aux Noirs et aux missionnaires et qui ne me concerne pas, pense-t-il. Il décide d'annoncer sans attendre la raison de sa visite. Du moins partiellement.

– Je viens ici sur les traces de Harry Johanson, explique-t-il. J'ai les mêmes origines que lui et je suis à la recherche de son souvenir.

L'homme le regarde longuement, puis il l'invite à le suivre.

– J'attendrai ton accord pour repartir, dit David Fischer. De toute façon, je ne pourrai pas être chez moi avant la nuit.

Hans est conduit dans une pièce équipée d'un lit et d'un lavabo ébréché. Un crucifix est accroché au mur. Il voit un lézard disparaître dans un trou. Une forte odeur qu'il n'arrive pas à identifier lui pique le nez.

– Le père LeMarque est parti en voyage, dit le vieillard. En principe, il reviendra demain. Je te ferai porter des draps et on t'indiquera où trouver à manger.

– Je m'appelle Hans Olofson.

L'homme hoche la tête sans se présenter.

– Sois le bienvenu à Mutshatsha, dit-il d'une voix triste avant de se retirer.

Un groupe d'enfants silencieux l'observe depuis le seuil de la chambre.

La cloche du temple se met soudain à sonner. Hans tend l'oreille et une angoisse diffuse monte en lui. L'odeur devient plus insistante. Il faut que je m'en aille d'ici. Si je pars tout de suite, ma visite sera vite oubliée.

À peine sa décision prise, il voit David Fischer arriver avec sa valise.

– J'ai cru comprendre que tu as l'intention de rester, dit-il. Bonne chance pour ce que tu as à faire. Si tu veux revenir, les missionnaires ont des voitures. Et tu sais où j'habite.

– Comment te remercier ?

– Pourquoi toujours remercier ? rétorque Fischer, qui remonte dans sa jeep.

Hans Olofson suit la voiture du regard. Les enfants l'observent toujours.

La forte chaleur lui donne le vertige. Il se retire dans la cellule monacale qu'on lui a octroyée, s'allonge sur la couchette inconfortable et ferme les yeux.

Les cloches ont cessé de sonner et tout est de nouveau silencieux. Quand il rouvre les yeux, il s'aperçoit que les enfants sont encore dans l'embrasure de la porte. Il leur fait un signe amical de la main mais ils disparaissent aussitôt.

Il a besoin d'aller aux toilettes. Dès qu'il quitte la chambre, la chaleur torride le frappe en plein visage. La grande place recouverte de sable est vide, même les enfants l'ont désertée. Il contourne le bâtiment à la recherche des toilettes et découvre une porte à l'arrière. Il abaisse la poignée et pénètre dans une obscurité compacte. L'odeur lui donne la nausée. Quand ses yeux se sont habitués à l'absence de lumière, il se rend compte qu'il se trouve dans une chambre funéraire. Il distingue des tables en bois sur lesquelles sont allongés deux corps nus recouverts de draps sales.

Il recule, sort à toute vitesse en claquant la porte. Le vertige le reprend aussitôt.

Un homme assis sur les marches devant sa chambre le suit du regard.

– Je suis Joseph, *bwana*, dit-il. Je vais garder ta porte.

– Qui t'a dit de t'asseoir ici ?

– Les missionnaires, *bwana*.

– Pourquoi ?

– Au cas où il se passerait quelque chose.

– Que pourrait-il se passer ?

– Beaucoup de choses peuvent se passer la nuit, *bwana*.

– Comme quoi, par exemple ?

– On ne le sait qu'au moment où ça se passe, *bwana*.

– Il s'est déjà passé quelque chose ?

– Il se passe toujours beaucoup de choses, *bwana*.

– Tu vas rester ici pendant combien de temps ?

– Tout le temps que *bwana* est ici, *bwana*.

– Tu dors quand ?

– Quand j'ai le temps, *bwana*.

– Le temps ne se compose que de jours et de nuits.

– Mais parfois apparaissent d'autres temps, *bwana*.

– Que fais-tu pendant que tu es assis ici ?

– J'attends que quelque chose se passe, *bwana*.

– Comme quoi ?

– On ne le sait qu'au moment où ça se passe, *bwana*.

Joseph indique les toilettes et l'endroit où Hans Olofson pourra prendre une douche à l'aide d'un vieux bidon d'essence et d'un tuyau percé. Il change de vêtements et suit Joseph à la cantine de la mission. Un Africain boiteux essuie les tables vides avec un chiffon sale.

– Je suis tout seul ? s'étonne-t-il.

– Les missionnaires sont en voyage, *bwana*. Mais ils seront peut-être de retour demain.

Joseph reste à la porte, Hans Olofson va s'asseoir à une table et l'Africain boiteux lui apporte une assiette de soupe. Pendant qu'il mange, il est obligé de chasser les mouches qui volent autour de sa bouche. Il sursaute, piqué soudain par un insecte, et renverse la soupe. Le boiteux accourt avec son chiffon crasseux.

Sur ce continent les choses sont inversées, pense-t-il. Quand ils nettoient, ils ne font que propager la saleté.

Lorsqu'il quitte la cantine, le crépuscule a déjà cédé la place à la nuit. Des feux brillent au loin. Joseph est de nouveau posté devant la porte. Hans s'aperçoit qu'il a du mal à garder l'équilibre.

– Tu es ivre, Joseph, dit-il.

– Je ne suis pas ivre, *bwana*.

– Je vois bien que tu es ivre !

– Je ne suis pas ivre, *bwana*. Du moins pas très. Je ne bois que de l'eau, *bwana*.

– L'eau ne saoule pas. Qu'est-ce que tu as bu ?

– Du whisky africain, *bwana*. Mais ce n'est pas autorisé. Je n'aurais pas le droit de rester ici si un des *mzunguz* s'en apercevait.

– Que se passerait-il s'ils te voient dans cet état ?

– Parfois, le matin, nous devons nous aligner pour souffler sur un *wakawitau*, *bwana*. Si on sent autre chose que de l'eau, il nous punit.

– De quelle manière ?

– Dans le pire des cas, il faut quitter Mutshatsha avec notre famille, *bwana*.

– Je ne dirai rien, Joseph. Je ne suis pas un missionnaire. Je suis seulement de passage et j'aimerais acheter un peu de ton whisky africain.

Il voit que Joseph ne sait pas comment réagir.

– Je te donnerai un bon prix pour ton whisky, insiste-t-il.

Il suit la silhouette titubante qui se dirige vers un groupement de cases couvertes de chaume. Il entend des rires dans le noir mais ne voit pas les visages. Une femme invisible se dispute avec un homme, des yeux d'enfants brillent autour d'un feu.

Joseph s'arrête devant une des cases. Deux hommes

et trois femmes en sortent. Tous ivres. Joseph fait signe à Hans de le suivre et ils pénètrent dans la case où les accueille une puanteur d'urine et de sueur.

Je devrais avoir peur, se dit-il, et pourtant je me sens en sécurité en compagnie de Joseph...

Il trébuche sur quelque chose. En tâtonnant le sol de la main, il s'aperçoit que c'est un enfant endormi. Les ombres dansent sur les murs, Joseph lui fait signe de prendre place. Il s'assied sur une natte et une femme lui tend un gobelet. La boisson a un goût de pain brûlé. C'est très fort.

– Qu'est-ce que je bois ? demande-t-il à Joseph.

– Du whisky africain, *bwana*.

– C'est mauvais.

– Nous on est habitués, *bwana*. On distille nous-mêmes des résidus de maïs, des racines et de l'eau sucrée pour faire du *lituku*. Et c'est ce qu'on boit. Quand il n'y en a plus, on en fabrique d'autre. Il nous arrive aussi de boire de la bière de miel.

Hans Olofson sent l'alcool lui monter à la tête.

– Pourquoi tes amis sont sortis de la case ? demande-t-il.

– Ils n'ont pas l'habitude de voir un *mzungu* ici, *bwana*. Jusqu'à présent il n'y a jamais eu de *mzungu* dans cette case.

– Dis-leur de revenir. Je ne suis pas un missionnaire.

– Mais tu es blanc, *bwana*. Tu es un *mzungu*.

– Dis-leur quand même de revenir.

Joseph appelle les trois femmes et les deux hommes qui reviennent s'asseoir. Ils sont jeunes.

– Mes sœurs et mes frères, *bwana*. Magdalena, Sara et Salomo. Abraham et Kennedy.

– Salomo c'est un nom masculin.

– Ma sœur s'appelle Salomo, *bwana*. C'est donc aussi un nom féminin.

– Je ne veux pas déranger. Dis-leur que je ne veux pas les déranger.

Joseph traduit et la femme qui s'appelle Sara répond quelque chose tout en jetant un regard vers Hans Olofson.

– Qu'est-ce qu'elle veut ? demande-t-il.

– Elle demande pourquoi un *wakawitau* accepte d'entrer dans une case africaine, *bwana*. Elle demande pourquoi tu bois puisque tous les Blancs disent que c'est interdit.

– Pas moi. Explique-lui que je ne suis pas un missionnaire.

Joseph traduit et une violente discussion éclate. Hans Olofson regarde les femmes, leurs corps sombres se devinent sous leurs *chitengen*. C'est peut-être Janine qui me revient en femme noire… se dit-il.

Tout en écoutant cette discussion dont il ne comprend rien, il boit le breuvage qui a un goût de pain brûlé jusqu'à ce qu'il soit ivre.

– Pourquoi vous êtes aussi agités ? demande-t-il à Joseph.

– Pourquoi les *mzunguz* ne boivent-ils pas, *bwana* ? Surtout ceux qui prêchent et parlent de leur dieu ? Pourquoi ils ne comprennent pas que le whisky africain rend les manifestations divines plus fortes ? Nous, les Africains, le savons depuis le temps de nos premiers ancêtres.

– Dis-leur que je suis d'accord et demande-leur ce qu'ils pensent réellement des missionnaires.

Joseph traduit et un silence gêné s'installe.

– Ils ne savent pas quoi répondre, *bwana*. Ils n'ont

96

pas l'habitude qu'un *mzungu* pose ce genre de questions. Ils ont peur de ne pas donner la bonne réponse.

– Que se passerait-il dans ce cas ?

– Ça pourrait rendre les missionnaires mécontents, *bwana*, et on serait peut-être tous chassés.

– Il arrive que ceux qui n'obéissent pas soient chassés ?

– Les missionnaires sont comme tous les Blancs, *bwana*. Ils exigent la même soumission.

– Sois plus clair ! Que se passerait-il ?

– Les *mzunguz* reprochent toujours aux Noirs de ne pas être assez clairs, *bwana*.

– Tu parles par énigmes, Joseph.

– La vie est énigmatique, *bwana*.

– Je ne crois pas un mot de ce que tu dis, Joseph. Les missionnaires ne vous chassent pas !

– Bien sûr que tu ne me crois pas, *bwana*. Je dis seulement les choses telles qu'elles sont.

Hans Olofson boit.

– Les femmes sont tes sœurs ? demande-t-il.

– C'est exact, *bwana*.

– Elles sont mariées ?

– Elles aimeraient bien se marier avec toi, *bwana*.

– Pourquoi ?

– Malheureusement un homme blanc n'est pas noir, *bwana*, mais un *bwana* a de l'argent.

– C'est la première fois qu'elles me voient.

– Elles t'ont vu quand tu es arrivé, *bwana*.

– Elles ne me connaissent pas.

– Si elles étaient mariées avec toi elles te connaîtraient, *bwana*.

– Pourquoi elles ne se marient pas avec les missionnaires ?

– Les missionnaires ne se marient pas avec des

Noires, *bwana*. Les missionnaires n'aiment pas les gens noirs.

– Tu racontes des conneries !

– Je dis seulement les choses telles qu'elles sont, *bwana*.

– Arrête de m'appeler *bwana* !

– Oui, *bwana*.

– Bien sûr que les missionnaires vous aiment ! C'est pour vous qu'ils sont ici.

– Nous, les Noirs, nous pensons que la présence des missionnaires chez nous est une punition, *bwana*. À cause de l'homme qu'ils ont cloué sur une croix.

– Pourquoi vous restez ici, alors ?

– C'est une bonne vie, *bwana*. Nous voulons bien croire en un dieu étranger si on nous donne des vêtements et de la nourriture.

– C'est la seule raison ?

– Évidemment, *bwana*. Nous avons nos vrais dieux, qui ne voient pas d'inconvénient à ce que nous joignions nos mains deux ou trois fois par jour. Quand nous nous adressons à nos dieux, nous dansons et nous tapons sur nos tambours.

– Vous pouvez faire ça ici ?

– Parfois nous nous retirons dans le bush, *bwana*. Nos dieux nous y attendent.

– Les missionnaires sont au courant ?

– Bien sûr que non, *bwana*. Ils seraient très indignés. Ça ne serait pas bien. Surtout pas maintenant que je vais peut-être avoir un vélo.

Hans Olofson se lève sur ses jambes chancelantes. Je suis saoul, constate-t-il. Les missionnaires reviennent demain. Il faut que je dorme.

– Ramène-moi à la maison, Joseph.

– Oui, *bwana*.

– Arrête de m'appeler *bwana*.

– Oui, *bwana*. J'arrêterai de t'appeler *bwana* quand tu seras parti.

Hans tend quelques billets à Joseph.

– Tes sœurs sont belles, dit-il.

– Elles aimeraient bien t'épouser, *bwana*.

Hans Olofson s'allonge sur son lit inconfortable. Avant de s'endormir, il entend Joseph qui ronfle déjà de l'autre côté de la porte.

Il se réveille en sursaut en sentant le regard de l'homme au visage blême posé sur lui.

– Le père LeMarque est revenu, dit le vieillard d'une voix éteinte. Il aimerait vous rencontrer.

Il est très tôt le matin. Hans Olofson se réveille avec difficulté, il a mal à la tête et a des nausées à cause du whisky africain. Après avoir enfilé rapidement ses vêtements il suit l'homme blême qui s'éloigne sur la terre rouge.

Les missionnaires voyagent-ils la nuit ? se demande-t-il. Que vais-je lui donner comme raison de ma visite ici ?

Il entre dans une des petites maisons grises. Un homme jeune avec une barbe broussailleuse est assis derrière une table en bois. Il est vêtu d'un maillot de corps découpé et d'un short sale.

– Tiens, voilà notre invité, dit-il avec un sourire. Sois le bienvenu chez nous.

Ils s'installent à l'ombre d'un arbre derrière la maison. L'Africain boiteux leur apporte deux tasses de café. Patrice LeMarque apprend à Hans Olofson qu'il est originaire du Canada et que la mission de Mutshatsha se compose de missionnaires et de personnel soignant de différents pays.

– Il n'y a pas de Suédois ? se renseigne Hans.

– Pas en ce moment. Mais il y a une dizaine d'années, nous avions une infirmière suédoise qui venait d'une ville qui s'appelle Kalmar, je crois.

– Le premier Suédois venait de Röstånga. Il s'appelait Harry Johanson.

– Tu es vraiment venu jusqu'ici pour voir sa tombe ?

– J'ai croisé son destin quand j'étais très jeune et je n'en aurai pas fini avec lui tant que je n'aurai pas vu sa tombe.

– Harry Johanson était souvent assis à l'ombre de cet arbre, dit Patrice LeMarque. Quand il voulait être seul pour méditer, il se retirait ici et personne ne devait le déranger. J'ai vu une photo de lui sous cet arbre. C'était un homme de petite taille mais il était très costaud. Et coléreux. Il y a encore quelques vieux Africains ici qui se souviennent de lui. D'après ce qu'on raconte, il était capable de soulever un éléphanteau quand il était en colère. Ce n'est pas vrai, bien entendu, mais ça donne une bonne image de sa force.

Il repose sa tasse.

– Je vais te montrer sa tombe. Après, je dois malheureusement me consacrer à mon travail. Notre pompe à eau est en panne.

Ils suivent un sentier sinueux vers le haut d'une colline. L'eau miroitante du fleuve se devine de temps à autre à travers la végétation dense.

– N'y va jamais sans Joseph, recommande Patrice LeMarque. C'est infesté de crocodiles.

Le terrain s'aplanit et forme un plateau en haut de la colline. Hans Olofson découvre une simple croix en bois.

– Voilà la tombe de Harry Johanson, annonce Patrice LeMarque. Nous sommes obligés de remplacer la croix tous les quatre ans à cause des termites. Mais il voulait une croix en bois sur sa tombe et nous avons respecté sa volonté.

– De quoi rêvait-il ? demande Hans.

– À mon avis, il n'avait pas beaucoup de temps pour rêver. Une mission en Afrique exige un travail permanent. Il faut être mécanicien, artisan, agriculteur, commerçant. Harry Johanson était tout ça à la fois.

– Et la religion ?

– Nous plantons nos paroles chrétiennes dans les champs de maïs. C'est ça, notre enseignement. Faire passer le message de l'Évangile est impossible si on ne lui trouve pas une place dans la vie quotidienne. La conversion religieuse est une question de pain et de santé.

– Mais le message religieux est tout de même essentiel, n'est-ce pas ? Et la conversion au christianisme implique un abandon. Qu'est-ce qu'ils abandonnent ici ?

– La superstition, la pauvreté, la sorcellerie.

– Pour la superstition, je comprends. Mais comment abandonner la pauvreté ?

– Le message inspire la confiance. La connaissance donne le courage de vivre.

Hans Olofson pense à Janine.

– Harry Johanson était-il heureux ? demande-t-il.

– Qui connaît les pensées profondes d'un autre homme ?

Ils redescendent par le même sentier.

– Je n'ai jamais rencontré Harry Johanson, mais c'était forcément quelqu'un d'obstiné et de haut en couleurs, dit Patrice LeMarque. Il paraît qu'avec le temps, il avait l'impression de comprendre de moins en moins la vie d'ici. Il a fini par accepter de rester étranger au monde africain et de ne rien comprendre à l'Afrique.

– Peut-on vivre dans un pays étranger sans essayer de le transformer à l'image de celui qu'on a quitté ?

– Nous avions ici un jeune prêtre hollandais. Il était courageux et fort, dévoué. Un jour, à l'heure du dîner, sans crier gare, il s'est levé de table et il est parti tout droit dans le bush. Avec la détermination de celui qui sait où il va.

– Que s'est-il passé ?

– On ne l'a jamais retrouvé. Son intention était sans doute de se faire engloutir par le bush et de ne plus jamais revenir. Quelque chose a dû se briser en lui.

Hans Olofson songe à Joseph, à ses frères et sœurs.

– Et les Noirs, qu'est-ce qu'ils pensent ? demande-t-il.

– Ils apprennent à nous connaître à travers le dieu que nous leur offrons.

– Mais ils ont leurs propres dieux ? Qu'en faites-vous ?

– Nous les laissons s'éliminer par eux-mêmes.

C'est faux, se dit Hans. Mais un missionnaire doit faire abstraction de certaines choses pour pouvoir supporter la vie ici.

– Je vais demander à quelqu'un de te faire visiter la mission. Malheureusement, presque tous ceux qui travaillent ici sont partis dans des villages éloignés. Je vais voir si Amanda peut se charger de toi.

Hans Olofson doit attendre jusqu'au soir avant de connaître l'hôpital. L'homme au visage blême, qui s'appelle Dieter, l'informe qu'Amanda Reinhardt, la personne choisie par Patrice LeMarque pour être son guide, est très occupée et qu'elle lui présente ses excuses.

À son retour de la tombe de Harry Johanson, Hans

trouve Joseph devant sa porte. Il voit tout de suite qu'il a peur.

– Je t'ai promis que je ne dirai rien, lui rappelle-t-il.

– *Bwana* est un bon *bwana*, réplique Joseph.

– Arrête de m'appeler *bwana* !

– Oui, *bwana*.

Ils descendent ensemble au fleuve pour vérifier s'il y a des crocodiles mais ils n'en voient pas. Joseph lui montre les vastes champs de maïs qui s'étendent autour de Mutshatsha. Partout, des femmes courbées travaillent la terre avec des binettes.

– Où sont les hommes ? demande Hans.

– Les hommes prennent les décisions importantes, *bwana*. Ils sont peut-être aussi occupés à préparer du whisky africain.

– Les décisions importantes ?

– Les décisions importantes, *bwana*.

Après avoir pris le repas servi par l'homme boiteux, il s'assied à l'ombre de l'arbre de Harry Johanson.

Il n'arrive pas à comprendre cette impression de vide qui règne à la mission mais il essaie de se rassurer en se disant que le long voyage de Janine a fini par devenir une réalité.

Le désœuvrement le rend nerveux. Il faut que je rentre chez moi, se dit-il. Il faut que je retourne à ce qui m'attend, même si je ne sais pas ce que c'est...

Au crépuscule, quand il s'est assoupi sur son lit, Amanda Reinhardt apparaît soudain devant sa porte, une lampe à pétrole dans la main. Elle est petite, boulotte, et s'exprime avec un accent qui doit être allemand.

– Je regrette de t'avoir laissé seul, dit-elle. On est très peu nombreux en ce moment et il y a trop de choses à faire.

– Je pense à Harry Johanson, dit Hans Olofson.

– À qui ?

Un Africain surgit de l'obscurité. Il échange quelques phrases avec Amanda dans une langue que Hans ne comprend pas.

– Un enfant est en train de mourir, explique-t-elle. Il faut que j'y aille. Viens avec moi. Viens avec moi en Afrique.

Ils courent tous les deux vers l'hôpital situé au pied de la colline où est enterré Harry Johanson et entrent dans une salle qui contient un grand nombre de lits en fer. En découvrant la scène qui les attend, Hans recule d'un pas. Quelques lampes à pétrole jettent une lumière diffuse sur les malades : ils occupent chaque espace vide de la pièce, que ce soit par terre, sur ou sous les lits. Des mères se serrent contre leur enfant malade. L'odeur de sueur, d'urine et d'excréments est suffocante et la salle est pratiquement inaccessible à cause des récipients de cuisine et des baluchons de vêtements qui traînent partout. Dans un lit de fortune fabriqué à partir de tubes métalliques assemblés avec du fil de fer est allongé un enfant de trois ou quatre ans. Plusieurs femmes sont accroupies autour de lui.

Hans Olofson s'aperçoit que même un visage noir peut être pâle.

Amanda Reinhardt se penche sur l'enfant, lui tâte le front tout en parlant avec les femmes.

Nous sommes dans la salle d'attente de la mort, se dit-il. Les lampes à pétrole sont les flammes de la vie…

Un cri retentit soudain. Une des femmes, qui doit avoir à peine dix-huit ans, se jette sur l'enfant. En entendant ses pleurs déchirants, Hans Olofson a envie de se sauver en courant. Tous ces gémissements et ces hurlements de douleur ont sur lui un effet paralysant. Il faut absolument qu'il quitte l'Afrique.

– Voilà le visage de la mort, lui dit Amanda Reinhardt à l'oreille. L'enfant est mort.

– De quoi ?

– De la rougeole.

Les cris des femmes s'intensifient, s'affaiblissent puis reprennent de plus belle. Jamais auparavant il n'a été témoin d'un tel chagrin. La chambre est sale et sa lumière irréelle. Il a l'impression que quelqu'un cogne contre ses tympans avec un marteau.

– Elles vont pleurer toute la nuit, dit Amanda. L'enterrement aura lieu demain à cause de la chaleur. Les femmes continueront leurs plaintes pendant quelques jours encore. Elles s'évanouiront peut-être d'épuisement, mais elles continueront.

– Je ne savais pas qu'on pouvait exprimer la douleur avec une telle force. Ces pleurs doivent remonter aux temps primitifs.

– Tu as dû avoir la rougeole. Ici, c'est une maladie qui tue les enfants. Ce petit garçon habitait un village lointain et sa mère a mis cinq jours pour le porter jusque chez nous. Si on avait pu le soigner plus tôt, on aurait peut-être réussi à le sauver. Mais sa mère s'est d'abord adressée au sorcier du village. Quand elle nous l'a confié, il était déjà trop tard. En réalité, ce n'est pas la rougeole qui tue. Les enfants sont sous-alimentés et n'ont plus de résistance. La mort est l'aboutissement d'une série de causes.

Hans Olofson quitte l'hôpital seul. Il emprunte la lampe à pétrole d'Amanda en lui assurant qu'il saura retrouver son chemin. Les plaintes des femmes le suivent longtemps.

Joseph a allumé un feu et l'attend devant sa porte.

Je me souviendrai de lui, se dit Hans. De lui et de ses jolies sœurs...

Le lendemain, il prend de nouveau le café avec Patrice LeMarque.

– Et maintenant, qu'est-ce que tu penses de Harry Johanson ? demande celui-ci.

– Je ne sais pas. Je pense surtout à l'enfant qui est mort hier.

– Je l'ai déjà enterré, dit Patrice LeMarque. Et j'ai aussi réussi à faire redémarrer la pompe à eau.

– Comment je peux faire pour m'en aller d'ici ? demande Hans Olofson.

– Moses part demain à Kitwe avec une de nos voitures. Tu pourras profiter du voyage.

– Et toi, combien de temps vas-tu rester ici ?

– Jusqu'à la fin de ma vie. Mais ma vie ne sera certainement pas aussi longue que celle de Harry Johanson. Cet homme a dû être quelqu'un de très particulier.

Hans Olofson est réveillé à l'aube par Joseph.

– Je vais rentrer chez moi, annonce-t-il. Dans une autre partie du monde.

– Moi je vais rester devant les portes des Blancs, *bwana*, dit Joseph.

– Transmets mes amitiés à tes sœurs !

– C'est déjà fait, *bwana*. Elles regrettent ton départ.

– Pourquoi ne viennent-elles pas me dire au revoir ?

– Elles sont là, *bwana*, mais tu ne les vois pas.

– Une dernière question, Joseph. Quand allez-vous chasser les Blancs de votre pays ?

– Quand les temps seront mûrs, *bwana*.

– Et quand seront-ils mûrs ?

– Quand nous le déciderons, *bwana*. Mais nous n'allons pas chasser tous les *mzunguz* du pays. Ceux qui veulent vivre avec nous pourront rester. Nous ne sommes pas racistes comme les Blancs.

Une jeep vient se garer devant la maison. Hans Olofson range sa valise sur la banquette arrière. Le chauffeur, qui se nomme Moses, le salue d'un signe de tête.

– Moses est un très bon chauffeur, *bwana*, dit Joseph. Il quitte très rarement la route.

Hans s'installe à côté du chauffeur, qui démarre aussitôt.

Et voilà, c'est fait ! se dit-il. J'ai réalisé le rêve de Janine et j'ai vu la tombe de Harry Johanson…

Au bout de quelques heures, ils font une pause. Hans Olofson s'aperçoit alors que les deux corps qu'il a vus dans la chambre funéraire sont dans le coffre de la jeep. Il est pris de nausées.

– Je les conduis à la police à Kitwe, explique Moses en voyant son visage blême. Tous ceux qui ont été assassinés sont examinés par la police.

– Qu'est-ce qui s'est passé ?

– Ce sont deux frères. Ils ont été empoisonnés. Probablement parce que leur champ de maïs était trop grand. Leurs voisins étaient jaloux et ils sont morts.

– Comment ?

– Ils ont mangé quelque chose. Puis ils ont gonflé et leur estomac a éclaté. L'odeur était très désagréable. Ce sont les mauvais esprits qui les ont tués.

– Tu crois vraiment aux mauvais esprits ?

– Bien sûr, dit Moses en riant. Nous, les Africains, nous croyons à la sorcellerie et aux mauvais esprits.

Le voyage reprend.

Hans Olofson se dit qu'il ferait mieux de reprendre ses études de droit. Encore une fois, il se cramponne à sa décision de devenir le défenseur des *circonstances atténuantes*.

Je vais donc devoir vivre le plus clair de mon temps

dans les salles de tribunal, se dit-il. C'est là que je vais m'efforcer de séparer le mensonge de la vérité. Dans le fond, je n'ai jamais vraiment essayé d'imaginer ce que ça signifie...

Finalement ma vie ressemblera peut-être à celle de mon père. À essayer de dégager l'horizon dans une forêt de paragraphes. Je continuerai à chercher une porte de sortie pour m'éloigner de l'incertitude et du désarroi qui marquent mes origines...

Le long voyage de Mutshatsha touche à sa fin. Il faut que je prenne une décision avant d'atterrir à Arlanda. Je n'ai plus beaucoup de temps.

Il indique la route qui mène à la ferme de Ruth et Werner.

– Je vais d'abord te déposer. Ensuite je m'occuperai des deux cadavres, dit Moses.

Hans Olofson apprécie qu'il ne l'appelle pas *bwana*.

– Passe le bonjour à Joseph quand tu seras de retour.

– Joseph est mon frère. Je lui passerai le bonjour.

Ils arrivent à destination peu avant deux heures de l'après-midi...

11

La mer.

Une vague turquoise en mouvement vers l'éternité.

Un vent frisquet souffle du Kvarken. Un voilier reste un moment sur le sommet d'une vague, la voile claquant au vent. L'homme à la barre semble indécis. Hans Olofson reçoit en plein visage une odeur fétide de varech et de boue. Il ne s'était pas imaginé la mer comme ça, la réalité est impressionnante.

Erik et Hans Olofson marchent contre le vent, le long d'une pointe de terre près de Gävle. Sture occupe constamment l'esprit de Hans. Pour détourner les pensées douloureuses de son fils, Erik a pris une semaine de congé afin de lui montrer la mer. Un jour à la mi-juin, ils montent dans le car, changent à Ljusdal et arrivent à Gävle tard le soir.

Hans trouve par terre un vieux bateau en écorce abandonné et le glisse sous sa veste. Erik rêve des navires bananiers sur lesquels il a navigué autrefois. Le visage du marin apparaît derrière celui du bûcheron. Encore une fois, il constate que c'est la mer qui constitue son véritable monde.

Hans s'aperçoit qu'il est impossible d'embrasser du regard la totalité de son étendue. La mer change sans cesse, sa surface est en permanence rompue par un mouvement inattendu, transformée par le scintillement du soleil et des nuages. Il ne se lasse pas de regarder les vagues qui roulent et qui grondent, qui s'agitent et se calment pour aussitôt se remettre à écumer, à chanter, à gémir.

Sture ne quitte pas ses pensées, mais les vagues déferlent sur sa douleur et l'atténuent progressivement. Il a le sentiment d'avoir été la main invisible qui a poussé Sture de l'arche. Sa culpabilité disparaît en laissant une angoisse sourde et menaçante qui n'a pas encore décidé si elle devait remonter à la surface ou pas.

Petit à petit, Sture se transforme en souvenir. Les contours de son visage deviennent plus flous et, sans que Hans Olofson arrive à le formuler, il comprend que c'est la vie ici et maintenant qui importe. Il est en route pour une destination inconnue où des forces nouvelles et inquiétantes sont en train de prendre forme.

Il attend quelque chose. Et, en attendant, il cherche avec acharnement des débris rejetés par la mer.

Erik Olofson s'est écarté un peu de son fils, comme s'il ne voulait pas le déranger. Son attente à lui est sans fin et ça le fait souffrir. La mer lui rappelle son propre naufrage…

Ils sont descendus dans un petit hôtel bon marché près de la gare. Quand le père s'est endormi, Hans Olofson se lève et s'installe sur le large rebord de la fenêtre. De là, il a vue sur la petite place devant la gare.

Il essaie de se représenter la chambre qu'occupe Sture dans un hôpital lointain. Il a entendu parler d'un poumon d'acier, d'un gros tuyau noir dans sa gorge, d'un larynx artificiel qui l'aide dorénavant à respirer. Sa colonne vertébrale est cassée, brisée comme celle d'un vulgaire poisson.

Il essaie d'imaginer ce qu'on ressent quand on ne

peut pas bouger mais il n'y parvient pas. Ne supportant plus son inquiétude, il la repousse. Dans le fond, je m'en fiche, se dit-il. J'ai escaladé l'arche et moi, je ne suis pas tombé. Qu'est-ce qu'il est allé faire là-haut tout seul et dans le brouillard ? Il aurait dû m'attendre...

Les journées au bord de la mer passent vite. Après une semaine, ils sont obligés de repartir. Dans le car, Hans demande soudain à son père :

– Pourquoi tu ne sais pas où est ma mère ?

– Il y a beaucoup de choses qu'on ne peut pas savoir, se défend Erik Olofson, pris de court par cette question inattendue.

– Les pères peuvent disparaître ! s'écrie Hans. Mais pas les mères.

– C'est trop bruyant ici. On ne peut pas parler.

Dès le lendemain, Erik Olofson se remet à dégager l'horizon. Il s'acharne sur une branche de sapin qui refuse de se séparer du tronc, il frappe furieusement avec sa hache en y mettant tout son poids.

En réalité, ce sont ses racines qu'il essaie de couper. Toutes ces foutues racines qui l'attachent à cet endroit. Dans quelques années, son fils saura se débrouiller seul. Alors il pourra retourner à la mer, aux navires, aux cargaisons.

Il continue à abattre des arbres. À chaque coup de hache, il a l'impression de se taper sur la tête en se disant : Il faut que je...

Hans Olofson court dans la lumineuse soirée d'été. Il est trop pressé pour marcher. La terre souple et détrempée lui brûle les pieds...

Dans un bosquet derrière la briqueterie désaffectée, il construit un autel pour Sture. Son ami n'est plus là, mais il n'arrive pas à l'imaginer mort. Vivant non plus d'ailleurs. Il lui construit un autel avec des bouts de planche et de la mousse. Il ne sait pas à quoi ça lui servira. Peut-être pourrait-il initier Janine à son secret ? Il y renonce. Se rendre à l'autel une fois par jour et constater que personne n'y est allé pendant son absence lui suffit. Il partage encore un secret avec Sture, même si son ami l'ignore.

Dans ses rêves, la maison qu'il habite avec son père largue les amarres et descend le fleuve pour ne plus jamais revenir.

Il fonce à travers l'été, il court le long de la rive, en sueur et hors d'haleine. Quand il n'a plus personne, il lui reste encore Janine.

Un soir, en arrivant chez elle, il trouve sa maison vide. L'espace d'un instant, il a peur qu'elle ait disparu, elle aussi. Qu'arriverait-il s'il perdait encore un des piliers de son monde ? Se doutant qu'elle assiste à un des Grands Rassemblements au temple, il s'installe sur les marches et attend.

Elle arrive, vêtue d'un manteau blanc et d'une robe bleu clair. Il sent une petite brise, une soudaine inquiétude, lui traverser le corps.

– Pourquoi tu rougis ? demande-t-elle.

– Je ne rougis pas. Je ne rougis jamais, ajoute-t-il, piqué au vif.

Va te moucher, pense-t-il. Va te moucher le trou du nez.

Ce soir-là, Janine se met à parler de voyages.

– Où veux-tu que quelqu'un comme moi aille ? demande Hans Olofson. Je suis déjà allé à Gävle. Je n'irai sans doute pas plus loin. Mais je peux toujours essayer de prendre la micheline pour Orsa. Ou demander au tailleur de me coudre deux ailes dans le dos.

– Je suis sérieuse, dit Janine.

– Moi aussi.

– Moi, j'irais en Afrique.

– En Afrique ?

Pour Hans Olofson, c'est un rêve qui paraît totalement incompréhensible.

– Oui, en Afrique, répète-t-elle. J'irais dans ces pays sur les grands fleuves.

Un vent léger fait bouger les rideaux de la cuisine. Un chien aboie dans le lointain. Elle se met à raconter. Elle lui parle de ses moments sombres, de ses angoisses qui sont à l'origine de son rêve d'Afrique. Là-bas, elle n'éveillerait pas la curiosité des gens à cause de son absence de nez. Là-bas, personne ne se détournerait avec dégoût sur son passage.

– Là-bas, il y a la lèpre, dit-elle. Des corps en putréfaction, des âmes désespérées qui s'étiolent. Là-bas, je pourrais agir.

Hans Olofson essaie d'imaginer le Royaume des Gens sans Nez, il essaie de voir Janine parmi des corps déformés.

– Tu veux être missionnaire ? demande-t-il.

– Non, pas missionnaire. On me qualifierait peut-être comme ça, mais je serais là pour soulager la douleur. On peut voyager sans voyager, ajoute-t-elle. Un voyage est toujours intérieur. Pour commencer, j'imagine que c'était aussi le cas pour Harry Johanson et sa femme Emma. Pendant quinze ans, ils ont préparé un voyage qu'ils ne pensaient même pas pouvoir entreprendre.

– Qui est Harry Johanson ?

– Il est né dans une petite ferme près de Röstånga. Il était l'avant-dernier d'une fratrie de neuf, explique Janine. À l'âge de dix ans, il a décidé de devenir missionnaire. C'était à la fin des années 1870. Mais c'est seulement vingt ans plus tard, en 1898, quand il

113

s'est marié avec Emma et qu'ils ont eu quatre enfants, qu'ils ont pu partir. Harry avait alors trente ans, Emma quelques années de moins. Ils sont partis de Göteborg pour l'Écosse. Même en Suède, il y avait des adeptes du missionnaire écossais Fred Arnot, dont le but était de construire un réseau de stations missionnaires en Afrique le long des chemins empruntés par Livingstone. Arrivés à Glasgow, ils ont embarqué sur un navire anglais et ils sont arrivés à Benguella en janvier 1899. Un de leurs enfants a succombé au choléra au cours du voyage et Emma était si malade qu'il a fallu la porter pour descendre du bateau. Un mois après, ils ont entrepris une marche de deux mille kilomètres à travers des terres inexplorées en compagnie de trois autres missionnaires et de plus de cent porteurs noirs. Il leur a fallu quatre ans pour gagner Mutshatsha, où Fred Arnot avait décidé de fonder la nouvelle mission. Ils ont attendu un an au bord du fleuve Lunga avant que le chef local leur accorde l'autorisation de traverser son pays. Ils ont souffert de maladies, de la faim, et ont dû boire de l'eau souillée. Quatre ans plus tard, Harry est enfin arrivé à Mutshatsha. Seul. Emma était morte du paludisme, les trois enfants d'infections intestinales. Les trois autres missionnaires étaient morts, eux aussi. Lorsque Harry Johanson a atteint son but, accompagné des quelques porteurs qui ne l'avaient pas abandonné, il était épuisé à cause du paludisme. Sa solitude a dû être indescriptible. On se demande comment il a réussi à garder sa foi intacte alors qu'il avait perdu toute sa famille au cours de ce voyage destiné à diffuser le message de Dieu ! Harry a vécu à Mutshatsha pendant près de cinquante ans. À sa mort, un village avait poussé autour de la petite case qui avait été le point de départ de la mission. Il y avait un hôpital, un orphelinat et une maison pour des femmes accusées de sorcellerie et chassées de leur village. Harry Johanson était appelé *Ndotolu*, « l'homme sage ». Il a été enterré en haut d'une colline sur laquelle il avait construit une modeste case, où il s'était retiré au cours de ses dernières années. À sa mort, un médecin anglais et une deuxième famille de missionnaire s'étaient établis à Mutshatsha. Harry Johanson est mort en 1947.

– Comment sais-tu tout ça ? demande Hans Olofson.

– Une vieille femme qui était allée voir Harry à Mutshatsha me l'a raconté. Jeune, elle avait travaillé là-bas, mais elle est tombée malade et il l'a obligée à rentrer chez elle. L'an dernier, elle est venue nous voir à notre communauté ici et elle m'a longuement parlé de Harry Johanson.

– Rappelle-moi le nom du village, dit Hans Olofson.

– Mutshatsha.

– Qu'est-ce qu'il est allé faire là-bas ?

– Il y est allé en tant que missionnaire, mais il est devenu leur homme sage, leur médecin, leur artisan, leur juge.

– Dis-moi encore une fois le nom du village.

– Mutshatsha.

– Pourquoi tu n'y vas pas ?

– Je n'ai pas ce qu'avait Harry Johanson. Ni ce qu'avait Emma, même si elle n'est jamais arrivée au bout de leur voyage.

Qu'avait donc cet homme ? se demande Hans Olofson quand il rentre chez lui dans la douce soirée d'été. Il s'imagine revêtu des habits de Harry Johanson et suivi par une longue file de porteurs. Avant que la caravane ne traverse le fleuve, il envoie des éclaireurs vérifier si des crocodiles guettent sur les bancs de sable. Lorsqu'il arrive devant sa maison, quatre ans se sont écoulés et il a réussi à atteindre Mutshatsha. Il est alors seul, abandonné par les porteurs. En montant les marches qui mènent à son logement, il décide que l'autel qu'il a construit pour Sture derrière la briqueterie s'appellera Mutshatsha…

Dès qu'il ouvre la porte, tout son rêve autour de Harry Johanson s'évanouit. La première chose qu'il voit, c'est Erik Olofson en compagnie des quatre poivrots du village. Ils ont sorti la *Célestine* de son globe et un des ivrognes passe ses gros doigts maladroits sur son délicat gréement fabriqué avec tant de soin. Un autre dort affalé sur le lit de Hans Olofson sans s'être donné la peine d'enlever ses bottes sales.

Les hommes l'observent avec curiosité, Erik Olofson se lève péniblement en lui disant quelques mots, mais sa voix est noyée par le bruit d'une bouteille qui s'écrase par terre. Quand son père est en période de crise et qu'il se remet à boire, Hans éprouve généralement de la tristesse et de la honte, mais cette fois-ci il est submergé par la colère. Avec une rage retenue, il avance jusqu'à la table, soulève le trois-mâts échoué parmi les verres, les bouteilles et les cendriers sans quitter des yeux l'ivrogne qui s'est permis de le toucher.

– Tu lui fous la paix ! dit-il.

Sans attendre la réponse, il remet la *Célestine* à sa place, puis il va s'occuper de l'homme qui ronfle sur son lit.

– Allez, debout ! Lève-toi ! dit-il en lui balançant un coup de pied.

Il sent une profonde haine pour son père, qui se tient au montant de la porte, le regard vacillant et le pantalon qui pendouille jusqu'aux fesses. Il chasse le saoulard de sa chambre et claque la porte au nez de son père. Il arrache ensuite brutalement le dessus-de-lit avant de s'asseoir. Son cœur cogne dans sa poitrine.

Mutshatsha, pense-t-il.

On déplace les chaises dans la cuisine et on claque la porte. Les hommes se parlent tout bas, puis le silence s'installe.

Il pense d'abord que son père est parti avec les autres, puis un bruit étrange lui vient de la cuisine. Il ouvre la porte et découvre son père à quatre pattes en train d'essuyer le sol avec une serpillière.

Il ressemble à un animal. Son pantalon est descendu encore plus bas et on voit la raie de ses fesses. On dirait un animal aveugle qui tourne sur lui-même…

– Remonte ton pantalon ! crie-t-il. Relève-toi ! Je vais nettoyer ce putain de plancher.

Il aide son père à se remettre debout mais celui-ci perd l'équilibre et ils tombent dans les bras l'un de l'autre sur la banquette de la cuisine. Hans Olofson essaie de se détacher de lui, mais son père le retient.

L'espace d'un instant, il a l'impression que son père cherche à se battre, puis il se rend compte qu'il est en proie à une violente crise de larmes. C'est la première fois qu'il le voit pleurer ouvertement.

Le regard voilé et triste, la voix qui tremble, ce sont des manifestations qu'il connaît bien, mais il n'a encore jamais vu ces larmes désespérées.

Qu'est-ce que je fais maintenant ? se demande-t-il en sentant contre son cou le visage couvert de sueur et mal rasé de son père.

Effrayés, les chiens se sont blottis sous la table de la cuisine. Ils ont reçu des coups de pied, on leur a marché dessus et ils n'ont rien eu à manger de la journée. La cuisine pue la transpiration, le vieux tabac et la bière renversée.

– Il faut nettoyer, dit Hans Olofson en se libérant des bras de son père. Va te coucher, je vais enlever toute cette merde.

Erik Olofson s'affale dans un coin de la banquette et Hans Olofson se met à faire le ménage.

– Sors les chiens, murmure son père.

– Sors-les toi-même, répond-il.

Le fait que ces poivrots méprisés et redoutés aient pu s'étaler dans leur cuisine le met mal à l'aise.

– Ils n'ont qu'à rester dans leurs taudis, grommelle-t-il. Ils n'ont qu'à rester chez eux avec leurs bonnes femmes, leurs gosses et leurs bouteilles de bière…

Le père s'endort sur la banquette. Hans Olofson lui met une couverture, sort les chiens et les enchaîne devant la remise à bois puis il se rend à l'autel dans la forêt.

La nuit est déjà tombée. Une lumineuse nuit d'été nordique. Quelques jeunes s'amusent autour d'une Chevrolet rutilante devant la salle des fêtes.

Hans Olofson retourne à la caravane, compte ses porteurs et leur donne le signal du départ. Peu importe qu'on soit missionnaire ou pas, une certaine autorité est indispensable si on veut éviter que les porteurs se laissent aller à la paresse ou cèdent à la tentation de voler dans les provisions. De temps en temps, il faut les encourager en leur offrant des perles en verre ou d'autres babioles, mais il faut aussi les obliger à assister à des punitions corporelles quand c'est nécessaire. Il sait qu'il ne pourra se permettre de fermer qu'un œil à la fois pendant les mois, peut-être les années que durera la marche.

Ils viennent de dépasser l'hôpital lorsque les porteurs réclament déjà une pause, mais il les force à avancer. Ce n'est qu'en arrivant à l'autel dans la forêt qu'il leur permet de déposer le lourd chargement qu'ils portent sur la tête...

– Mutshatsha, déclare-t-il à l'autel, un jour on ira ensemble à Mutshatsha, quand ta colonne vertébrale sera guérie et que tu seras de nouveau debout...

Il ordonne aux porteurs de partir devant lui pour pouvoir réfléchir en paix.

Voyager, ça signifie peut-être qu'on a décidé de vaincre quelque chose, se dit-il confusément. Vaincre les railleurs qui n'ont jamais cru à mon départ, qui n'ont jamais cru que je dépasserais un jour les forêts finnoises d'Orsa. Ou bien vaincre ceux qui sont déjà partis en allant encore plus loin qu'eux dans les terres sauvages. Vaincre ma propre paresse, ma lâcheté, ma peur.

J'ai vaincu le pont qui enjambe le fleuve. J'ai été plus fort que ma peur...

Puis il rentre lentement chez lui dans la nuit d'été.

Les questions sont beaucoup plus nombreuses que les réponses. Son père si incompréhensible, pourquoi recommence-t-il à boire ? Maintenant qu'ils sont partis ensemble à la mer et qu'ils ont constaté qu'elle est encore là ? Et pourquoi autorise-t-il les ivrognes du village à entrer chez lui et leur permet-il de toucher à la *Célestine* ?

Et pourquoi ma mère est-elle partie ?

Devant la salle des fêtes, il s'arrête pour regarder les affiches des dernières séances de cinéma de la saison.

– « Sauve-toi en vitesse », lit-il.

C'est exactement ça. Il faut qu'il se sauve en vitesse. Il se met à courir à travers la douce nuit d'été.

Mutshatsha, se dit-il.

Mutshatsha, c'est mon mot de passe...

12

Hans Olofson remercie Moses et regarde la voiture avec les cadavres disparaître dans un nuage de poussière.

– Tu peux rester ici aussi longtemps que tu le souhaites, dit Ruth, qui est sortie sur la terrasse. Je ne te demande pas pourquoi tu es déjà de retour, je te dis seulement que tu peux rester.

Il reprend possession de sa chambre, où Louis est déjà en train de lui faire couler un bain.

Demain il faudra que je fasse le point, se dit-il, je dois décider maintenant ce que je ferai à mon retour.

Werner Masterton est parti acheter des taureaux à Lubumbashi, l'informe Ruth le soir, quand ils sont assis sur la terrasse avec un verre de whisky.

– Ah, quelle hospitalité ! dit Hans.

– Elle est nécessaire ici. On ne pourrait pas survivre les uns sans les autres. Abandonner un Blanc est pour nous la seule faute impardonnable et personne ne la commet. Il faut que les Noirs comprennent ça.

– J'ai peut-être tort, mais je vous sens en état de guerre. Il n'y a aucun signe visible et pourtant la tension est palpable.

– Nous ne sommes pas en guerre, mais il existe une différence entre eux et nous qu'il faut à tout prix défendre. Avec la force si nécessaire. En réalité, ce sont les Blancs – ceux qui sont encore dans ce pays – qui constituent la dernière garantie pour les nouveaux dirigeants noirs. Ils utilisent les pouvoirs qu'ils ont récemment acquis pour façonner leur vie selon notre modèle. Le gouverneur de ce district, par exemple, a emprunté le plan de notre maison et il est en train de s'en construire une identique. Mais la sienne sera plus grande.

– À la mission de Mutshatsha, j'ai entendu un Africain dire qu'une chasse se préparait. La chasse aux Blancs.

– Il y en a toujours qui crient plus fort que les autres. Mais les Noirs sont lâches, leur méthode c'est l'assassinat, jamais la guerre ouverte. On n'a rien à craindre de ceux qui crient. Ce sont les silencieux qu'il faut surveiller.

– Tu dis que les Noirs sont lâches, riposte Hans, qui sent que l'alcool commence à lui monter à la tête. Ça serait donc dû à leur race ? Je refuse de croire que c'est le cas.

– J'en ai peut-être trop dit, tu n'as qu'à voir par toi-même. Vis quelque temps en Afrique, retourne ensuite dans ton pays et raconte ce que tu as vu.

Ils dînent seuls à la grande table. Des domestiques silencieux apportent les plats. Du regard et avec des gestes précis, Ruth leur donne des ordres. Un des domestiques renverse de la sauce sur la table, elle lui ordonne de quitter la maison.

– Qu'est-ce qu'il va devenir ? demande Hans.

– Werner a besoin d'ouvriers dans les porcheries.

Je devrais me lever et quitter la table, se dit Hans Olofson, mais je ne fais rien. Je ne suis qu'un lâche. Je crois m'acquitter en déclarant que je ne suis pas comme eux, que je ne suis qu'un invité occasionnel…

Il a l'intention de rester quelques jours chez Ruth et Werner car son billet d'avion l'oblige à rester encore une semaine. Mais, sans qu'il s'en aperçoive, des gens se regroupent autour de lui, prennent position en attendant le drame qui le retiendra en Afrique pendant près de vingt ans. Souvent il se demandera ce qui s'est réellement passé. Quelles sont les forces qui ont tissé autour de lui une toile invisible de besoins et d'obligations qui aura finalement rendu son départ impossible ?

Le rideau se lève trois jours avant que Werner le conduise à Lusaka. Il a alors décidé de reprendre ses études de droit.

Un soir, le léopard entre pour la première fois dans la vie de Hans Olofson. Après avoir trouvé un jeune veau brahmane déchiqueté, Werner fait appel à un vieux contremaître africain pour identifier des traces à peine visibles ; l'homme voit immédiatement qu'il s'agit des griffes d'un léopard.

– Un gros léopard, précise-t-il. Un mâle solitaire et courageux, et aussi malin.

– Où est-il maintenant ? demande Werner.

– À proximité, répond le vieillard. Il est peut-être en train de nous observer.

Hans Olofson se rend compte que l'Africain a peur. Les léopards sont craints, leur ruse est supérieure à celle des hommes…

Ils tendent un piège. La carcasse du veau est attachée en haut d'un arbre. Cinquante mètres plus loin, ils construisent un abri végétal avec une petite ouverture permettant de passer une arme.

– Il reviendra peut-être, dit Werner. Et s'il revient, ça sera juste avant l'aube.

De retour à la grande maison blanche, ils trouvent Ruth sur la terrasse en compagnie d'une autre femme.

– Une de mes bonnes amies, Judith Fillington, lui explique Ruth.

Hans salue une femme maigre d'une quarantaine d'années, aux yeux apeurés. Son visage est pâle et ravagé. En écoutant leur conversation, il comprend qu'elle possède une ferme consacrée à la production d'œufs. Une ferme située au nord de Kalulushi avec le fleuve Kafue comme frontière vers les mines de cuivre.

Dissimulé dans l'obscurité, Hans Olofson récolte les fragments d'une tragédie qui prend lentement sens dans son esprit.

Judith Fillington est venue apprendre à Ruth et à Werner qu'elle a enfin réussi à faire enregistrer le décès de son mari. Un obstacle bureaucratique nébuleux a enfin été vaincu.

C'était un homme abattu… mélancolique… il avait soudain disparu dans le bush… à cause de troubles mentaux ?… Un suicide ?… Victime d'un animal sauvage ?… Son corps n'a jamais été retrouvé. Maintenant il existe enfin un papier qui confirme qu'il est effectivement mort.

Privé de cette attestation, il a erré comme un fantôme, se dit Hans Olofson. Pour la deuxième fois, j'entends parler d'un homme qui disparaît dans le bush.

– Je suis épuisée, confie Judith Fillington à Ruth. Et Duncan Jones est détruit par l'alcool, il est incapable de s'occuper de ma ferme. Si je m'absente plus d'une journée, tout s'écroule. Les œufs ne sont pas livrés, il n'y a plus de nourriture pour mes poules.

– Tu n'arriveras jamais à trouver un autre Duncan Jones dans ce pays, affirme Werner. Tu as intérêt à mettre une annonce à Salisbury ou à Johannesburg. Peut-être aussi à Gaborone.

– Qui veux-tu que je trouve ? Qui aurait envie de venir s'installer ici ? Un autre alcoolique ?

Judith vide rapidement son verre et le tend pour qu'on le remplisse de nouveau. Mais, lorsque le serviteur apporte la bouteille de whisky, elle refuse d'un geste qu'on la serve.

Hans écoute à l'abri de l'obscurité. Il choisit toujours la chaise dans le coin le plus sombre. Même dans un groupe, il cherche à rester à l'écart.

Pendant le dîner, ils parlent du léopard.

– Il existe une légende sur les léopards que les vieux ouvriers racontent souvent, dit Werner.

« Le tout dernier jour, lorsqu'il n'y aura plus d'hommes sur la terre, un léopard et un crocodile se rencontreront dans une ultime épreuve de force. Ces deux animaux auront survécu grâce à leur ruse. La légende s'arrête au moment où le combat commence. Selon les Africains, la lutte du léopard et du crocodile se poursuit dans l'éternité, vers l'obscurité finale ou vers la résurrection.

– On est pris de vertige, commente Judith Fillington. L'ultime combat sur la terre, sans aucun spectateur. Rien qu'une planète vide et deux animaux qui se déchirent.

– Cette nuit, accompagne-nous, propose Werner. Il est possible que le léopard revienne.

– Pourquoi pas ? De toute façon, je n'arriverai pas à dormir et je n'ai jamais vu de léopard bien que je sois née dans ce pays.

– Peu d'Africains ont vu un léopard, réplique Werner. La plupart du temps, on découvre ses traces à l'aube, très près des cases et des hommes, mais personne ne s'est jamais aperçu de rien au cours de la nuit.

– Y aurait-il de la place pour une personne de

plus ? demande Hans. Je sais être à la fois silencieux et invisible.

– Les chefs portent souvent une peau de léopard en signe de dignité et d'invincibilité, poursuit Werner. Le caractère magique du léopard unit différents peuples et tribus. Un Kaunde, un Bemba, un Luvale, tous respectent la sagesse du léopard.

– Il y aurait de la place ? insiste Hans, mais toujours sans obtenir de réponse.

Peu après vingt et une heures, ils s'apprêtent à quitter la maison.

– Tu emmènes qui ? demande Ruth.

– Le vieux Musukutwane, répond Werner. Il est sans doute le seul dans cette ferme à avoir vu plus d'un léopard au cours de sa vie.

Ils garent la jeep à distance du piège. Musukutwane, un vieil Africain décharné et aux vêtements déchirés, sort silencieusement de l'ombre. Sans un mot, il les guide à travers l'obscurité.

– Je vous conseille de bien choisir votre position, chuchote Werner quand ils sont sous l'abri végétal. On va passer au moins huit heures ici.

Hans Olofson s'installe dans un coin. On n'entend plus que leur respiration et le chant de la nuit.

– Pas de cigarettes, intime Werner. Rien. Si vous avez besoin de parler, faites-le à l'oreille des autres. Quand Musukutwane le demande, tout le monde doit respecter un silence total.

– Où se trouve le léopard maintenant ? s'enquiert Hans.

– Seul le léopard sait où est le léopard, répond Musukutwane.

Le visage de Hans Olofson ruisselle de sueur. Soudain, quelqu'un lui touche le bras.

– Pourquoi est-ce qu'on attend un léopard qui ne viendra probablement pas ? Je me demande bien pourquoi on est là, chuchote Judith Fillington.

– En ce qui me concerne, je trouverai peut-être une réponse avant l'aube, répond Hans.

– Réveille-moi si je m'endors, dit Judith.

– Quelles sont les qualités requises pour être contremaître dans ta ferme ? demande-t-il.

– Un contremaître doit tout savoir : ramasser, emballer et livrer quinze mille œufs par jour, y compris le dimanche, veiller à ce qu'il y ait de la nourriture, surveiller de près deux cents Africains. Chaque jour, il doit éviter que des incidents se transforment en catastrophes.

– Pourquoi pas un contremaître noir ?

– J'aurais bien voulu, mais ce n'est pas possible.

– Sans Musukutwane, on n'aura jamais le léopard, fait-il remarquer. Ça me semble inconcevable qu'un Africain ne puisse pas être élevé au rang de contremaître dans ce pays. Le président est noir, le gouvernement aussi.

– Viens travailler chez moi, dit-elle. Tous les Suédois sont paysans dans l'âme, non ?

– Pas tout à fait. Dans le temps peut-être, mais plus maintenant. Je ne sais rien sur l'élevage des poulets. Je ne sais même pas ce que mangent quinze mille poulets. Des tonnes de miettes de pain ?

– Des déchets de maïs.

– Je ne pense pas avoir les aptitudes qu'il faut pour surveiller quelqu'un de près.

– J'ai besoin d'aide.

– Dans deux jours, je m'envolerai d'ici et je ne pense pas revenir.

Hans chasse un moustique qui bourdonne devant

son visage. Mais je pourrais au moins essayer le temps qu'elle trouve quelqu'un, se ravise-t-il. Ruth et Werner m'ont aidé en me permettant de disposer de leur maison. Je pourrais à mon tour donner un coup de main à Judith.

Ce serait peut-être pour moi le moyen de me sortir d'un vide, pense-t-il confusément. Mais il se peut aussi que je sois attiré par le désir de me trouver une cachette.

– Il faut un tas de papiers, n'est-ce pas ? Un permis de séjour, un permis de travail…

– Oui, il en faut une quantité inimaginable, confirme-t-elle, mais je connais un colonel au ministère de l'Immigration à Lusaka. Cinq cents œufs livrés à son domicile nous fourniront les tampons nécessaires.

– Mais je ne sais rien sur les poulets, répète-t-il.

– Tu sais déjà ce qu'ils mangent.

Un piège à léopard qui fait office de bureau d'embauche. Hans Olofson se dit qu'il est sans doute en train de vivre quelque chose de rare…

Il a mal aux jambes et un caillou lui entre dans le bas du dos. Il change prudemment de position.

Le silence de la nuit est soudain déchiré par le cri de détresse d'un oiseau. Les grenouilles se taisent. Il écoute les respirations des gens qui l'entourent. La seule qu'il ne perçoit pas est celle de Musukutwane.

Werner bouge une main et Hans perçoit un léger bruit métallique provenant du fusil. Comme dans une tranchée, se dit-il. En attendant l'ennemi invisible…

Juste avant l'aube, Musukutwane émet un bruit de gorge à peine perceptible.

– Plus un mot, plus un mouvement, chuchote Werner.

Hans tourne la tête et creuse prudemment un petit trou dans la cloison végétale avec son doigt. Judith respire très près de son oreille. Un faible cliquetis signale que

Werner arme son fusil. La lumière de l'aube arrive tout doucement, comme le pâle reflet d'un feu lointain. Les cigales se taisent, l'oiseau qui a crié a disparu.

La nuit est muette.

Quand le léopard approche, il est précédé par le silence, pense-t-il.

À travers le trou dans la cloison, il essaie de distinguer l'arbre sur lequel le veau est attaché.

Ils attendent, rien ne se passe. Tout d'un coup le jour se lève, le paysage apparaît. Werner met le cran de sûreté.

— On peut rentrer, annonce-t-il. Il n'y aura pas de léopard cette nuit.

— Il est venu, déclare soudain Musukutwane. Il est venu juste avant l'aube mais il a dû se douter de quelque chose et il est reparti.

— Tu l'as vu ? demande Werner, sceptique.

— Il faisait sombre, mais je sais qu'il est venu. Je l'ai vu dans ma tête. Il a senti le danger et il n'est pas monté dans l'arbre.

— Si le léopard est venu, il a forcément laissé des traces, dit Werner.

— Il y a des traces, confirme Musukutwane.

Ils sortent de l'abri à quatre pattes et avancent jusqu'à l'arbre. Des mouches s'agglutinent autour de la carcasse du veau.

Musukutwane pointe du doigt un endroit par terre.

Les traces du léopard.

L'Africain les lit comme si c'étaient des mots écrits : il est sorti des broussailles, il a tourné autour du veau, en gardant une certaine distance, pour l'observer dans tous les sens avant de s'approcher de l'arbre. Soudain il a fait marche arrière et il est vite retourné dans le bush.

— Qu'est-ce qui l'a effrayé ? interroge Judith.

Musukutwane passe délicatement la paume de sa main sur la trace du léopard en secouant la tête.

– Il n'a rien entendu, mais il a su qu'il y avait un danger. C'est un vieux mâle expérimenté. S'il a réussi à vivre aussi longtemps, c'est qu'il est sage.

– Il reviendra cette nuit ? demande Hans.

– Seul le léopard le sait, répond Musukutwane.

Ruth les attend pour le petit déjeuner.

– Aucun coup de feu, dit-elle. Pas de léopard ?

– Pas de léopard, confirme Judith. En revanche, j'ai peut-être trouvé un contremaître.

– Vraiment ? dit Ruth en regardant Hans Olofson. Il serait possible que tu restes ?

– Pas très longtemps, juste le temps que Judith trouve la personne qu'il lui faut.

Après le petit déjeuner, il fait sa valise que Louis charge dans la Land Rover.

Il constate à sa surprise qu'il n'a aucun regret. Je ne m'engage à rien, se dit-il, je m'offre seulement une aventure.

– Est-ce que le léopard reviendra cette nuit ? demande-t-il à Werner quand il lui fait ses adieux.

– Musukutwane le pense. Si le léopard a un côté vulnérable, c'est qu'il ressemble à l'homme. Il déteste voir une proie se perdre.

Werner promet d'annuler le billet de retour de Hans Olofson.

– Reviens nous voir bientôt, dit Ruth.

Judith Fillington enfonce un bonnet sale sur ses cheveux bruns et enclenche non sans mal la première vitesse.

– On n'a pas eu d'enfants, mon mari et moi, dit-elle soudain quand ils sortent entre les poteaux de la ferme.

– Je n'ai pas pu m'empêcher de vous écouter sur la terrasse. Que s'est-il passé ?

– Stewart, mon mari, est arrivé en Afrique quand il avait quatorze ans. Ses parents ont fui la dépression anglaise en 1932 et leurs économies leur ont permis d'acheter un aller simple pour Le Cap. Son père était boucher et il a bien réussi ici. Mais sa mère s'est mise à sortir la nuit pour diffuser la bonne parole auprès des ouvriers noirs dans leurs *shanty towns*. Elle a perdu la tête et s'est suicidée quelques années après leur arrivée au Cap. Stewart craignait de devenir comme sa mère. Chaque matin au réveil, il cherchait les signes d'une maladie mentale. Souvent il me demandait s'il avait fait ou dit des choses bizarres. Je ne pense pas qu'il ait hérité du mal de sa mère, je crois que c'est sa peur qui l'a rendu malade. Après l'indépendance et tout ce qu'elle a apporté comme changements – notamment le fait que les Noirs prennent dorénavant certaines décisions –, il a perdu courage. Je ne m'attendais pas à ce qui s'est passé. Un jour, il a disparu sans laisser de message. Rien…

Au bout d'une bonne heure de voyage, ils arrivent à « la Ferme Fillington », indiquée sur un vieux panneau en bois cloué sur un arbre. Un Africain en haillons leur ouvre la barrière de la propriété et ils roulent devant des rangées de bâtiments contenant des couveuses à volailles avant de s'arrêter devant une grande maison en brique rouge qui visiblement n'a jamais été terminée.

– Stewart passait son temps à transformer la maison, explique-t-elle. Il démolissait des parties et en ajoutait d'autres. Je crois qu'il ne l'a jamais aimée et qu'il aurait préféré tout démolir pour en construire une autre.

– Un château dans le bush africain, commente Hans.

Une maison étrange. Je ne pensais pas qu'il en existait de ce genre.

– Sois le bienvenu chez nous. Tu peux m'appeler Judith, je t'appellerai Hans.

Elle le fait entrer dans une grande pièce mansardée. De la fenêtre, il voit des meubles de jardin délabrés dans un parc envahi par la végétation. Des bergers allemands tournent nerveusement en rond dans un enclos.

– *Bwana*, dit quelqu'un derrière lui.

Un Massaï, constate-t-il après s'être retourné. C'est comme ça que j'ai toujours imaginé les hommes de Kenyatta. C'est comme ça qu'étaient les guerriers Mau-Mau qui ont repoussé les Anglais du Kenya.

L'Africain devant lui est très grand, son visage exprime de la dignité.

– Je m'appelle Luka, *bwana*.

Peut-on avoir un domestique plus digne que soi-même ? se dit Hans Olofson. Un chef africain qui vous remplit votre baignoire.

Judith apparaît sur le seuil.

– Luka s'occupe de nous, explique-t-elle. Il me rappelle ce que j'oublie.

Plus tard, quand ils sont installés dans le jardin sur les sièges délabrés, elle se remet à parler de Luka.

– Je n'ai pas confiance en lui. Il a quelque chose de sournois, même si je ne l'ai jamais surpris en train de voler ni de mentir. Mais il est évident qu'il fait les deux.

– Comment je dois me comporter avec lui ? demande Hans.

– De façon décidée. Les Africains sont toujours à l'affût de ton point faible, du moment où tu fléchiras. Ne lui donne rien, trouve une raison de te plaindre la première fois qu'il lavera tes vêtements. Comme ça, il saura que tu es quelqu'un d'exigeant...

Deux grosses tortues dorment aux pieds de Hans Olofson. La chaleur lui donne mal à la tête. Il s'aperçoit que la table, sur laquelle il a posé sa tasse à café, est faite à partir d'un pied d'éléphant.

Je pourrais passer le restant de ma vie ici, se dit-il soudain. Cette constatation lui vient subitement et ne lui laisse pas le temps de soulever la moindre objection. Ça me permettrait de laisser vingt-cinq ans de ma vie derrière moi et d'oublier mon passé. Mais lesquelles de mes racines s'étioleraient si j'essayais de les replanter dans cette terre rouge ?

La terre riche et noire du Norrland contre la terre sablonneuse et rouge d'ici ? Mais pourquoi vivrais-je sur un continent où je sais pertinemment qu'un processus impitoyable de rejet s'est enclenché ? L'Afrique souhaite le départ des Blancs, voilà au moins une chose que j'ai comprise. Les Blancs résistent en s'abritant derrière des remparts de racisme et de mépris. Les Blancs vivent dans des prisons, confortables certes, et avec des domestiques qui leur font des courbettes serviles, n'empêche que ce sont des prisons...

Judith, qui regarde la tasse à café qu'elle tient dans sa main, l'interrompt dans ses pensées.

– Cette porcelaine me rappelle notre passé, dit-elle. Lorsque Cecil Rhodes a reçu les concessions du territoire qui s'appelle aujourd'hui la Zambie, il a envoyé ses fonctionnaires conclure des accords avec les chefs locaux. Peut-être aussi pour obtenir leur aide dans ses recherches de gisements de minerais inconnus. Ces fonctionnaires, qui devaient parfois voyager pendant des années à travers le bush, étaient également censés constituer l'avant-garde de la civilisation. Chaque expédition était un véritable manoir anglais ambulant, transporté par des bœufs et accompagné de porteurs. Tous les soirs, une fois le camp dressé, on déballait le service en porcelaine, on préparait une table avec une nappe blanche pendant que Cecil Rhodes prenait son bain dans sa tente et s'habillait pour la soirée. Ce service à café a appartenu à un de ces hommes qui ont ouvert la voie au rêve de Cecil Rhodes : son rêve de fonder un territoire anglais ininterrompu entre Le Cap et Le Caire.

– Tout le monde peut être habité par des rêves impossibles, dit Hans Olofson, mais seuls les plus fous cherchent à les réaliser.

– Non, pas les fous, objecte Judith, tu te trompes. Ce ne sont pas les fous mais ceux qui sont sages et prévoyants qui s'efforcent de les réaliser. Son rêve n'était pas une impossibilité en soi. Le problème de Cecil Rhodes c'était qu'il était seul et à la merci de politiciens anglais mous et capricieux.

– Un empire qu'on construit sur la base la plus fragile, à savoir sur l'oppression et l'aliénation, est une construction destinée à s'effondrer avant même d'être achevée. Il existe quand même une vérité indéniable, déclare Hans.

– Laquelle ?

– Que les Noirs étaient les premiers ici. Chaque partie du monde a des conceptions différentes de la justice. En Europe, on a choisi le droit romain comme point de départ. En Asie, il y a d'autres systèmes, en Afrique aussi. Mais le droit d'antériorité est maintenu, même si on donne une interprétation politique aux lois. Les Indiens d'Amérique du Nord ont été entièrement exterminés, ou presque, en quelques centaines d'années. Pourtant leur droit d'antériorité était inscrit dans la loi…

Judith éclate de rire.

– Tu es mon deuxième philosophe, dit-elle. Comme toi, Duncan Jones se perd dans de vagues considérations philosophiques. Je n'ai jamais rien compris à ce qu'il dit, même si j'ai fait de gros efforts au début. À présent, la boisson a embrumé son cerveau, son corps tremble et il se mord les lèvres jusqu'au sang. Il lui reste peut-être encore quelques années à vivre avant qu'on l'enterre. Dans le temps, c'était quelqu'un de digne et de déterminé, maintenant il vit dans un monde crépusculaire où règnent l'alcool et la décrépitude. Les Africains pensent qu'il est en train de se transformer en saint et ils ont peur de lui. Il est le meilleur chien de garde dont je puisse rêver. Et voilà qu'arrive un nouveau philosophe. L'Afrique inciterait-elle certaines personnes à disserter ?

– Où habite Duncan Jones ?

– Je te montrerai demain.

Ce soir-là, Hans Olofson reste longtemps éveillé dans sa chambre dans laquelle flotte une odeur qui lui rappelle celle des pommes d'hiver. En s'apprêtant à éteindre la lumière, il voit une grosse araignée immobile sur un des murs. Une poutre gémit quelque part et le transporte soudain dans la maison au bord du fleuve. Il écoute les bergers allemands que Luka a lâchés et qui courent inlassablement autour de la maison.

Je suis seulement de passage ici, se dit-il. Je donne un coup de main à des gens avec qui je n'ai rien en commun mais qui ont eu la générosité de s'occuper de moi. Ils ont abandonné l'Afrique mais ils ne se sont pas abandonnés entre eux. Et c'est ce qui causera leur perte…

Le léopard qu'il attendait la veille se montre dans ses rêves.

L'animal chasse maintenant en lui. Il est à la recherche d'une proie que Hans Olofson aurait laissée. Il court à travers son paysage intérieur. Hans voit Sture surgir devant lui. Les deux amis s'installent côte à côte sur la pierre au bord de l'eau, ils regardent un crocodile qui est monté sur un banc de sable, tout près des caissons du pont.

Janine avec son trombone se tient en équilibre sur une des poutres métalliques. Hans Olofson tend l'oreille mais le vent de la nuit emporte les notes de musique et il n'entend pas ce qu'elle joue.

Il n'y a plus que l'œil vigilant du léopard qui l'observe du fond de son rêve.

Lorsque l'aube africaine pointe, son rêve s'est évanoui et il l'a oublié.

Nous sommes à la fin du mois de septembre 1969.

Hans Olofson restera en Afrique pendant dix-huit ans.

II

La ferme des poules à Kalulushi

13

Hans ouvre les yeux dans le noir et sent que la fièvre l'a quitté. Il n'en reste plus qu'un sifflement plaintif dans sa tête.

Je vis encore, se dit-il. Je ne suis pas mort. Le paludisme ne m'a pas vaincu. Avant de mourir, il me reste encore un peu de temps pour comprendre pourquoi j'ai vécu...

Sa joue est appuyée contre son revolver. Il tourne la tête et sent le canon froid contre son front. Une faible odeur de poudre lui pique le nez, comme des bouses de vache brûlées dans les pâturages.

Il est très fatigué. Pendant combien de temps a-t-il dormi ? Quelques minutes ou quelques jours ? Il ne sait pas. Il tend l'oreille mais ne perçoit rien d'autre que le bruit de sa propre respiration. La chaleur est étouffante. Les draps ne parviennent pas à absorber sa transpiration.

C'est maintenant que je dois agir, se dit-il. Avant que la prochaine crise de fièvre ne m'envahisse. C'est maintenant que je dois retrouver Luka, qui m'a trahi. Qui m'a livré aux bandits pour qu'ils me tranchent la gorge. Je dois le retrouver et l'obliger à partir chercher de l'aide dans la nuit. Ils sont là, dans le noir, avec leurs armes automatiques, leurs pioches et leurs couteaux. Ils attendent que je me remette à divaguer pour venir me tuer…

Il tend l'oreille de nouveau. Les grenouilles coassent. Un hippopotame soupire du côté du fleuve.

Luka est-il assis devant la porte à attendre, le visage concentré pour bien saisir le message de ses ancêtres qui parlent en lui ? Et les bandits ? Où sont-ils ? Parmi les hibiscus, derrière le pavillon de jardin qui s'est écroulé lors d'une violente tempête l'année précédente ? Tout le monde croyait pourtant que la saison des pluies était terminée.

Il y a de ça un an. Ça fait maintenant dix ans qu'il vit au bord du fleuve Kafue. Ou peut-être quinze. Ou plus encore. Il essaie de calculer mais il est trop fatigué. Pourtant, il avait l'intention de ne rester que quelques semaines. Que s'est-il passé ? Même le temps me trahit, se dit-il.

Il se voit descendre de l'avion à l'Aéroport international de Lusaka. La scène est très nette dans sa tête. Le béton est d'un blanc aveuglant, une brume de chaleur flotte au-dessus de l'aéroport, un Africain pousse un caddie en riant au moment où il pose son pied sur la terre brûlante de l'Afrique.

Il se souvient de son angoisse, de la méfiance immédiate qu'il a ressentie envers l'Afrique. L'aventure dont il rêvait depuis son enfance s'est évanouie ce jour-là. Il avait toujours imaginé faire son entrée dans l'inconnu tous les sens ouverts et sans aucune angoisse.

Mais l'Afrique a brisé ce rêve. Lorsqu'il s'est retrouvé entouré de Noirs, d'odeurs étranges et d'une langue qu'il ne comprenait pas, il a tout de suite eu envie de retourner dans son pays.

En réalité, il s'était imposé le voyage à Mutshatsha. Il s'était obligé à faire ce pèlerinage douteux vers une destination imaginée par Janine. Il se souvient encore de l'humiliation qu'il avait éprouvée de ne pas avoir eu d'autres compagnons de voyage que la peur. Ce sentiment avait éclipsé tout le reste. Il se souvient de l'argent caché dans son slip qui lui collait à la peau et de ce premier jour qu'il avait passé recroquevillé de peur dans la chambre d'hôtel.

Dès la première bouffée d'air qu'il a respirée sur ce continent inconnu, l'Afrique a eu raison de son rêve et il s'est tout de suite mis à planifier son retour.

À présent, dix, quinze ou dix-huit ans plus tard, il est toujours là. Son billet de retour traîne quelque part dans un tiroir parmi des chaussettes, des bracelets-montres cassés et des vis rouillées. Il l'a retrouvé par hasard il y a quelques années en fouillant parmi ses affaires. Les insectes avaient méchamment attaqué le papier et le texte était illisible.

Il tend encore une fois l'oreille vers l'obscurité environnante.

Il a soudain la sensation d'être dans son lit dans la petite maison de son enfance. Il ne sait pas si c'est l'hiver ou l'été. Son père ronfle dans la chambre d'à côté et il se dit que bientôt, très bientôt, la maison va larguer les amarres et descendre le fleuve pour naviguer vers la mer…

Que s'est-il passé ? Pourquoi est-il resté en Afrique ? Au bord de ce fleuve, dans cette ferme où il doit assister à l'assassinat de ses amis et où bientôt il ne sera entouré que de morts ?

Comment a-t-il pu vivre aussi longtemps avec un revolver sous l'oreiller ? Ce n'est pas normal pour quelqu'un qui a grandi au bord d'un fleuve dans le nord de la Suède, dans une société et à une époque où personne n'a l'idée de verrouiller la porte la nuit, ni de vérifier que les cartouches du revolver n'ont pas été remplacées par des douilles vides. Ce n'est pas normal de vivre entouré de toute cette haine…

Il essaie de nouveau de trouver une réponse. Il aimerait comprendre avant que le paludisme ou les bandits ne l'aient vaincu…

Il sent qu'une nouvelle crise se prépare. Le sifflement dans sa tête a cessé. À présent, il n'entend plus que le coassement des grenouilles et les soupirs de l'hippopotame. Il attrape le drap en attendant que la fièvre se déverse sur lui comme une lame déferlante.

Il faut que je résiste, se dit-il désespérément. Tant que je garde cette volonté, la fièvre ne pourra pas me vaincre. Il faut que je couvre mon visage avec l'oreiller, pour qu'on n'entende pas mes cris quand je serai assailli par les hallucinations.

La fièvre commence à planter ses barreaux autour de lui. Il voit le léopard apparaître au pied de son lit. L'animal ne se montre que lorsqu'il est malade. Il tourne sa gueule de fauve vers lui. Ses yeux froids sont immobiles.

Il n'existe pas, essaie de se rassurer Hans Olofson. Il chasse seulement au fond de moi. Grâce à ma volonté, je saurai le vaincre, lui aussi. Une fois la fièvre disparue, il n'existera plus. Je reprendrai alors le contrôle de mes pensées et de mes rêves. Il n'existera plus…

Qu'est-ce qui a bien pu se passer ? Cette question résonne dans sa tête.

Soudain il ne sait plus qui il est. Il perd conscience, emporté par la fièvre. Le léopard veille au pied de son lit. Le revolver repose contre sa joue.

La fièvre le pousse vers des plaines infinies…

14

Fin septembre 1969.

Il a promis de rester quelques semaines pour donner un coup de main à Judith Fillington dans sa ferme. Lorsqu'il se réveille, le premier matin, il découvre une salopette aux genoux rapiécés posée sur une chaise.

Luka, se dit-il. Pendant que je dors, il suit les ordres de Judith, il entre silencieusement dans ma chambre avec un vêtement de travail pour moi, observe mon visage et disparaît.

Il regarde la grande propriété à travers la fenêtre. Pris d'une euphorie soudaine, il a, l'espace d'un instant, l'impression d'avoir surmonté son angoisse. Il peut bien rester pour aider Judith Fillington. Le voyage à Mutshatsha n'est déjà plus qu'un souvenir. Travailler à la ferme de Judith n'est pas la même chose que suivre les traces de Janine...

Pendant les heures chaudes de la matinée, ils sont assis à l'ombre d'un arbre. Hans Olofson écoute Judith lui raconter l'évangile des poules.

– Quinze mille œufs par jour, dit-elle. Vingt mille poules qui pondent. Au moins cinq mille poussins viennent s'ajouter pour remplacer les poules qui ne pondent plus et qui vont à l'abattage. Nous les vendons tous les samedis à l'aube. Les Africains peuvent faire la queue toute la nuit pour en acheter. Nous vendons les poules pour quatre kwacha, elles sont ensuite revendues sur les marchés pour six ou sept kwacha...

On dirait un oiseau. Elle ressemble à un oiseau inquiet qui craint à chaque instant de voir un faucon ou un aigle fondre sur elle.

Il a mis la salopette. Judith est habillée d'un pantalon kaki sale et décoloré, d'une chemise rouge beaucoup trop grande pour elle et d'un chapeau aux larges bords qui rend ses yeux inaccessibles.

– Pourquoi tu ne les vends pas toi-même au marché ? demande-t-il.

– Je suis obligée de me donner des limites pour survivre, dit-elle. Je ploie déjà sous le travail.

Elle appelle Luka et lui dit quelque chose que Hans Olofson ne comprend pas.

Pourquoi les Blancs sont-ils toujours aussi énervés ? se demande-t-il. Comme si tous les hommes et les femmes de couleur étaient soit désobéissants, soit stupides.

Luka revient avec une carte crasseuse, Hans s'accroupit à côté de Judith, qui lui montre les endroits où sa ferme livre les œufs. Il essaie de mémoriser les noms : Ndola, Mufulira, Solwezi, Kansanshi.

Le col de la chemise de Judith est déboutonné. Quand elle se penche en avant, il voit la maigreur de sa poitrine. Le soleil a brûlé un triangle rouge qui descend jusqu'à son ventre. Elle se redresse brusquement, comme si elle s'était rendu compte que son regard avait dévié.

– Nous livrons aux coopératives d'État, reprend-elle. Nous livrons aussi aux compagnies minières, toujours en très grandes quantités. Au maximum mille œufs par jour vont à des acheteurs locaux. Chaque employé reçoit un œuf par jour.

– Combien de personnes travaillent ici ?

– Deux cents. Je paie moi-même les salaires pour essayer d'apprendre les noms de tout le monde. Si quelqu'un est absent sans raison valable, je déduis une somme pour cause d'ébriété. Je distribue des avertissements et des amendes, je licencie et j'embauche. Ma mémoire me sert de garantie pour que je ne réembauche pas quelqu'un qui a déjà été licencié et qui reviendrait sous un faux nom. Il y a deux cents personnes qui travaillent ici, vingt sont gardiens de nuit. Nous avons dix bâtiments avec des pondoirs, un sous-chef et dix ouvriers qui se relaient. Il y a aussi des bouchers, des menuisiers, des chauffeurs et des hommes à tout faire. Des hommes exclusivement. Aucune femme.

– Quelle va être ma tâche ? demande Hans Olofson. À présent je sais ce que mangent les poules, je connais les lieux où les œufs doivent être livrés. Mais que suis-je censé faire ?

– Suis-moi comme une ombre. Écoute ce que je dis, vérifie que le travail est fait. Tout ce qu'on demande doit être sans cesse répété, vérifié, contrôlé.

– Il y a forcément une erreur quelque part. Il y a forcément quelque chose que les Blancs n'ont pas compris.

– Tu peux aimer les Noirs, poursuit Judith. Mais suis mon conseil. J'ai passé toute ma vie avec eux. Je parle leur langue, je connais leur manière de penser. Quand les guérisseurs échouent, je trouve un médecin pour leurs enfants. Je finance leurs enterrements quand ils n'ont pas d'argent. Je paie la scolarité des enfants les plus doués. Quand ils n'ont plus rien à manger, je fais livrer des sacs de maïs chez eux. Je fais tout pour eux. Mais si quelqu'un me vole un œuf, il est immédiatement livré à la police. Je licencie celui qui boit, je vire les veilleurs de nuit qui s'endorment.

Lentement, Hans Olofson commence à avoir une

idée de l'étendue de la situation. Une femme seule qui commande, des Africains qui se soumettent parce qu'ils n'ont pas le choix. Deux formes de pauvreté qui convergent vers un même point. La peur des Blancs, la vie tronquée des colonisateurs survivants dans un empire ruiné. La solitude dans une nouvelle colonie noire, ou dans une colonie noire ressuscitée.

La vulnérabilité des Blancs, c'est leur absence d'alternative. Sans qu'ils s'en rendent compte, cela devient leur point de rencontre avec les Africains. Même un jardin comme celui-ci, où le rêve d'un parc victorien est enfoui dans la végétation sauvage, est un bunker fortifié.

Le chapeau qui rend ses yeux inaccessibles est le dernier rempart de Judith Fillington.

La pauvreté de ce continent, c'est la pauvreté et la vulnérabilité des Noirs. Leur mode de vie qui remonte aux temps immémoriaux a été détruit puis remplacé par des structures imposées par des bâtisseurs d'empires fous qui s'habillaient en queue-de-pie le soir au fin fond des forêts équatoriales.

Ce monde de façade persiste et c'est là que les Africains essaient de concevoir leur avenir. Peut-être sont-ils dotés d'une patience infinie. Peut-être continueront-ils à hésiter quant à la forme de leur avenir et à la manière dont ils vont démonter ce décor de théâtre. Les Blancs qui sont encore là ont temporairement repoussé leur propre disparition.

Mais quand tout cela va-t-il exploser ?

Hans Olofson met au point un plan de repli.

Je suis seulement de passage ici, se rassure-t-il. Je rends un petit service à une femme que je connais à peine. Ce qui se passe ici ne me concerne pas, je ne m'en mêle pas et on ne peut pas me rendre responsable de quoi que ce soit...

Judith se lève brusquement.

– Le travail nous appelle, dit-elle. Je pense que toi seul sauras répondre aux questions que tu te poses. L'Afrique appartient à chacun, elle n'est pas une propriété commune.

– Tu ignores tout de moi, dit-il, mes origines, ma vie, mes rêves. Et pourtant tu me confies une responsabilité importante. De mon point de vue de Suédois, c'est inconcevable.

– Je suis seule, dit-elle, abandonnée par un homme que je n'ai même pas eu la possibilité d'enterrer. Vivre en Afrique signifie l'obligation d'assumer seul les responsabilités…

Des années plus tard, il se souviendra de ses premiers jours passés à la ferme de Judith Fillington comme d'un voyage irréel vers un monde qu'il comprendra de moins en moins au fur et à mesure que ses connaissances augmenteront. Il est conscient de se trouver au cœur d'une situation délétère qui mène imperturbablement à la catastrophe.

Au cours des premiers jours, il s'aperçoit que différents sentiments exhalent différentes odeurs. Une odeur amère qui rappelle celle du fumier ou du vinaigre signale la haine. Il suit Judith comme une ombre et, partout où elle passe, il perçoit cette odeur. Même quand il se réveille en pleine nuit, il sent un petit filet de haine s'infiltrer à travers les mailles de la moustiquaire qui entoure son lit.

Il va se produire quelque chose, se dit-il. L'impuissance et la pauvreté conduiront forcément à une explosion de colère.

L'absence d'alternative équivaut à une absence de tout. Quand il n'y a rien d'autre que la pauvreté qui attend au-delà de la pauvreté…

Je dois partir d'ici, je dois quitter l'Afrique tant qu'il est encore temps.

Pourtant, un mois plus tard, Hans Olofson est encore là. Allongé sur son lit, il entend les chiens se déplacer nerveusement autour de la maison. Tous les soirs, il voit Judith vérifier que les portes et les fenêtres sont bien verrouillées. Avant de pénétrer dans une pièce pour fermer les épais rideaux, elle éteint la lumière. Constamment sur ses gardes, elle s'immobilise souvent au beau milieu d'un geste pour écouter le silence. Le soir, elle emporte dans sa chambre un fusil de chasse et une grosse carabine à éléphant. Le jour, elle enferme les armes dans une armoire en acier et elle garde la clé sur elle.

Au bout d'un mois, il se rend compte qu'il commence à partager sa peur.

Au fur et à mesure que le jour décline, l'étrange maison se transforme en un bunker de silence.

– As-tu trouvé un successeur ? s'enquiert-il un soir.

– En Afrique, tout ce qui est important demande du temps, répond-elle.

Il soupçonne qu'elle n'a jamais essayé de trouver quelqu'un, qu'elle n'a jamais mis de petite annonce dans les journaux que Werner Masterton lui a conseillés. Mais il renonce à lui faire part de ses soupçons.

Il constate avec surprise que Judith Fillington lui inspire du respect, peut-être même un certain dévouement. Il la suit de l'aube au crépuscule, assiste à ses efforts constants pour que quinze mille œufs soient livrés chaque jour malgré des camions en panne, un manque constant de déchets de maïs – qui constituent l'alimentation principale de ses poules – et malgré les maladies virales qui en une seule nuit peuvent éliminer la totalité des poulets d'un bâtiment.

Une nuit, elle vient le réveiller. Elle ouvre brusquement la porte de sa chambre, éclaire son visage avec une lampe de poche et lui ordonne de s'habiller.

Devant la maison aux portes verrouillées, un gardien de nuit effrayé hurle que des fourmis processionnaires se sont introduites dans un des poulaillers. Arrivé sur place, il voit des Africains terrorisés taper avec des fagots en feu sur les files interminables de fourmis. Judith prend tout de suite les choses en main, détourne les fourmis et donne des ordres à un Hans Olofson hésitant.

Tôt un matin, il lui demande :

– Qui suis-je aux yeux des Noirs ?

– Un nouveau Duncan Jones, répond-elle. Deux cents Africains cherchent en ce moment à repérer ton point faible.

Deux semaines s'écoulent avant qu'il ne fasse enfin la connaissance de l'homme qu'il est venu remplacer. Hans Olofson passe tous les jours devant sa maison perchée en haut d'une colline et entourée d'un grand mur où l'homme reste enfermé avec ses bouteilles dans sa lente transformation en saint.

Il voit parfois une voiture rouillée, peut-être une Peugeot, garée devant la maison à la hâte, le coffre ouvert, le bout d'une couverture sale dépassant d'une des portières.

Hans pressent confusément qu'un drame se déroulera un jour sur cette colline. Une lutte finale entre les ouvriers noirs et l'homme blanc.

– Les gardiens ont peur quand ils l'entendent hurler la nuit, explique Judith. Ils le craignent mais en même temps ils sont rassurés, persuadés que sa transformation en saint éloignera les bandits de notre ferme.

– Les bandits ?

– Ils sont partout. Il y a une grande quantité d'armes dans les quartiers pauvres autour de Kitwe et de Chingola. Des gangs apparaissent, puis disparaissent, d'autres viennent les remplacer. Des fermes blanches sont attaquées, des voitures de Blancs sont arrêtées sur les routes. Je suis convaincue que de nombreux policiers sont mêlés à ça. Sans doute des ouvriers de la ferme aussi.

– Et s'ils viennent ?

– Je fais confiance à mes chiens. Les Africains craignent les chiens. Et j'ai aussi Duncan qui hurle la nuit. La superstition peut être très utile à condition de savoir la manier. Les gardiens de nuit croient peut-être qu'il est en train de se transformer en serpent.

Sa première rencontre avec Duncan Jones a lieu un matin.

Hans Olofson est en train de surveiller les ouvriers qui chargent des sacs vides dans un vieux camion quand il les voit subitement cesser leur travail. Un homme vêtu d'un pantalon sale et d'une chemise déchirée s'approche à pas lents. Hans découvre un individu à la peau épaisse comme du cuir et tannée par le soleil. Son visage a des traces de coupures de rasoir. Ses paupières sont lourdes, ses cheveux gris hirsutes et sales.

– Ne t'absente jamais pour pisser avant que tous les sacs soient chargés et les portes arrière verrouillées, dit l'homme. Si jamais tu t'absentes pour pisser, il faut t'attendre à ce qu'au moins dix sacs disparaissent. Ils les vendent un kwacha la pièce.

Il lui tend la main.

– Il n'y a qu'une chose que je ne comprends pas, dit Duncan Jones. Pourquoi Judith a-t-elle attendu si longtemps pour me trouver un successeur ? Tout le monde est un jour ou l'autre mis au rebut. Seuls sont épargnés ceux qui meurent avant l'heure. Qui es-tu ?

– Je suis suédois. Je suis de passage.

150

Le visage de Duncan Jones se fend en un large sourire exposant une bouche pleine de chicots noirs.

– Je ne comprends pas pourquoi tous ceux qui viennent en Afrique se sentent obligés de s'excuser, fait-il remarquer. Même ceux qui sont nés ici prétendent être de passage.

– En ce qui me concerne c'est vrai, assure Hans Olofson.

Duncan Jones hausse les épaules.

– Judith mérite toute l'aide qu'elle trouve, dit-il.

– Elle a mis des annonces dans les journaux, dit Hans.

– Qui veux-tu qu'elle trouve ? Qui voudrait venir s'installer ici ? Ne l'abandonne pas. Et ne viens jamais me demander conseil, je n'en ai pas à donner. Un jour j'en ai peut-être eu, mais ils se sont envolés. Dommage parce que j'en aurais bien besoin moi-même. Il est possible qu'il me reste encore un an à vivre. Certainement pas plus…

Il se tourne vers les Africains silencieux qui assistent à sa rencontre avec Hans Olofson.

– Au boulot ! hurle-t-il. Vous êtes là pour bosser, pas pour dormir.

Les ouvriers se remettent immédiatement à charger le camion.

– Ils ont peur de moi, constate Duncan Jones. Ils pensent que je suis en train de me transformer en saint, un *kashinakashi*. Ou peut-être en serpent. Qu'est-ce que j'en sais, moi ?

Il se retourne et s'en va. Hans le voit s'arrêter et mettre sa main sur le bas de son dos comme s'il avait mal. Le soir au dîner, il fait part à Judith de sa rencontre.

– Peut-être finira-t-il par trouver une réponse, dit-elle. L'Afrique l'a libéré de tous ses rêves. Pour Duncan, la vie est un engagement qui vous est attribué par hasard.

Il boit de façon méthodique et consciente dans l'idée d'atteindre le grand repos. Sans aucune crainte, je crois. Peut-être faudrait-il l'envier ? Ou peut-être devrions-nous avoir de la compassion pour lui puisqu'il manque totalement d'espoir ?

– Pas marié ? Pas d'enfants ? demande Hans.

– Il couche avec des femmes noires. Peut-être a-t-il aussi des enfants noirs. Je sais qu'il lui arrive de mal-traiter les femmes qu'il emmène dans son lit. Mais j'ignore pourquoi.

– J'ai l'impression qu'il souffre. Des reins peut-être ?

– Lui dirait que c'est l'Afrique qui le ronge de l'intérieur. Il refuse toute maladie.

Judith demande à Hans de rester encore quelque temps. Il a très bien compris qu'elle lui a menti en disant qu'elle avait passé des annonces dans des jour-naux en Afrique du Sud et au Botswana et qu'elle n'a toujours pas eu de réponse.

– Je ne peux pas rester très longtemps, répond-il, un mois au maximum, pas plus.

Une semaine avant que le mois expire, Judith tombe malade. Elle vient le réveiller en pleine nuit. Encore tout ensommeillé, il allume sa lampe de chevet et ce qu'il voit alors, il n'est pas près de l'oublier.

Il a une mourante devant lui. Peut-être est-elle d'ailleurs déjà morte. Judith porte une vieille robe de chambre tachée. Ses cheveux sont ébouriffés, son visage est luisant de sueur, ses yeux sont écarquillés comme si elle avait une vision terrible. Elle tient son fusil de chasse dans la main.

– Je suis malade, dit-elle. J'ai besoin de ton aide.

Elle s'effondre sur le bord du lit de Hans Olofson. Le

matelas mou n'opposant aucune résistance, elle glisse et se retrouve par terre la tête contre le lit.

– C'est une crise de paludisme, explique-t-elle. J'ai besoin de médicaments. Prends la voiture, va réveiller Duncan et demande-lui de te donner des cachets. S'il n'en a pas, tu devras aller chez Werner et Ruth. Tu connais le chemin.

Il l'aide à remonter sur le lit.

– Prends le fusil, dit-elle. Ferme la porte à clé derrière toi. Si jamais Duncan ne se réveille pas, tire avec le fusil.

Lorsqu'il tourne la clé de contact, l'autoradio se met à diffuser une violente rumba qui secoue la nuit. C'est de la folie, pense-t-il tout en enclenchant une vitesse. Je n'ai jamais eu aussi peur. Même pas quand je traversais le pont en rampant sur l'arche.

Il sent le canon du fusil contre son épaule pendant qu'il roule sur la piste de sable défoncée. Il avance beaucoup trop vite et fait patiner l'embrayage.

Un gardien de nuit surgit dans le faisceau des phares quand il arrive devant les poulaillers. Un homme blanc dans la nuit des Noirs, se dit-il.

Devant la maison de Duncan Jones, il klaxonne de toutes ses forces puis il s'oblige à descendre de la voiture, ramasse une pierre par terre pour cogner contre le portail. Il espère entendre un bruit à l'intérieur de la maison mais il ne perçoit que les battements de son propre cœur. Il va chercher le fusil dans la voiture, se rappelle les dispositifs de sécurité et tire vers les étoiles lointaines. La crosse heurte son épaule et le coup retentit dans la nuit.

– Viens ! crie-t-il. Sors de ta cuite et apporte-moi ces putains de médicaments !

Soudain il entend un frottement de l'autre côté de la

porte. Il crie son nom et Duncan Jones apparaît devant lui, nu avec un revolver à la main.

C'est de la folie, se dit de nouveau Hans Olofson. Personne ne me croirait et, plus tard, j'aurai certainement du mal à croire mes propres souvenirs. Je vais rapporter les médicaments à Judith, et après je m'en irai. On ne peut pas vivre comme ça, c'est de la folie.

Hans Olofson a beau répéter la raison de sa visite, l'homme est trop ivre pour comprendre.

– Les cachets contre le paludisme ! rugit-il en lui enfonçant le canon du fusil dans la poitrine. Le paludisme...

Duncan Jones retourne dans la maison en titubant. Hans le suit et découvre des reliefs de repas, des monceaux de journaux et un fourbi indescriptible de vêtements sales, de bouteilles vides.

Ça sent le cadavre ici, pense-t-il. La mort est en train de prendre possession des lieux.

Convaincu que l'ancien contremaître est incapable de retrouver les médicaments dans ce chaos, Hans Olofson s'apprête à reprendre la route pour se rendre à la ferme des Masterton. Mais, au bout d'un moment, Duncan Jones sort de ce qui doit être sa chambre avec une pochette en papier dont Hans Olofson se saisit brutalement avant de quitter la maison.

Il est trempé de sueur quand il revient chez Judith Fillington. Il verrouille toutes les portes et va la secouer doucement. Quand elle sort de sa torpeur, il l'oblige à avaler trois cachets après avoir lu la posologie sur la boîte. Elle se laisse de nouveau tomber contre les oreillers et il s'assied pour reprendre son souffle. Il s'aperçoit qu'il tient encore le fusil dans sa main. Ce n'est pas normal, se dit-il. Je ne pourrai pas m'habituer à la vie d'ici. Je ne survivrai pas...

Il reste à côté de Judith Fillington toute la nuit, il voit ses accès de fièvre s'atténuer puis reprendre. À l'aube, il pose sa main sur son front. Sa respiration est alors calme et régulière.

Il va dans la cuisine, déverrouille la porte. Luka attend dehors.

– Je veux du café, dit Hans. Rien à manger, seulement du café. Madame Judith est malade aujourd'hui.

– Je sais, *bwana*, répond Luka.

Submergé par la fatigue, Hans se met à crier :

– Comment tu peux savoir ça ? Oh, ces Africains qui savent toujours tout !

Luka n'est cependant pas déstabilisé par son explosion de colère.

– Une voiture qui roule beaucoup trop vite dans la nuit, *bwana*, explique-t-il. Tous les *mzunguz* conduisent différemment. *Bwana* s'arrête devant la maison de *bwana* Duncan. *Bwana* tire avec son fusil, crie dans la nuit. Luka se réveille, se dit que Madame est malade. Madame n'est jamais malade sauf quand elle a ses crises de paludisme.

– Allez, prépare-moi du café, s'impatiente Hans Olofson. Il est trop tôt pour écouter tes explications.

Vers six heures, il monte dans la jeep et fait de son mieux pour remplacer Judith. Il pointe la présence des ouvriers sur les listes, surveille le ramassage des œufs, estime le stock restant d'aliments pour les poules et envoie un tracteur au moulin de maïs chercher davantage de déchets.

À onze heures, une voiture rouillée aux amortisseurs fatigués s'arrête devant la bâtisse en terre où Judith a installé son bureau. Hans sort dans le soleil aveuglant. Un Africain étonnamment bien habillé vient à sa rencontre. Encore une fois, Hans Olofson se retrouve dans une procédure de salutation compliquée et interminable.

– Je cherche Mme Fillington, dit finalement l'homme.

– Elle est malade, répond Hans.

L'Africain l'observe, le jauge en souriant.

– Je suis mister Pihri, dit-il.

– Je remplace le contremaître de Mme Fillington, répond Hans Olofson.

– Je sais, dit mister Pihri. C'est justement parce que vous êtes celui que vous êtes que je lui apporte quelques papiers importants. Je suis donc mister Pihri qui de temps à autre rend des petits services à Mme Fillington. Pas de grands services. Même les petits sont parfois nécessaires. Pour éviter des problèmes qui pourraient finir par devenir ennuyeux.

Hans sent qu'il faut être prudent.

– Des papiers ? demande-t-il.

Mister Pihri affiche soudain une mine triste.

– Mme Fillington m'offre généralement du thé quand je lui rends visite.

Hans a effectivement vu une bouilloire dans le hangar et demande à un des Africains penchés sur les listes de présence illisibles de préparer du thé. Le visage triste de mister Pihri s'ouvre en un large sourire. Hans se décide à sourire, lui aussi.

– Nos autorités sont un peu tatillonnes quand il s'agit des formalités, dit mister Pihri. C'est une chose que nous avons apprise des Anglais. Nos autorités exagèrent peut-être mais nous sommes obligés d'être prudents avec les gens qui viennent dans notre pays. Tous les papiers doivent être en bonne et due forme.

Il est donc question de moi, se dit Hans Olofson. Pourquoi cet homme souriant s'est-il décidé à venir justement le jour où Judith est malade ?

Ils boivent le thé dans l'obscurité du hangar, Hans voit mister Pihri verser huit cuillerées de sucre dans sa tasse.

– Madame a sollicité mon aide pour faire avancer le traitement de votre permis de séjour, explique mister Pihri tout en buvant son thé à petites gorgées. Il est bien évidemment important d'éviter des soucis inutiles. Madame et moi avons l'habitude d'échanger des services. Je suis très peiné d'apprendre qu'elle est malade. Si jamais elle en venait à mourir cela serait extrêmement défavorable.

– Je peux peut-être vous aider à sa place ? propose Hans Olofson.

– J'en suis convaincu, répond mister Pihri.

Il sort de sa poche intérieure quelques feuilles de papier tapées à la machine et tamponnées.

– Je suis mister Pihri, répète-t-il. Officier de police et un très bon ami de Mme Fillington. J'espère qu'elle ne va pas mourir.

– Je vous suis reconnaissant au nom de Mme Fillington. J'aimerais vous rendre service à sa place.

Mister Pihri continue à sourire.

– Mes collègues et amis au ministère de l'Immigration sont très occupés en ce moment. Ils ont une charge de travail extrêmement lourde. Ils refusent de nombreuses demandes de permis de séjour temporaires. Nous sommes malheureusement amenés à repousser certaines personnes qui aimeraient pouvoir séjourner dans notre pays. Vous comprenez bien qu'il n'est pas agréable d'être obligé de quitter un pays dans les vingt-quatre heures. Surtout lorsque Mme Fillington est malade. J'espère seulement qu'elle ne va pas mourir. Mais mes amis au ministère de l'Immigration se sont montrés très compréhensifs. Je suis heureux de pouvoir vous remettre ces papiers, dûment signés et tamponnés. Il faut toujours éviter les soucis. Les autorités considèrent avec sévérité les gens qui ne possèdent pas les documents nécessaires. Hélas, il arrive même qu'elles soient obligées d'en mettre certains en prison pour un temps indéterminé.

Le visage de mister Pihri s'assombrit de nouveau.

– Les prisons de ce pays ne sont malheureusement pas très bien tenues. Surtout aux yeux des Européens habitués à d'autres conditions.

Mais qu'est-ce qu'il veut ? se demande Hans Olofson.

– Je vous suis très reconnaissant, bien entendu, répète-t-il. Je tiens à vous témoigner mon estime à la place de Mme Fillington.

Mister Pihri s'éclaire d'un sourire.

– Le coffre de ma voiture n'est pas très spacieux, mais il contiendrait sans difficulté cinq cents œufs.

– Chargez cinq cents œufs dans le coffre de la voiture de mister Pihri, ordonne Hans Olofson à un des employés de bureau.

Mister Pihri lui tend les documents tamponnés.

– Les tampons doivent malheureusement être renouvelés de temps en temps. Il faut toujours éviter les ennuis. C'est pourquoi Mme Fillington et moi nous nous rencontrons régulièrement. Il est ainsi possible d'éviter bien des désagréments.

Hans Olofson accompagne mister Pihri à sa voiture, où les cartons d'œufs sont empilés dans le coffre.

– Ma voiture commence à prendre de l'âge, constate mister Pihri, soucieux. Un jour ou l'autre, elle cessera peut-être de marcher. J'aurai alors du mal à rendre visite à Mme Fillington.

– Je l'informerai du mauvais état de votre voiture, assure Hans Olofson.

– Je vous en suis très reconnaissant. Dites-lui aussi

qu'il y a actuellement une excellente Peugeot d'occasion en vente chez un de mes amis à Kitwe.

– Je le lui dirai.

Ils répètent la longue procédure de salutations.

– Ravi de vous avoir rencontré, dit mister Pihri.

– Nous vous sommes extrêmement reconnaissants, répond Hans Olofson.

– Il est important d'éviter des soucis, dit mister Pihri en se glissant derrière le volant.

Le chant de la corruption dans toute sa splendeur, se dit Hans en regagnant l'obscurité du hangar. Une conversation polie et discrète... Ciselée comme une barbe taillée avec soin.

Lorsqu'il regarde le document remis par mister Pihri, il s'aperçoit avec stupeur que Judith Fillington a demandé un permis de séjour de deux ans pour lui et que ça a été accordé.

Il se sent indigné. Je ne vais pas rester ici, se dit-il. Je ne vais pas me laisser piéger par ses projets personnels...

Quand il rentre pour déjeuner, Judith est réveillée. Elle est restée couchée dans la chambre de Hans. Son visage est pâle et fatigué, son sourire forcé. Il commence à lui parler mais elle l'arrête d'un signe de tête.

– Plus tard, dit-elle. Pas maintenant. Je suis trop fatiguée. Luka me donnera ce dont j'ai besoin.

Quand il revient le soir, elle a regagné sa chambre. Elle a l'air seule et abandonnée dans son grand lit. La maladie l'a diminuée, pense-t-il. Sa peau s'est rétrécie. Seuls ses yeux n'ont pas changé, ils sont toujours aussi grands, aussi inquiets.

– Je vais mieux, dit-elle. Mais je suis encore très faible. À chaque crise de paludisme, je perds de la force. Je déteste la faiblesse, je déteste ne rien pouvoir faire.

– Mister Pihri est venu, raconte-t-il. Il est venu

m'apporter des papiers pleins de tampons et je lui ai donné ce qu'il voulait, c'est-à-dire cinq cents œufs.

– Il sourit beaucoup, dit Judith. Mais c'est un escroc de la pire espèce. Pourtant il est fiable. Jouer au jeu de la corruption avec lui donne toujours un résultat.

– Il veut aussi une voiture d'occasion. Il s'est choisi une Peugeot.

– Il l'aura quand j'aurai une affaire suffisamment compliquée à lui soumettre.

– Pourquoi as-tu demandé un permis de séjour de deux ans pour moi ?

– Il n'existe pas de durée plus courte.

Elle a beau être malade, elle ment, se dit-il. Quand elle sera guérie, je lui demanderai de me donner des explications.

Il quitte la chambre de Judith et ferme la porte derrière lui. Il reste un moment à écouter et l'entend ronfler faiblement.

Il fait ensuite l'inspection des lieux. Il compte le nombre de pièces que contient la maison, traverse des chambres d'amis abandonnées et s'arrête devant une porte qu'il n'avait pas encore remarquée, tout au bout d'un couloir, dissimulée dans la boiserie marron.

Il abaisse la clenche, la porte s'ouvre ; une forte odeur de renfermé et de camphre lui emplit les narines. Il passe la main sur le mur, trouve un interrupteur, une ampoule nue s'allume au plafond : la pièce est pleine de squelettes d'animaux. Il voit un fémur qui doit provenir d'un éléphant ou d'un buffle, les longues côtes d'un crocodile, différents crânes et des cornes, en partie cassés.

Il imagine que ces animaux ont un jour été enfermés vivants dans cette pièce pour y mourir d'une mort lente. Aujourd'hui, il ne reste plus que des os et des crânes.

Ça doit être la chambre de son mari. La chambre de

garçon rêvée d'un homme adulte. Un calepin est posé dans l'embrasure d'une fenêtre poussiéreuse. Il essaie de déchiffrer l'écriture et s'aperçoit que ce sont des esquisses de poèmes. Des éclats frémissants de poèmes tracés très légèrement au crayon. Le but n'était sans doute pas de les conserver...

C'est tout ce qui reste de lui. Ça aussi c'est de la poésie, l'épitaphe énigmatique de ce qui est destiné à disparaître...

Mal à l'aise, il sort de la pièce.

Il s'arrête de nouveau devant la porte de Judith pour écouter un moment, puis il regagne sa chambre. Une faible odeur du corps de Judith persiste entre les draps. L'empreinte de la fièvre... Il pose son fusil à côté du lit. Malgré moi, je suis en train de prendre ses habitudes, pense-t-il.

Soudain il éprouve l'envie intense de rentrer dans son pays. J'ai vu l'Afrique, se dit-il. Je n'ai pas compris ce que j'ai vu, mais j'ai vu. Je ne suis pas un vrai voyageur, partir vers l'inconnu n'est pour moi qu'une tentation abstraite.

Un jour, j'ai traversé l'arche d'un pont à quatre pattes comme si j'étais sur l'axe même de la Terre. J'ai laissé quelque chose là-haut sur le métal glacial. Ça aura été le voyage le plus long de ma vie...

Dans le fond, il est possible que je sois toujours là-haut, les doigts cramponnés aux bords métalliques. Peut-être que je ne suis jamais descendu, que je suis toujours là-haut, enfermé dans ma peur...

Il s'allonge sur son lit et éteint la lumière. Des bruits jaillissent de l'obscurité. Les pas feutrés des chiens, les soupirs des hippopotames du côté du fleuve.

Au moment de s'endormir, il se sent étonnamment

lucide. Quelqu'un rit dans la nuit. Un des chiens jappe, puis le silence s'installe.

Il repense à la briqueterie. Ce bâtiment délabré où il a pour la première fois pris conscience de sa vie. Il devine une suite à ce rire qui lui parvient dans la nuit. C'est la briqueterie en ruine qui lui explique pourquoi il est là. La chambre fortifiée dans la maison entourée de molosses au bord du fleuve Kafue dévoile sa condition de vie. Le rire qu'il entend décrit le monde dans lequel il se trouve par hasard.

Voilà à quoi ressemble ce monde, se dit-il. Avant, je savais sans savoir. À présent, je vois que le monde a chaviré, je vois la pauvreté et la douleur qui constituent la vérité. Quand j'étais perché en haut du pont, il n'existait pour moi que les étoiles et les sapins à l'horizon. Je voulais dépasser tout ça et j'y suis arrivé. Le fait que je sois ici aujourd'hui signifie forcément que je me trouve à l'époque qui est la mienne. Je ne sais pas qui riait tout à l'heure. Je ne sais pas non plus si ce rire était une menace ou une promesse.

Il se dit que bientôt il s'en ira d'ici. Son billet de retour en est la garantie. Il n'a pas besoin d'être là où le monde se divise.

Il tend sa main dans l'obscurité et passe ses doigts sur le canon froid du fusil.

L'hippopotame soupire du côté du fleuve.

Il est pressé de rentrer. Judith cherchera un successeur à Duncan Jones sans lui. Le permis de séjour, que mister Pihri a obtenu grâce à ses amis et pour lequel il a reçu cinq cents œufs, ne sera jamais utilisé…

Mais Hans Olofson se trompe.

Comme tant de fois déjà, ses décisions tournent autour de leur propre axe et reviennent à leur point de départ.

Le billet de retour a commencé à s'effriter…

15

Les rêves de Hans Olofson sont presque toujours des rappels.

Son subconscient veille à ce qu'il n'oublie rien. Un prélude récurrent sert d'ouverture lorsque se lève le vieux rideau usé des rêves.

Le son d'une musique. Toujours la même. Celle-ci évoque une nuit d'hiver, une nuit froide et étoilée.

Hans Olofson est là. Il se tient sous un lampadaire près du mur du temple. Un être à peine terminé, une ombre solitaire et chagrine qui se détache sur le blanc de la nuit hivernale…

Jamais il n'aurait pu imaginer son destin ! Impossible de jeter un coup d'œil dans l'avenir le jour où il a enfin quitté l'école, expédié ses manuels sous le lit pour se rendre à son premier emploi. Il avait été embauché par l'Association des commerçants, il était le plus jeune de leurs magasiniers. Le monde était parfait et facile à cerner. Il allait gagner son propre argent, s'assumer, apprendre à être adulte.

La seule chose dont il se souviendra plus tard de cette période, c'est la pénible montée vers la gare. On lui avait attribué une vieille charrette mal entretenue qu'il tirait et poussait lors de ses éternels va-et-vient entre le bureau de fret et l'entrepôt de stockage. Il a vite appris que le fait de pester et de jurer ne rendait pas la montée moins difficile. Cependant c'était sa manière à lui d'exprimer sa rage impuissante et ça lui donnait l'énergie de continuer.

La montée ne s'aplanissait pas pour autant.

Il se rassurait en se disant que cet endroit infernal que constituait l'entrepôt de stockage ne pouvait pas être la vraie vie. L'Honneur et la Solidarité dans le travail avaient forcément un autre visage.

Sa vie a changé quand il a commencé à travailler chez Under, le marchand de chevaux, qui a eu soudain besoin d'aide après qu'un étalon en colère eut méchamment mordu un de ses palefreniers.

La neige volait déjà dans l'air ce jour de septembre où Hans Olofson a fait son entrée dans l'étrange royaume du marchand de chevaux. Les préparatifs pour l'hiver battaient leur plein : il fallait construire de nouveaux box, en agrandir d'autres, réparer les fuites dans la toiture, vérifier les harnais, faire l'inventaire des fers à cheval et des clous à ferrer. Bref, se préparer pour la longue hibernation des chevaux et des hommes. Hans Olofson était occupé à abattre une cloison dans l'écurie à l'aide d'une masse et Under donnait des conseils tout en se promenant dans un nuage de poussière. Visselgren le boiteux réparait des harnais dans un coin. Visselgren était originaire de Scanie mais Under l'avait rencontré à la foire de Skänninge. Les frères Holmström, deux jumeaux balèzes, démolissaient une autre cloison en réunissant leurs forces. Le travail n'aurait pas été mieux fait avec des chevaux. Under, l'air satisfait, se promenait de long en large en surveillant le tout.

L'attitude de Under oscillait en permanence entre une absence d'intérêt pour ce qui l'entourait et des opinions toutes faites qu'il défendait avec passion. Il avait la profonde conviction que le commerce de chevaux occupait ici-bas une place prépondérante. Sans s'encombrer de modestie, il considérait qu'il faisait partie des rares élus qui portaient le monde sur leurs épaules. Sans le commerce de chevaux, le chaos régnerait sur la terre et les chevaux sauvages en seraient les nouveaux maîtres barbares.

Heureux d'avoir échappé à la vieille charrette et à la pénible montée vers la gare, Hans Olofson cognait avec sa masse.

Il resta un an dans cette étrange communauté. Ses tâches étaient variées et ses journées parfois dures mais fascinantes.

Un soir, il traversa le pont en courant pour se rendre chez Janine.

Elle avait mis son nez rouge et elle était en train d'astiquer son trombone dans la cuisine quand il tapa des pieds sur le perron pour se débarrasser de la neige.

Il y avait longtemps qu'il ne frappait plus. Il se sentait chez lui dans la maison de Janine, même si ce n'était pas tout à fait comme dans la maison au bord du fleuve. Une odeur de cumin émanait d'une petite pochette en cuir suspendue au-dessus de la table. Janine, qui n'avait plus d'odorat depuis l'opération ratée, ne se souvenait que de l'odeur du cumin.

Hans Olofson disait tout à Janine. Enfin presque tout. Il gardait secrets les réflexions et les sentiments qu'il osait à peine approcher lui-même. Surtout ce qui concernait un nouveau désir inquiétant et fragilisant qui bouillonnait en lui.

Ce soir-là, elle portait son nez rouge. Mais généralement elle enfonçait un mouchoir blanc dans le trou sous ses yeux pour le cacher. Les traces rouges laissées par le scalpel chirurgical restaient cependant visibles. Pour Hans, la vision de la chair rosée lui évoquait tout autre chose. Quelque chose de défendu.

Il imaginait Janine nue, le trombone contre ses lèvres, et ça le faisait rougir d'excitation. Il ignorait si elle se doutait de ses sentiments. Il aurait aimé qu'elle le fasse, en même temps qu'il souhaitait l'inverse.

Elle était en train de jouer un air qu'elle venait d'apprendre. *Wolverine Blues*. Hans Olofson se balançait au rythme de la musique, bâillait et écoutait d'une oreille distraite.

Quand elle s'arrêta, il eut soudain envie de partir. Rien ne l'attendait mais il était quand même très pressé. En réalité, il n'arrêtait pas de courir depuis qu'il n'allait plus à l'école. Quelque chose le poussait, l'inquiétait, l'attirait…

Sa maison se trouvait toujours au même endroit. Un fin manteau de neige recouvrait le champ de pommes de terre que personne ne retournait jamais. En voyant l'ombre de son père derrière une des fenêtres éclairées, Hans Olofson eut de la peine. Il l'imaginait sur le pont arrière d'un navire qui avançait, poussé par un vent régulier. Dans les derniers rayons du soleil se devinaient au loin les faibles lumières d'un port où il ferait sa prochaine escale…

Son ventre se noua quand il pénétra dans la cuisine et vit son père, les yeux vitreux, assis à la table, une bouteille à moitié vide devant lui. Hans Olofson comprit qu'il était de nouveau en train de se transformer en épave…

Pourquoi était-elle si compliquée, cette putain de vie ? Quel que soit le chemin qu'on prenait, il était verglacé…

Cet hiver-là, Hans découvrit que Under n'était pas quelqu'un de bienveillant, lui non plus. Derrière son masque aimable se nichait la méchanceté.

Sa gentillesse n'était pas gratuite. Un serpent se cachait

sous son manteau volumineux. Progressivement Hans Olofson se rendit compte que dans le monde du marchand de chevaux il n'était rien d'autre que deux bras forts et deux jambes obéissantes. À la mi-février, Visselgren commença à souffrir de rhumatismes et ce fut pour lui la fin. Under lui acheta un billet aller simple pour Skänninge et le conduisit à la gare sans se donner la peine de descendre de sa voiture pour le remercier de son travail. De retour à l'écurie, il passa ensuite son temps à critiquer Visselgren pour son caractère sournois, comme si son handicap physique équivalait à un défaut moral.

De nouveaux employés arrivaient et repartaient. De la vieille garde il ne restait plus que Hans Olofson et les frères Holmström. Hans se surprit à ressasser les mêmes pensées que lorsqu'il tirait la charrette entre la gare et le stock de marchandises.

Était-il revenu au même point ? Où était donc passé l'Honneur du Travail ? Et la Solidarité dans le labeur quotidien qui – d'après ce qu'il avait cru – constituait la véritable finalité de la vie ?

Quelques semaines après le départ de Visselgren, le marchand de chevaux entra dans l'écurie avec une boîte noire sous le bras. Les frères Holmström étaient déjà partis dans leur vieille Saab et Hans se retrouvait seul pour nettoyer avant la nuit.

Under se dirigea vers un box oublié où un vieux cheval se blottissait dans un coin. Il venait de l'acquérir pour quelques billets symboliques et Hans Olofson s'étonnait qu'il n'ait pas encore été envoyé à l'abattoir.

Le marchand sortit un objet de la boîte noire qui faisait penser au transformateur d'un train électrique. Il appela Hans et lui demanda de lui trouver du fil électrique. L'homme chantonnait tout en se débarrassant de son gros manteau.

Puis il lui ordonna d'enchaîner le vieux cheval et d'attacher des pinces métalliques à ses oreilles. Il brancha ensuite l'électricité qui traversa les câbles et fit tressaillir l'animal. L'air ravi, Under tournait le bouton du compteur comme s'il jouait avec un train électrique. Hans Olofson n'oublierait jamais les yeux épouvantés du cheval.

La longue torture du vieux cheval dura près d'une heure. Under demanda à Hans de vérifier que les chaînes étaient bien serrées pour que la pauvre bête ne puisse pas se libérer.

Il haïssait ce salaud de marchand de chevaux qui faisait souffrir le vieil animal. Il finit par comprendre que Under avait un acheteur potentiel et qu'il se servait du courant et des pinces pour obliger le cheval à reprendre des forces. Des forces imposées par la terreur.

– Comme ça il retrouvera sa jeunesse, déclara Under en augmentant la tension.

Le cheval écumait, ses yeux sortaient de leurs orbites.

Hans aurait voulu enfoncer les pinces métalliques dans le nez de Under jusqu'à ce qu'il le supplie d'arrêter. Mais il ne le fit pas, bien entendu. Il obéit.

Quand ce fut terminé, le cheval détourna la tête et le marchand de chevaux admira son travail. Soudain il attrapa Hans Olofson par la chemise comme s'il voulait planter ses dents dans sa chair.

– Ça restera entre nous, siffla-t-il. Entre toi et moi. Compris ?

Il sortit de sa poche un billet froissé de cinq couronnes et le glissa dans la main de Hans...

Et là, devant le mur du temple, Hans Olofson déchire le billet en se demandant s'il connaîtra un jour la finalité de la vie.

Qui a besoin de lui, autrement que pour tirer une vieille charrette ou pour participer à la torture d'un vieux cheval ?

Il faut que je parte, se dit-il. Loin de ce sale marchand de chevaux.

Mais pour faire quoi ? Existe-t-il véritablement des solutions à la vie ? Qui pourrait lui chuchoter le mot de passe ?

Il rentre chez lui dans la nuit hivernale du mois de février 1959.

La vie ne dure qu'une seconde vertigineuse. Elle n'est qu'un petit souffle dans la bouche de l'éternité. Seul le fou se croit capable de défier le temps…

Il s'arrête devant la maison en bois. Le froid fait étinceler la neige.

La charrue, l'ancre, l'amarrage.

Je suis moi et personne d'autre, se dit-il. Et après ? Est-ce suffisant ?

Il monte dans la maison baignée de silence, défait les lacets de ses grosses chaussures. Son père ronfle dans la chambre d'à côté.

Quand il s'est allongé sur son lit, les pensées de Hans Olofson s'assemblent dans sa tête comme une volée d'oiseaux inquiets. Il essaie de les attraper pour les examiner les unes après les autres.

Mais la seule chose qu'il voie, c'est l'œil effrayé du cheval et le sourire malveillant du marchand de chevaux.

Une seconde vertigineuse, voilà ce qu'est la vie, se dit-il encore une fois avant de s'endormir.

Dans son rêve, la *Célestine* se met à grandir et elle sort de son globe. Dans un monde qu'il ne connaît pas, Hans Olofson largue enfin les amarres.

16

Le temps est-il doté d'un visage ?

Comment voit-on que le temps se prépare à tirer sa révérence ?

Hans Olofson se rend compte qu'un an s'est écoulé depuis son arrivée chez Judith Fillington. La saison des pluies est passée. La chaleur immobile s'abat de nouveau sur sa tête et sur la terre africaine.

Où en sont les questions qu'il se posait ? Leur nombre est inchangé mais elles ont été remplacées par d'autres. Au bout d'un an, Hans ne se demande plus pourquoi il est là mais comment le temps a pu s'écouler aussi vite.

La crise de paludisme de Judith a été suivie par une longue période de grande fatigue qui a duré près de six mois. Une fatigue renforcée par un parasite identifié trop tard et qui a eu le temps de pénétrer dans ses intestins. Hans ne s'est pas senti le droit de partir. Il ne pouvait pas abandonner cette femme exténuée.

Encore aujourd'hui, il trouve étonnant qu'elle ait confié sa ferme à ses mains inexpérimentées.

Il se rend compte qu'il se réveille souvent le matin débordant de joie. Pour la première fois de sa vie, il est chargé d'une mission, même si celle-ci ne consiste qu'à vérifier le départ de voitures chargées d'œufs.

Mais peut-être n'existe-t-il rien de plus important

que de produire de la nourriture et de savoir que des gens l'attendent ?

Tant que Judith est fatiguée et qu'il n'y a pas de remplaçant, je reste, se rassure-t-il. J'apprends des choses ici. Et le fait de diriger deux cents Africains est formateur. Tout cela me sera utile quand je serai de retour chez moi.

Au bout de six mois, il écrit une lettre à son père l'informant qu'il a décidé de rester en Afrique pour un temps indéterminé. Concernant ses études et son ambition de défendre les *circonstances atténuantes*, il écrit seulement « Je suis encore jeune ». Sa lettre est longue et décousue, son histoire – dont il change les données – devient extravagante.

C'est un remerciement tardif adressé à son père pour les aventures qu'ils ont vécues ensemble devant les cartes maritimes dans la maison au bord du fleuve.

« Je participe à une aventure, écrit-il, une aventure qui est le résultat de coïncidences qui s'emboîtent et s'enchaînent. D'ailleurs, n'est-ce pas la définition de l'aventure ? Sa vraie nature ? »

Il lui envoie un trésor : une dent de crocodile à glisser dans la cale de la *Célestine*.

« Ici les dents de crocodile sont censées vous protéger. Ce porte-bonheur te protégera contre les coups de hache ratés et les arbres qui tombent mal ou trop vite. »

Une nuit où il n'arrive pas à trouver le sommeil, il traverse la maison sombre pour aller boire de l'eau dans la cuisine. Soudain, il perçoit des pleurs venant de la chambre de Judith. Et c'est là, dans la douce obscurité devant cette porte fermée, qu'il a pour la première fois le pressentiment qu'il va rester en Afrique. Il entrevoit un avenir qu'il n'avait pas envisagé.

Un an s'écoule.

Un matin, il voit un cobra étincelant glisser dans l'herbe humide juste devant ses pieds.

La nuit, il entend l'hippopotame soupirer du côté du fleuve, il voit des feux brûler à l'horizon et il perçoit le bruit lointain des percussions comme une langue difficile à déchiffrer.

L'herbe à éléphant brûle et les animaux se sauvent. Il imagine un champ de bataille, une guerre qui se poursuit depuis la nuit des temps…

L'inconnu m'effraie toujours autant que le jour où je suis descendu de l'avion et où le soleil rendait le monde aveuglant, constate-t-il. Je suis conscient de me trouver à la fin d'une époque qui va être remplacée par une autre et qu'une catastrophe se prépare. Je sais que je suis blanc et beaucoup trop visible. Je sais que je fais partie de ceux qui succomberont sur ce continent. Et pourtant je reste.

J'essaie de prendre mes précautions, de me transformer en quelqu'un qui soit en dehors de cette épreuve de force. Je suis seulement de passage, je ne suis ni complice ni coupable. Mais peut-être n'est-ce là que l'ultime illusion de l'homme blanc ? Pourtant je vois que ma peur n'est plus la même que ce jour où je suis sorti sur le tarmac dans le soleil blanc.

Je ne crois plus que tous les Noirs, sans discernement, aiguisent leur *panga* pour me trancher la gorge pendant mon sommeil. Aujourd'hui ma peur vient des bandes de tueurs qui sévissent dans ce pays, des assassins qui se cachent certainement aussi dans cette ferme. Mais je ne justifie pas mon manque de connaissances en voyant un assassin potentiel dans chaque Noir que je croise. Les ouvriers de la ferme ne sont plus pour moi des êtres anonymes, des visages menaçants qui se ressemblent tous.

Un jour où Judith a retrouvé un peu de forces, elle reçoit la visite de Ruth et de Werner Masterton. Le dîner se prolonge, les convives restent longtemps à boire derrière les portes verrouillées.

Ce soir-là, Hans Olofson s'enivre. Il ne dit pas grand-chose, il se blottit dans son coin, fidèle à ses habitudes, et se sent de nouveau différent. Tard dans la soirée, Ruth et Werner décident de rester dormir chez Judith. La nuit, l'homme blanc devient une proie, de plus en plus de voitures se font attaquer.

Lorsque Hans Olofson se dirige vers sa chambre, il trouve Judith devant sa porte. Il a l'impression qu'elle l'attend. Elle est ivre, elle aussi, ses yeux lui rappellent ceux de son père.

Elle tend sa main, l'attrape, l'attire vers elle et ils font l'amour, désespérément, violemment, sur le sol froid en ciment. Quand il enlace son corps décharné, il ne peut s'empêcher de penser à la pièce avec les animaux morts à l'étage du dessus.

Une fois l'acte accompli, elle se détourne de lui comme s'il l'avait frappée. Nous n'avons pas prononcé un seul mot, constate-t-il. Comment peut-on faire l'amour sans dire un seul mot ?

Le lendemain, il a la gueule de bois et il se souvient du corps de Judith comme de quelque chose de rugueux et de repoussant. Lorsqu'ils raccompagnent Ruth et Werner à leur voiture, Judith évite son regard et enfonce le chapeau aux larges bords sur son front.

Un an s'est écoulé.

La toile de sons que tissent les cigales la nuit lui est devenue familière. Il n'est plus incommodé par l'odeur de charbon de bois, de poisson séché et de sueur, ni par la puanteur des tas d'ordures.

Mais plus il a l'impression de comprendre, moins

le continent noir lui paraît saisissable. Il commence à deviner que l'Afrique n'est pas une entité, du moins pas une entité dans laquelle il peut pénétrer avec ses idées toutes faites.

Ici il n'y a pas de mots de passe. Les dieux et les ancêtres se prononcent avec autant de netteté que les vivants. Les vérités européennes perdent leur validité dans ces savanes interminables.

Il se voit toujours comme un voyageur de l'angoisse, il n'est pas un explorateur déterminé et bien équipé. Pourtant il est là où il est. Au-delà des collines recouvertes de sapins, au-delà des forêts finnoises, de l'autre côté du fleuve et du pont...

Un jour d'octobre, après un an à la ferme Fillington, il voit Judith venir vers lui dans le jardin broussailleux. C'est un dimanche. Hans est en train d'essayer de réparer la pompe qui fait monter l'eau du Kafue jusqu'à leur maison.

En voyant le visage de Judith lui apparaître à contrejour, il n'a pas envie d'entendre ce qu'elle a à lui dire.

Ils s'installent à l'ombre du grand arbre. Luka leur apporte du café et il comprend que Judith a préparé cette conversation.

— Il existe un point irrévocable dans la vie de chaque être, commence-t-elle. Une chose dont on ne veut pas, une chose que l'on craint mais à laquelle on ne peut pas échapper. J'ai fini par comprendre que je ne peux plus assumer tout ça, que ce soit la ferme, l'Afrique ou la vie ici. C'est pour cette raison que je vais te faire une proposition. Tu ne me donneras pas ta réponse tout de suite. Tu as trois mois pour réfléchir. Ce que j'ai à te dire exigera une décision de ta part. Je vais bientôt m'en aller d'ici. Je suis toujours malade et la fatigue m'étouffe, je ne pense pas qu'un jour je retrouverai mes forces. Je vais partir en Europe, peut-être en Italie. Pour l'instant, mes projets ne vont pas plus loin. Je te propose de reprendre ma ferme. Elle est bénéficiaire, elle n'est pas hypothéquée, rien ne laisse penser qu'elle perdra de sa valeur. Quarante pour cent des bénéfices me reviendront à vie. C'est le prix que tu auras à payer si tu la reprends. Si tu la revends d'ici dix ans, soixante-quinze pour cent du bénéfice me reviendront. Au bout de dix ans, la somme sera réduite à cinquante pour cent, après vingt ans à zéro pour cent. Le plus simple pour moi serait de la vendre immédiatement, bien entendu. Mais quelque chose m'en empêche, un sentiment de responsabilité, je crois, envers ceux qui travaillent ici. Et je n'aurai pas le courage de voir Duncan être chassé du lieu où il a prévu d'être enterré. Je t'observe depuis un an et je sais que tu es capable de me succéder...

Elle se tait. Une joie sans réserve submerge Hans Olofson, qui se sent prêt à signer sur-le-champ. Au fond de lui, il entend la voix de la briqueterie. Être quelqu'un dont on a besoin...

– Tout ça est tellement inattendu, se contente-t-il de répondre.

– J'ai peur de perdre la seule chose qui soit irremplaçable, lui confie-t-elle, et c'est ma volonté de vivre. Le simple fait d'avoir envie de se lever le matin. Tout le reste peut être remplacé, mais pas ça.

– C'est pourtant inattendu, dit-il. Je me rends compte de ta fatigue, je la vois tous les jours. Mais je vois aussi que tes forces reviennent.

– Je suis accablée par une grande lassitude. Tu ne peux pas te rendre compte à quel point. Je suis seule à le savoir. Il faut que tu saches que je me prépare depuis longtemps. J'ai déjà placé de l'argent dans des banques à Londres et à Rome. Mon avocat à Kitwe est au courant. Si tu refuses ma proposition, je vends la ferme. Ce ne sont pas les acheteurs potentiels qui manquent.

– Mister Pihri te regrettera.

– Tu continueras les affaires avec mister Pihri. Son fils aîné se destine à une carrière dans la police, lui aussi. Tu continueras donc aussi avec le jeune mister Pihri.

– C'est une décision importante, et j'aurais dû rentrer chez moi depuis longtemps.

– Je ne t'ai pas vu repartir, fait-elle remarquer, je t'ai vu rester. Tes trois mois commencent à cet instant même et à l'ombre de cet arbre.

– Tu reviendras ?

– Oui, soit pour vendre, soit pour faire mes bagages. Ou les deux à la fois.

Judith a tout préparé avec minutie. Quatre jours après leur conversation sous l'arbre, Hans Olofson la conduit à l'aéroport de Lusaka. Il l'accompagne à l'enregistrement et monte ensuite sur la terrasse pour regarder l'avion décoller dans la douceur de la soirée et monter vers les étoiles en rugissant.

La séparation s'est faite tout simplement. Ça aurait dû être moi, se dit-il. Logiquement, c'est moi qui aurais dû m'en aller d'ici…

Il passe la nuit à l'hôtel où il a dormi à son arrivée. Il constate avec surprise qu'on lui a donné la même chambre, la 212. C'est de la sorcellerie, pense-t-il. J'oublie que je suis en Afrique.

Nerveux et incapable de rester en place, il descend au bar, où il espère retrouver la femme noire qui s'est offerte à lui la dernière fois. Estimant que le personnel ne lui prête pas attention suffisamment vite, il interpelle un serveur désœuvré près du bar.

– Qu'est-ce que vous avez à proposer aujourd'hui ? demande-t-il.

– Il n'y a pas de whisky, répond le serveur.

– Alors il doit y avoir du gin. Est-ce qu'il y a du tonic ?

– Aujourd'hui il y a du tonic.

– Il y a donc du gin et du tonic ?

– Aujourd'hui il y a du gin et du tonic.

Tout en se saoulant, il s'amuse à baptiser mentalement la ferme : *la Ferme Olofson*.

Une femme noire vient à sa table. Il a du mal à distinguer son visage dans la pénombre.

– Oui, dit-il, je veux bien de la compagnie. Dans la chambre 212. Mais pas tout de suite.

Ne sachant pas à quel moment elle doit s'y rendre, elle lui adresse un regard hésitant.

– Quand tu me verras monter, tu attendras encore une heure, après tu viendras me rejoindre.

Il termine son repas, monte l'escalier et regagne sa chambre. Il n'a pas vu la femme, mais il sait qu'elle l'a vu.

Quand il lui ouvre la porte, il s'aperçoit qu'elle est très jeune, dix-sept ans tout au plus. Mais elle a visiblement de l'expérience et exige qu'ils se mettent tout de suite d'accord sur les conditions.

– Je ne veux pas que tu restes toute la nuit, précise-t-il.

– Cent kwacha, dit-elle. Ou dix dollars.

Il accepte et lui demande son nom.

– Quels sont les noms que tu aimes ?

– Maggie, propose-t-il.

– Alors ce soir je m'appelle Maggie.

Pendant leurs ébats sexuels, il ressent un grand vide. Au-delà de l'excitation, il n'y a rien. Il respire les odeurs de son corps, l'odeur d'un savon bon marché, d'un parfum un peu aigrelet. Elle sent la pomme, pense-t-il. Son corps est un appartement mal aéré qui me rappelle mon enfance…

L'acte se termine vite, il lui donne l'argent et elle se rhabille dans la salle de bains.

– Si tu reviens tu me retrouveras, dit-elle.

– J'aime aussi Janine comme nom.

– Alors je m'appelle Janine.

– Non, dit-il. Va-t'en maintenant.

Un peu plus tard, il s'aperçoit qu'elle a pris le papier toilette et le savon. Ce sont des voleurs, se dit-il. S'ils pouvaient, ils découperaient nos cœurs…

Le lendemain au crépuscule, il retourne à la ferme. Luka lui a préparé un dîner.

Je vais gérer cette ferme différemment, décide-t-il. Je prouverai que la présence des Blancs n'est pas du tout nécessaire. Je vais choisir mon successeur et il sera noir. Je vais construire une école pour les enfants des ouvriers et pas me contenter de donner une aide financière pour les enterrements.

La vérité, c'est que le travail dans cette ferme – comme dans celle de Ruth et Werner – est sous-payé et les ouvriers surmenés. L'argent que Judith a placé dans des banques européennes est celui des salaires qui n'ont pas été versés. Je dédierai l'école que je vais construire à Janine et quand je me retirerai de la ferme, elle sera la preuve que les Blancs se trompent quand ils se croient indispensables ici…

Il se rend cependant compte qu'il a eu beaucoup de chance et qu'il a été avantagé dès le départ. La ferme représente une fortune. Même s'il double les salaires des ouvriers, le bénéfice de la ponte des poules lui tombe directement dans les poches…

En attendant l'arrivée de l'aube, il déambule dans la maison, s'arrête devant les miroirs et observe son visage.

Au point du jour, il déverrouille la porte. De fines nappes de brume s'élèvent du fleuve. Luka attend dehors, comme les jardiniers et la femme qui lave son linge. Il frissonne en voyant leurs visages silencieux. Il ne peut pas lire dans leurs pensées mais elles lui semblent suffisamment claires...

Dix-huit ans plus tard, il se rappellera ce matin. Comme si l'image qu'il en garde et le présent constituaient un seul et même instant. Il se rappelle la brume au-dessus de l'eau du Kafue, le visage insondable de Luka et le frisson qui a parcouru son corps.

Quand tout est fini et qu'il n'y a plus de retour possible, ce matin d'octobre 1970 lui revient en mémoire. Il repense à sa longue promenade dans la maison silencieuse et aux grandes décisions qu'il a prises. C'est à la lumière de ce qui est arrivé cette nuit-là qu'il considère ses nombreuses années passées en Afrique. Dix-huit ans de sa vie.

Judith Fillington ne reviendra jamais. En décembre 1970, Hans Olofson reçoit la visite de son avocat. À sa surprise, c'est un Africain et pas un homme blanc qui lui remet une lettre de Naples dans laquelle Judith lui demande de lui faire connaître sa décision. Il la transmet à mister Dobson, qui promet de lui rapporter au plus vite les papiers à signer.

Les signatures entre Naples et Kalulushi sont faites au début de l'année suivante. En même temps, il reçoit la visite de mister Pihri et de son fils.

– Tout sera comme avant, promet Hans Olofson.

– Il vaut mieux éviter des soucis, répond mister Pihri avec un sourire. Mon fils, le jeune mister Pihri, a vu une moto d'occasion qui était à vendre à Chingola il y a quelques jours.

– Mon permis de séjour doit bientôt être renouvelé, dit Hans Olofson. Il est évident que le jeune mister Pihri a besoin d'une moto.

Mi-janvier arrive une longue lettre de Judith.

« J'ai fini par comprendre une chose que je n'avais jamais osé admettre, écrit-elle. Pendant toute ma vie en Afrique, depuis ma petite enfance, j'ai grandi dans un monde basé sur la différence entre les Noirs et les Blancs. Mes parents plaignaient les Noirs, s'apitoyaient sur leur pauvreté. Ils ont vu la progression des Noirs et ils m'ont fait comprendre que les conditions de vie des Blancs n'étaient pas immuables. Qu'elles ne dureraient que deux, voire trois générations. Après, il y aurait nécessairement un changement. Les Noirs reprendraient les fonctions des Blancs et le pouvoir des Blancs serait limité. Peut-être deviendraient-ils une minorité opprimée. J'ai appris que les Noirs étaient pauvres, que leur vie était restreinte. Mais j'ai aussi appris qu'ils possédaient une qualité que nous n'avions pas et qui serait un jour décisive : la dignité. À présent je me rends compte que j'ai refoulé cette idée, peut-être après la disparition de mon mari. J'ai accusé les Noirs de sa disparition, je les ai haïs pour un crime qu'ils n'avaient pas commis. Maintenant que je suis loin de l'Afrique et que j'ai décidé de terminer ma vie ici, j'ose admettre ce que j'ai refusé jusqu'à présent. J'ai vu un monstre en l'homme noir mais pas en moi. Il arrive toujours un moment dans la vie où il faut confier ce qu'on a de plus important à quelqu'un. »

Elle lui demande ensuite de la tenir au courant du destin de Duncan Jones et elle lui communique les coordonnées d'une banque à Jersey.

Mister Dobson est accompagné d'hommes qui chargent les affaires de Judith dans de grandes caisses en bois. Il pointe soigneusement les différents objets sur une liste.

– Ce qui reste est à vous, dit-il à Hans Olofson.

Ensemble, ils se dirigent vers la pièce remplie de squelettes.

– Elle ne fait aucune mention de tout ça, constate mister Dobson. C'est donc à vous.

– Qu'est-ce que je vais en faire ? demande Hans.

– Cela ne me concerne pas en tant qu'avocat, répond aimablement mister Dobson. Mais il me semble qu'il y a deux possibilités. Soit vous laissez les choses telles quelles, soit vous enlevez tout. Le mieux serait sans doute de ramener le crocodile à l'eau.

En compagnie de Luka, Hans Olofson descend les ossements jusqu'au fleuve et les regarde s'enfoncer dans l'eau. Le fémur de l'éléphant brille dans le fond.

– Nous les Africains, nous éviterons désormais cet endroit, *bwana*, dit Luka. Pour nous, les animaux morts continueront leur vie au fond de l'eau. Le squelette du crocodile peut être encore plus dangereux que le crocodile vivant.

– À quoi tu penses ? demande Hans Olofson.

– Je pense à ce à quoi je pense, *bwana*, répond Luka.

Hans Olofson se projette dans les années à venir, fort de son idée de transformer sa ferme en un exemple politique.

Tôt un samedi matin, il réunit les ouvriers devant le hangar qui lui sert de bureau. Perché sur un bidon d'essence, il leur apprend que ce n'est plus Judith Fillington qui est la propriétaire de la ferme mais lui. Malgré la méfiance qu'il lit sur les visages des ouvriers, il est déterminé à mener à bien sa décision.

Au cours des années qui suivent, il s'efforce de mettre en œuvre la mission qu'il s'est donnée. Il nomme contremaîtres les ouvriers les plus capables et leur confie des tâches de plus en plus qualifiées. Il augmente les salaires de façon drastique, il construit de nouveaux habitats et bâtit une école pour les enfants. Dès le début, il se heurte à la résistance des autres fermiers blancs.

– Tu scies la branche sur laquelle tu es assis, le prévient Werner Masterton un soir qu'il vient lui rendre visite.

– Tu es naïf, affirme Ruth. J'espère que tu t'en rendras compte à temps.

– À temps pour quoi ? demande Hans.

– Pour tout, répond Ruth.

Parfois il aperçoit Duncan Jones, qui n'est plus que l'ombre de lui-même. Il voit aussi la peur que celui-ci inspire aux Noirs.

Une nuit qu'il est encore réveillé par les gardiens et qu'il se bat contre une invasion de fourmis chasseuses, il entend Duncan Jones hurler dans sa maison fortifiée. Il mourra deux ans plus tard.

À la saison des pluies, comme sa maison commence à sentir mauvais, on force la porte pour y entrer et on trouve son corps en décomposition parmi des bouteilles et des reliefs de repas. Une nuée d'insectes et de papillons jaunes volent au-dessus du cadavre. La nuit suivante, Hans entend au loin le bruit des percussions. L'âme de l'homme devenu saint plane déjà sur la ferme au bord du fleuve.

Duncan Jones est enterré en haut de la petite colline par un prêtre catholique venu de Kitwe. Les ouvriers noirs accompagnent le cercueil. Hans Olofson est le seul Blanc.

Il écrit une lettre à la banque à Jersey pour informer Judith Fillington du décès de Duncan Jones. Il ne recevra pas de réponse.

La maison reste longtemps vide avant que Hans Olofson décide d'y installer un dispensaire pour les ouvriers noirs et leurs familles.

Le changement se fait mais avec une infinie lenteur.

Après un voyage à Dar es-Salaam, il a la sensation que rien ne va plus malgré ses efforts d'effacer la frontière entre lui et les deux cents ouvriers. Tout ce qu'il a entrepris semble avoir échoué. La ponte marque une soudaine chute. Il reçoit des plaintes pour des œufs cassés ou non livrés. Des pièces détachées disparaissent de façon inexplicable, tout comme des outils et de la nourriture pour les poules. Il s'aperçoit que les contremaîtres falsifient les listes de présence, et, lors d'un contrôle nocturne, il trouve la moitié des gardiens de nuit endormis, quelques-uns complètement ivres. Il réunit les contremaîtres et leur demande des explications mais n'obtient que des prétextes fallacieux.

S'il a entrepris le voyage à Dar es-Salaam, c'était dans l'intention de se procurer des pièces détachées pour le tracteur de la ferme. Le lendemain de la réparation, le tracteur disparaît. Il appelle la police, licencie tous les gardiens de nuit, mais le tracteur reste introuvable.

En même temps, il commet une grave erreur. Il fait venir mister Pihri.

– Mon tracteur a disparu, déclare Hans Olofson. J'ai fait le long voyage jusqu'à Dar es-Salaam pour acheter les pièces détachées qui n'existent pas ici. J'ai fait ça pour que mon tracteur puisse recommencer à travailler. Maintenant il a disparu.

– C'est très regrettable, certes, concède mister Pihri.

– Je n'arrive pas à comprendre que vos collègues ne retrouvent pas le tracteur. Dans ce pays, il n'y en a pourtant pas beaucoup. Il est difficile de cacher un tracteur. Ça doit être compliqué de le conduire jusqu'à la frontière du Zaïre pour le vendre à Lubumbashi. Je ne comprends pas que vos collègues ne parviennent pas à le retrouver.

Mister Pihri devient soudain très grave. Un long silence s'installe. Dans la pénombre, Hans Olofson croit voir une lueur menaçante dans son regard.

– Si mes collègues n'arrivent pas à retrouver le tracteur, c'est parce que ce n'est plus un tracteur, répond finalement mister Pihri. Peut-être est-il déjà démonté. Comment distinguer une vis d'une autre ? Un changement de vitesse n'a pas de visage. Mes collègues seraient choqués s'ils apprenaient que vous êtes mécontent de leur travail. Très choqués. Cela signifierait des soucis auxquels même moi je serais incapable de remédier.

– Mais je veux récupérer mon tracteur !

Mister Pihri se sert une deuxième tasse de thé avant de répondre.

– Nous ne sommes pas tous d'accord, dit-il.

– Sur quoi ?

– Sur le fait que les Blancs possèdent presque toutes les meilleures terres. Et cela sans être citoyens de notre pays. Les Blancs ne veulent pas changer leur passeport mais ils veulent posséder nos meilleures terres.

– Je ne vois pas le rapport avec mon tracteur.

– Il vaut mieux éviter des soucis. Si mes collègues ne retrouvent pas votre tracteur, c'est qu'il n'y a plus de tracteur. Il serait très regrettable que vous choquiez mes collègues. Nous avons beaucoup de patience. Mais elle n'est pas infinie.

Hans Olofson accompagne mister Pihri dehors. L'échange de politesses lors de la séparation est étonnamment rapide, il comprend qu'il a transgressé une frontière invisible.

Il faut que je sois prudent, se dit-il. Je n'aurais pas dû lui parler du tracteur…

Il se réveille dans la nuit, il écoute les chiens qui veillent nerveusement sur sa maison et il se sent prêt à tout laisser tomber. Il veut vendre la ferme, transférer le solde à Judith et s'en aller. Mais, comme chaque fois, il lui reste une dernière chose à faire avant de partir.

Il écrit plusieurs lettres à son père pour lui proposer de venir lui rendre visite. Il reçoit une seule réponse dans laquelle il lit entre les lignes qu'Erik Olofson s'est remis à boire.

Je comprendrai peut-être plus tard pourquoi je reste ici, se rassure-t-il. Il se regarde dans un miroir : son visage hâlé a changé, sa barbe a poussé.

Un matin, il se rend compte qu'il ne se reconnaît plus. Le visage dans la glace est celui de quelqu'un d'autre. Il aperçoit Luka derrière lui, comme d'habitude il ne l'a pas entendu venir.

— Nous avons la visite d'un homme, *bwana*, annonce Luka.

— Qui ?

— Peter Motombwane, *bwana*.

— Je ne connais personne de ce nom.

— Il est pourtant là, *bwana*.

— Qui est-ce et qu'est-ce qu'il veut ?

— Lui seul le sait, *bwana*.

Il se retourne et fixe le regard de Luka.

— Demande-lui de m'attendre, Luka. J'arrive.

Luka s'en va.

Hans Olofson ressent une inquiétude sourde. Bien plus tard il saura pourquoi…

17

Qui lui chuchotera le mot de passe à l'oreille ? Qui lui dévoilera la Finalité ? Comment fera-t-il pour donner une finalité à sa vie ?

Cette année 1959, le printemps parvient une nouvelle fois à se frayer un chemin à travers la barrière obstinée du froid et Hans Olofson décide qu'un nouveau départ est nécessaire. Sa décision est vague et hésitante, mais il sent qu'il doit s'en aller.

Un samedi soir en mai, lorsque le marchand de chevaux arrive dans sa grosse Buick noire, il prend son courage à deux mains et va à sa rencontre. Pour commencer, Under ne comprend pas ce que balbutie le garçon et il veut l'écarter de son passage. Mais Hans Olofson insiste et réussit à faire entendre son message. Se rendant compte qu'il est question de démission, Under devient fou furieux et lève la main pour administrer une gifle au garçon qui l'évite en se baissant rapidement. Il ne reste plus au marchand de chevaux qu'à lui infliger une humiliation symbolique. Il sort un paquet de billets de sa poche, repère un billet de cinq et le lance par terre.

– Je voulais te payer selon tes mérites, mais il n'existe pas de coupure plus petite. Tu seras donc surpayé...

Hans Olofson ramasse l'argent et se rend à l'écurie pour dire au revoir aux chevaux et aux frères Holmström.

– Tu vas faire quoi maintenant ? demandent les frères qui sont en train de se préparer pour la soirée en se lavant sous le robinet d'eau froide.

– Je ne sais pas. Je trouverai bien quelque chose.

– Nous aussi on va partir, l'hiver prochain, disent les frères tout en remplaçant leurs bottes crottées par des chaussures de danse noires.

Ils lui offrent de l'aquavit.

– Ah, ce putain de marchand de chevaux ! disent-ils en se partageant la bouteille. Mais si tu vois une Saab, ça sera la nôtre. N'oublie pas ça...

Il court dans la soirée printanière et traverse le pont pour faire part de sa décision à Janine. Comme elle n'est pas encore revenue du Grand Rassemblement, il se promène dans son jardin en repensant au jour où Sture et lui ont badigeonné ses groseilliers de vernis. Il repousse ce souvenir, il n'a pas envie de voir cet acte irréfléchi remonter à la surface.

La vie est si compliquée. Ne se compose-t-elle pas surtout d'événements incompréhensibles qui vous menacent à chaque coin de rue ? Qui sait manier les sombres pulsions qui se cachent au fond de nous ?

Il s'assied sur les marches et pense à Sture. Se trouve-t-il dans un hôpital lointain ou sur une des dernières étoiles de l'univers ? Plusieurs fois, il a voulu poser la question à Nyman, le concierge de l'école, mais ça ne s'est jamais fait.

Trop de choses l'en ont empêché. En fait, il n'a pas vraiment envie de savoir. Il n'a pas besoin de ça pour imaginer l'horreur de sa vie. Un tube en métal, gros comme le bec verseur d'une cafetière, enfoncé dans la gorge... Un poumon d'acier, qu'est-ce que ça peut bien être ? Il voit un gros scarabée noir ouvrir sa carapace pour enfermer Sture sous ses ailes brillantes.

Ne pas pouvoir bouger ? Jour après jour. Toute une vie ? Il raidit son corps pour essayer de comprendre, mais ça ne marche pas. Il n'arrive pas à comprendre. Par conséquent il vaut mieux ne pas savoir. Ça laisse au moins une petite porte vers l'espoir que Sture guérira un jour ou que le pont, le fleuve et la veste rouge n'étaient qu'un rêve…

Il entend le gravier de l'allée crisser, c'est Janine qui rentre. Plongé dans ses pensées, il ne l'a pas entendue ouvrir la grille. Il se lève en sursaut, comme pris en flagrant délit d'un acte interdit.

Janine est là, habillée d'un manteau blanc et d'une robe bleu clair. Le mouchoir blanc sous ses yeux prend la couleur de sa peau à la lumière du crépuscule.

Le frémissement qu'il ressent compte plus que tous les méchants marchands de chevaux du monde.

Un matin, il y a deux mois, Under est arrivé avec une jeune fille effrayée qu'il a poussée dans l'écurie parmi les chevaux. Il l'avait trouvée dans une ferme solitaire dans les forêts du Hälsingland. Elle connaissait bien les chevaux et avait envie de partir pour le monde. Il l'a donc emmenée avec lui sur le siège arrière de sa Buick…

Hans Olofson l'aimait beaucoup. Pendant le mois qu'elle a passé avec eux dans l'écurie, il voletait autour d'elle comme un papillon autour d'une fleur. Tous les soirs, il s'attardait pour rester un moment seul avec elle.

Mais, un beau jour, elle n'était plus là. Under l'avait ramenée chez elle en pestant contre ses parents qui n'arrêtaient pas de téléphoner pour se renseigner sur les conditions de vie de leur fille.

Oui, cette fille il l'a aimée. Et au crépuscule, quand

le mouchoir ne se voit plus, il aime aussi Janine. Mais il a peur qu'elle arrive à lire dans ses pensées. C'est pour cette raison qu'il se lève précipitamment, crache dans le gravier et lui demande d'où elle vient à une heure pareille.

– J'étais au Grand Rassemblement du printemps, dit-elle.

Elle s'assied sur les marches à côté de lui et ils regardent ensemble un moineau qui sautille parmi les traces de pas dans le gravier.

La cuisse de Janine effleure la sienne.

La jeune fille de l'écurie, se dit-il. Marie, ou Rimma, comme ils avaient l'habitude de l'appeler. Un soir qu'il s'était attardé au travail, il s'est caché dans le foin et il l'a vue se déshabiller et se laver au robinet. Il a failli se précipiter sur elle pour se laisser engloutir par les mystères incompréhensibles de l'amour...

Le moineau continue de se déplacer devant eux, Janine fredonne et sa cuisse frôle de nouveau la sienne. Elle ne se rend pas compte de ce qu'elle fait ? Les chevaux sauvages au fond de lui tirent sur leurs chaînes. Qu'arriverait-il s'ils se détachaient ? Que ferait-il ?

Janine se lève soudain, comme si elle avait compris ses pensées.

– J'ai froid, dit-elle. Le temple était plein de courants d'air et Hurrapelle a parlé trop longtemps.

– Hurrapelle ?

– Il doit être le seul à ignorer le surnom qu'on lui a donné. Il serait indigné s'il le savait.

Hans Olofson raconte sa démission. Dans son récit, il devient quelqu'un d'énervé et de vociférant, et Under un homme silencieux et tremblant de peur. À moins que ce ne soit lui, Hans Olofson, le petit nain bredouillant qui n'arrivait pas à s'expliquer ? Où se trouve la vérité ? Est-ce lui qui est trop petit ou le monde qui est trop grand ?

– Qu'est-ce que tu vas faire maintenant ? demande Janine.

– Je vais aller au collège pour me laisser le temps de réfléchir.

C'est ce qu'il a décidé. Le principal a confirmé que ses notes étaient suffisantes, mais il aura du mal à faire accepter son choix à Erik Olofson, qui trouve l'école inutile.

– Tu as raison. Je suis sûre que tu t'en sortiras très bien.

– Et si ça ne marche pas, je m'en irai. Là où il y a la mer. En tout cas, je ne retournerai jamais chez Under. Quelqu'un d'autre que moi pourra l'aider à torturer des chevaux…

Sur le chemin du retour, il passe devant la pierre au bord du fleuve. La crue printanière gronde et bouillonne. Du bois flotté s'est accumulé et reste coincé au bout de la langue de terre où se trouve le parc. Il voit là une illustration des complications de la vie.

Autant que je fasse part de ma décision à mon père dès ce soir, se dit-il en regardant la micheline traverser le pont et disparaître dans la forêt.

À la maison, il trouve son père en train d'astiquer la crosse en nacre du petit revolver qu'il a acheté à un Chinois rencontré à Newport News contre neuf dollars et un veston. Hans s'installe en face de lui et le regarde briquer l'arme.

– On peut tirer avec ce revolver ? demande-t-il.

– Bien sûr. Tu crois que j'aurais acheté une arme qui ne marche pas ?

– Je ne peux pas savoir.

– Non, tu ne peux pas savoir.

– C'est ça.

– Qu'est-ce que tu veux dire par là ? demande le père.

– Rien. Au fait, je ne travaille plus chez ce sale marchand de chevaux.

– Tu n'aurais jamais dû te faire embaucher par lui. Je te l'avais dit.

– Tu ne me l'as jamais dit.

– Je t'avais dit de rester à l'Association des commerçants.

– Quel rapport ?

– Tu n'écoutes pas ce que je te dis.

– Quel rapport ?

– Tu te permets de prétendre que je n'ai rien dit.

– Je n'aurais jamais dû travailler chez eux non plus. Et maintenant je quitte le sale marchand de chevaux.

– Je te l'avais bien dit.

– Mais tu ne m'avais rien dit du tout.

– Je ne t'avais pas dit de rester chez les commerçants ?

– Tu aurais dû me conseiller de ne pas y aller !

– Pourquoi ?

– Tu ne pourrais pas plutôt me demander ce que j'ai l'intention de faire à la place ?

– Si.

– Alors demande !

– Pas la peine. Si tu as quelque chose à me dire, tu me le diras. Je n'arrive pas à la ravoir, cette crosse.

– Moi je trouve qu'elle brille.

– Tu sais quelque chose, toi, sur les crosses en nacre ? Tu sais au moins ce que c'est que la nacre ?

– Non.

– Tu vois.

– J'ai l'intention d'aller au collège. J'ai déjà déposé mon dossier. Mes notes sont suffisantes.

– Ah bon.

– C'est ta seule réaction ?

– Comment veux-tu que je réagisse ?

– Tu trouves que c'est bien ?

– Ce n'est pas moi qui irai.

– Et puis merde…

– Pas de gros mots.

– Pourquoi ?

– Tu es trop jeune.

– Il faut avoir quel âge pour dire des gros mots ?

– Je ne sais pas…

– Alors, tu penses quoi de ma décision ?

– Je pense que tu aurais dû rester magasinier. Je l'ai toujours dit…

Le printemps passe, l'été aussi, si bref, si éphémère, la saison des fruits est déjà là et Hans Olofson s'apprête à franchir les portes du collège. Quels sont ses projets ? Il ne cherchera pas à être le meilleur, ni le dernier. Son but est de se situer quelque part au milieu, loin des précipices. Il n'a pas l'ambition d'être en tête, il ne veut pas dépasser les autres.

Hans Olofson sera un élève dont les enseignants ne se souviendront pas. Il peut paraître terriblement lent. La plupart du temps, il sait répondre aux questions mais il ne lève pas le doigt. En géographie, il possède des connaissances sur les endroits les plus étonnants. Il est capable de parler de Pamplemousse comme s'il y était allé. Et aussi de Lourenço Marquez, situé Dieu sait où…

Hans Olofson ne se noie pas dans le fleuve des connaissances dans lequel il nage pendant quatre longues années. Il se rend inaccessible, aussi peu visible que possible. C'est au milieu de la classe qu'il marque son territoire et qu'il s'aménage une cachette qui le protège contre ses hésitations.

Qu'espère-t-il obtenir au bout de ces quatre années ? Il n'a aucun projet d'avenir. Ses rêves sont d'une tout autre nature.

Avec une obsession tranquille, il espère un jour assister à un cours qui lui indiquera la Finalité. Il rêve du moment où il pourra refermer ses livres et s'en aller pour ne jamais revenir. Il observe attentivement ses enseignants, à la recherche d'un guide...

Mais la vie est ce qu'elle est. De nombreux feux brûlent en lui au cours de ses dernières années au bord du fleuve. Il entre dans l'âge où chaque être se transforme en pyromane. Ses passions s'enflamment, s'éteignent, le dévorent, mais il renaît toujours de ses cendres. C'est l'époque où il a l'impression de briser les derniers liens qui l'attachent à son enfance, qui le relient à la briqueterie en ruine. À cet endroit où il a découvert qu'il était lui-même et personne d'autre.

Ses passions s'enflamment au son de la musique éreintante et éreintée de l'orchestre de Kringström qui est composé d'une contrebasse, d'une batterie, d'une clarinette, d'une guitare et d'un accordéon. L'orchestre joue avec lassitude *Voiles rouges au coucher de soleil*, épuisé après des années de loyaux services sur l'estrade devant la piste de danse.

Kringström lui-même nourrissait le rêve de devenir compositeur. Non pas pour écrire de la musique classique mais des chansons à succès, légères et populaires. Qu'est-il advenu de ses rêves ? Les chansons n'ont jamais voulu éclore sur son accordéon. Il a supplié l'inspiration de lui rendre visite, en vain. Tout était déjà écrit et, pour survivre, il a dû faire appel à d'autres musiciens pour former un orchestre qui jouerait dans la salle des fêtes jusqu'à ce qu'il s'écroule et tombe de l'estrade. La musique qui était un rêve est devenue une souffrance. Kringström tousse à cause du froid et de l'humidité des lieux mais il continue de jouer. Il y a longtemps que lui et son orchestre n'ont plus de perles à offrir au public. Les morceaux qu'ils jouent sont des cailloux gris et secs. Kringström s'enfonce des boules Quiès dans les oreilles pour ne percevoir que le rythme. Dès qu'il le peut, l'orchestre s'arrête pour faire une pause qui a tendance à se prolonger.

Après *Voiles rouges au coucher de soleil* suit *Diana*. Il faut enchaîner avec un morceau plus rapide pour éviter que le public ne se mette à râler. Ils se lancent dans ce qui est censé être *Alligator Rock* et le batteur se met à taper comme un sourd. Les jeunes sautent et bondissent sur la piste comme des fous. Parfois Kringström a l'impression d'être dans un hôpital psychiatrique. Après cette éruption musicale, suivent de nouveau quelques morceaux lents, il arrive même que Kringström joue une valse pour se venger de l'exigence de la jeunesse. Les gens se ruent alors bruyamment vers la porte qui mène au café, où certains mélangent de la limonade avec de l'aquavit qu'ils ont apporté.

Hans Olofson fait son entrée dans ce monde.

La plupart du temps, il s'y rend en compagnie des frères Holmström, qui n'ont pas encore abandonné le marchand de chevaux, sans doute parce qu'ils n'ont toujours pas trouvé la femme de leur vie. Leur avenir tracé par la tradition familiale attendra encore un peu. Lors des soirées fraîches de l'automne, ils vont au bal du samedi soir à la salle des fêtes.

Après avoir garé leur Saab, les frères Holmström récupèrent Hans Olofson qui traîne à proximité du bâtiment en se demandant s'il aura le courage d'entrer.

Ils le prennent sous leur aile, l'attirent derrière le salon du coiffeur pour dames et lui offrent de l'aquavit. Les deux frères sont profondément affectés par son départ de chez Under. La plupart de ceux qui sont partis ont été mis à la porte. Hans Olofson, lui, ne s'est pas laissé intimider et ça lui vaut leur protection et un bon coup d'aquavit.

Hans Olofson sent l'alcool lui réchauffer le sang et il suit les frères vers la foule assemblée devant la porte d'entrée. Gullberg, le responsable de la salle des fêtes, les surveille depuis sa place, à côté de la billetterie. Il renvoie ceux dont l'ivresse est évidente mais il sait très bien que de grandes quantités d'aquavit passent sous son nez, transportées dans des sacs à main ou cachées sous de gros manteaux. Hans Olofson et les frères Holmström sont autorisés à entrer et ils pénètrent dans la chaleur enfumée. Les frères ne sont pas de grands danseurs mais, l'alcool aidant, ils savent exécuter convenablement un fox-trot. Ce soir-là, ils tombent sur des filles qu'ils ont rencontrées à un bal d'été et ils abandonnent Hans Olofson à son sort.

Hans sait danser. Janine lui a appris. Mais elle ne lui a pas appris à inviter des filles.

C'est une épreuve qu'il doit traverser seul. Il est furieux contre lui-même de ne pas oser s'approcher des filles frémissantes qui attendent devant le mur d'en face, communément appelé « les Belles Collines ». Les Enviables évoluent déjà sur la piste. Avec les Beautés et les Faciles à conquérir. À peine les Convoitées retournent-elles aux Belles Collines qu'elles se retrouvent de nouveau dans les bras de quelqu'un. Elles dansent avec les hommes aux pas décidés. Ceux qui sont dotés d'un physique avantageux et d'une voiture personnelle. Hans Olofson voit la Miss Beauté de l'année précédente au bras de Juhlin, le conducteur de la niveleuse municipale. Les corps sont échauffés, la transpiration ruisselle. Hans Olofson est mortifié d'être encore là, comme un imbécile…

À la prochaine danse, se dit-il, à la prochaine je traverse la piste…

Quand il a enfin choisi sa cavalière, la fille de l'infirmière, qu'il a évalué la distance à parcourir et orienté ses pieds dans la bonne direction, c'est déjà trop tard. Mais il est sauvé par ses anges gardiens, les frères Holmström, qui viennent le retrouver, rouges et émus par leurs expériences sur la piste. Aux toilettes pour hommes, ils se rafraîchissent le corps et l'esprit avec de l'aquavit tiède et des histoires scabreuses.

Puis tout recommence. Hans Olofson est impatient. Quoi qu'il arrive, il doit vaincre les Belles Collines pour ne pas s'enfoncer irrémédiablement dans le marécage du mépris de soi. D'un pas mal assuré, il se fraie un chemin à travers la piste au moment où Kringström entame une variante infiniment lente d'*All of Me*. Il s'arrête devant la première dauphine de l'année précédente. Elle le suit dans la bousculade où ensemble ils commencent à évoluer tant bien que mal sur la piste bondée.

Des années plus tard, lorsqu'il se trouve dans sa maison au bord du Kafue, un revolver chargé sous l'oreiller, il repense à *All of Me*, à la chaleur chargée d'odeurs et à la jeune fille avec laquelle il a dansé sur la piste. Il retourne souvent à ce moment quand il se réveille dans la nuit africaine, terrifié et en sueur. Tout lui revient de façon très nette.

Kringström propose un nouvel air, *La Paloma* ou *Twilight Time*, il ne se rappelle plus bien. Il veut redanser avec la dauphine. Il boit encore quelques coups d'aquavit à la bouteille des frères Holmström et s'apprête à retourner sur la piste de danse. Mais lorsqu'il s'arrête de nouveau devant la jeune fille, légèrement chancelant, elle se détourne. Il tend la main pour lui attraper le bras, elle le repousse et lui adresse une grimace en disant quelque chose. Le batteur tape trop fort et il est obligé de se pencher en avant pour entendre. Il perd l'équilibre. Sans comprendre comment, il se retrouve par terre, le visage parmi les chaussures. Il essaie de se relever quand il sent une main ferme l'attraper par la nuque. C'est Gullberg, le responsable, qui a remarqué le jeune homme ivre et qui a décidé de le mettre dehors.

Des années plus tard, il ressent encore l'humiliation, toujours avec autant de force...

Il s'éloigne de la salle des fêtes dans la soirée automnale et il sait que la seule personne à qui il peut s'adresser dans son malheur c'est Janine. Elle se réveille quand il cogne à sa porte, brutalement sortie de son rêve où elle était encore une enfant. Sur le seuil, elle découvre Hans Olofson, les yeux écarquillés.

Elle voit qu'il est ivre et malheureux et elle attend qu'il se réchauffe pour lui poser des questions. Patiemment. En silence. Elle lui fiche la paix. Plus tard dans sa cuisine, lorsqu'il commence à lui parler de sa défaite, ça prend des proportions grotesques : personne ne s'est encore jamais mis dans une situation aussi épouvantable que lui, d'abord étalé par terre parmi les chaussures, puis soulevé par la peau du cou comme un chaton.

Elle étale un drap et une couverture sur le canapé du salon et l'invite à se coucher. Il obéit sans un mot. Elle ferme la porte et retourne dans sa chambre, mais ne parvient pas à se rendormir. Elle cherche nerveusement le sommeil. Elle semble attendre quelque chose qui ne se produit pas...

Cette nuit-là, Hans Olofson fait un rêve qu'il revoit en se réveillant le lendemain matin, la tête endolorie et la bouche desséchée. Dans son rêve, la porte s'ouvre, Janine entre dans la salle, nue. Elle le regarde. Ce rêve est comme un prisme en cristal, aussi net qu'une image réelle. Ça s'est forcément produit, se dit Hans. Elle est forcément venue me voir sans vêtements...

Il se lève et va boire de l'eau dans la cuisine. La porte de la chambre est fermée, il écoute et entend Janine ronfler faiblement. Les aiguilles de l'horloge indiquent cinq heures moins le quart et il se glisse de nouveau entre les draps du canapé pour retourner à son rêve et oublier qu'il existe...

Lorsqu'il se réveille quelques heures plus tard, il fait déjà jour et Janine tricote dans la cuisine en robe de chambre. Il a envie de lui enlever son tricot, de défaire sa robe de chambre et de se blottir contre son corps. Il veut que la porte de cette maison soit définitivement fermée, il ne veut plus jamais s'en aller d'ici.

– À quoi tu penses ? demande-t-elle.

Elle le sait, se dit-il. Pas la peine de mentir. Rien ne vaut la peine, les difficultés de la vie s'amoncellent devant moi comme de gigantesques icebergs. Mais je m'attendais à quoi, dans le fond ? À trouver le mot de passe qui me permettrait de maîtriser cette saleté de vie ?

– Tu penses à quelque chose, constate-t-elle. Je le vois. Tes lèvres bougent comme si tu parlais avec quelqu'un. Mais je n'entends pas ce que tu dis.

– À quoi veux-tu que je pense ? Je suis incapable de penser !

– Ne parle que si tu en as envie, dit-elle.

De nouveau, il se voit s'approcher d'elle et défaire

la ceinture de sa robe de chambre. Mais il ne le fait pas, bien sûr, il lui emprunte un pull et sort dans le paysage automnal couvert de givre.

À la salle des fêtes, la femme de Gullberg fait le ménage. La mine revêche, elle lui ouvre la porte quand il frappe. Le manteau de Hans Olofson est resté dans le vestiaire, accroché à un clou comme une peau abandonnée. Il lui tend le ticket.

– Comment peut-on oublier son manteau ? commente-t-elle.

– On ne peut pas, répond-il avant de repartir.

Les saisons se succèdent, le fleuve se couvre de glace pour de nouveau déborder de son lit. Son père a beau abattre des arbres, les forêts de sapins cachent toujours l'horizon. Les michelines passent bruyamment sur le pont et Hans Olofson se rend régulièrement chez Janine. Il progresse sur le fleuve des connaissances sans pour autant découvrir la Finalité. Mais il reste quand même. Il attend.

Tous les jours, il écoute les notes du trombone s'échapper par la fenêtre ouverte de la maison de Janine. Tous les jours il veut défaire la ceinture de sa robe de chambre. De plus en plus souvent, il choisit de lui rendre visite à un moment de la journée où il peut logiquement s'attendre à ce qu'elle soit déshabillée. Il frappe à sa porte tôt le dimanche matin ou tard le soir. La ceinture de sa robe de chambre est incandescente.

Quand enfin il attrape la ceinture de ses mains maladroites, rien ne se passe comme dans ses rêves.

C'est un dimanche matin de mai, deux ans après son départ de chez le marchand de chevaux. La veille, il a participé à la bousculade sur la piste de danse, mais il a quitté la salle des fêtes de bonne heure, avant que

Gullberg n'éteigne les lumières et que Kringström ne range ses instruments. Il en a soudain eu assez et est parti. Il s'est longuement promené dans la nuit printanière avant d'aller se coucher.

Il se réveille tôt et prend son café avec son père. Puis il va chez Janine. Elle l'invite à entrer et il la suit dans la cuisine où il défait sa ceinture. Ils s'allongent par terre, doucement, comme deux corps qui s'enfoncent dans l'eau, ils se serrent autour de leur émoi réciproque.

Pendant longtemps, Janine a craint que son désir ne se dessèche et ne s'éteigne, mais elle n'a jamais cessé d'espérer.

Hans Olofson, quant à lui, parvient enfin à sortir de lui-même, de sa paralysie. Pour la première fois, il a la sensation de tenir la vie dans ses mains. Au fond de lui, il voit Sture alité, immobile, qui les regarde, un sourire aux lèvres.

Au moment de leurs ébats dans la cuisine, aucun des deux ne se doute de l'inconstance de la passion. Après, ils ressentent un grand soulagement. Ils boivent un café et Hans Olofson jette un regard furtif vers Janine, espérant qu'elle va dire quelque chose.

Est-ce qu'elle sourit ? À quoi pense-t-elle ? Les aiguilles de l'horloge continuent d'avancer...

Un moment à ne pas lâcher, se dit-il. Il est possible que la vie ne soit pas uniquement de la souffrance et de la misère. Il est possible qu'il existe aussi autre chose.

Un moment à ne pas lâcher...

18

Sur une photo en noir et blanc, il se voit à côté de Peter Motombwane.

Tous les deux se tiennent devant le mur de la maison. Le soleil est très fort. Un lézard s'est posé près de la tête de Peter Motombwane.

Ils rient tous les deux en direction de Luka qui tient l'appareil. C'est Peter Motombwane qui a voulu cette photo. Il ne se souvient pas pourquoi…

Hans Olofson invite ses contremaîtres à dîner chez lui. Ils avalent ce qu'il y a dans leurs assiettes en silence et à toute vitesse, comme s'ils étaient affamés. Ils boivent beaucoup, deviennent vite ivres. Hans Olofson pose des questions, reçoit peu de réponses.

Plus tard, il demande à Luka de lui expliquer leur comportement. Pourquoi ce silence obstiné ?

– Tu es un *mzungu*, *bwana*, dit Luka.

– Ce n'est pas une réponse.

– C'est une réponse, *bwana*.

Un des ouvriers chargés de nettoyer la réserve et de chasser les rats grimpe un jour sur les sacs d'aliments pour les poules et fait une chute malheureuse. Il se brise la nuque et laisse son épouse, Joyce Lufuma, et leurs quatre filles sans ressources. Hans Olofson prend l'habitude de leur rendre visite dans leur misérable réduit construit par Judith. À chaque fois, il leur offre un sac de maïs, un *chitenge* ou autre chose dont elles ont besoin.

Un jour, très fatigué, il s'assied un moment pour regarder les filles jouer dans la terre rouge. Il se fait la réflexion que l'aide qu'il leur apporte sera peut-être sa seule vraie contribution pendant son séjour africain. Bien plus importante que ses grands projets.

Mais, la plupart du temps, il maîtrise sa fatigue. Il décide de réunir les contremaîtres pour leur offrir du ciment, des briques et des tôles, ce qui leur permettra de retaper leurs habitats. En contrepartie, il leur demande de construire des latrines et de creuser des trous pour enterrer les ordures.

Pendant une brève période, il constate une légère amélioration, mais très rapidement tout redevient comme avant. Les ordures s'entassent sur le sol et les matériaux de construction disparaissent. Il pose des questions mais n'obtient jamais de réponse.

Il aimerait comprendre et aborde le sujet avec Peter Motombwane, son premier ami noir au bout de quatre ans. Ils passent souvent leurs soirées sur sa terrasse à discuter.

Il ignore encore la vraie raison de la première visite de Peter. Il est venu un jour se présenter en expliquant qu'il était journaliste et qu'il voulait faire un reportage pour le *Times of Zambia* sur l'élevage de poules pondeuses. Mais Hans Olofson n'a toujours pas vu de reportage.

Peter Motombwane continue de venir le voir, visiblement sans s'attendre à ce que Hans Olofson lui fasse cadeau du moindre petit œuf.

Hans Olofson explique ses grands projets à son ami

qui l'écoute, les yeux fixés quelque part au-dessus de sa tête.

– Quelle réponse espères-tu obtenir ? demande Peter Motombwane une fois son récit terminé.

– Je ne sais pas. Mais ce que je fais est forcément juste, non ?

– Tu n'auras pas la réponse que tu espères. N'oublie pas que tu es en Afrique. L'homme blanc n'a jamais compris l'Afrique. Tu ne seras pas étonné, en revanche tu seras déçu.

Leurs conversations s'interrompent toujours avant la fin. À chaque fois, au moment où Hans Olofson s'y attend le moins, Peter Motombwane se lève en déclarant qu'il doit partir.

Peter Motombwane possède une vieille voiture dont seule une des portières arrière fonctionne et il est obligé d'escalader la banquette pour pouvoir se glisser derrière le volant.

– Pourquoi tu ne fais pas réparer les portières ? s'étonne Hans Olofson.

– Il y a des choses plus importantes.

– Tu es obligé de faire un choix ?

– Parfois.

Hans Olofson se sent toujours mal à l'aise après les visites de Peter Motombwane. Elles lui rappellent quelque chose d'important, quelque chose qu'il a oublié mais qui reste enfoui en lui...

Il reçoit aussi d'autres visites, notamment celle de Patel, un commerçant indien de Kitwe, dont il a fait la connaissance.

Régulièrement et sans logique apparente, les produits de première nécessité s'épuisent dans le pays. Un jour c'est le sel qui manque, un autre une soudaine pénurie de papier rend l'impression des journaux impossible.

Hans Olofson se souvient qu'en arrivant en Afrique il avait justement l'impression que tout s'épuisait sur le continent noir.

Grâce à Patel, il n'a pas besoin de se priver de quoi que ce soit. Le commerçant indien va chercher dans ses réserves cachées ce dont la colonie blanche a besoin. Les produits qui font défaut entrent dans le pays par des chemins inconnus et les Blancs peuvent toujours s'approvisionner pour un surcoût raisonnable. Soucieux de se renseigner sur d'éventuels produits manquants, Patel passe d'une ferme à l'autre et évite ainsi de s'exposer au courroux des Noirs et de risquer d'avoir son magasin incendié et pillé.

Il ne fait jamais ces déplacements seul. Il est toujours accompagné par un cousin, ou par un ami de Lusaka ou de Chipata qui se trouve là par hasard. Tous portent le même nom. Il suffit d'appeler « Patel » pour qu'un millier d'Indiens viennent vous demander si vous avez besoin de quelque chose, se dit Hans Olofson.

Il comprend la prudence et la crainte de Patel étant donné que les Indiens sont encore plus haïs que les Blancs. Leurs boutiques contiennent des produits que les Noirs ne peuvent pas s'offrir. Tout le monde est au courant de leurs réserves secrètes, tout le monde sait que de grandes richesses quittent le pays en secret pour alimenter des comptes en banque à Bombay ou à Londres.

Je peux comprendre leur crainte, se dit Hans Olofson, comme je peux comprendre la haine des Noirs…

Un jour, Hans Olofson trouve Patel devant sa maison. Il porte un turban sur la tête et il sent le café sucré. Au début, il hésite à accepter la proposition douteuse de Patel en se disant que mister Pihri lui suffit. Mais au bout d'un an et d'une longue période sans café, il décide de faire une exception. Il cède et, dès le lendemain, Patel lui apporte dix kilos de café brésilien.

– Où le trouvez-vous ?

– Il y a tant de choses qui manquent dans ce pays, dit Patel en ouvrant les bras dans un geste désolé. J'essaie seulement de subvenir aux besoins les plus pressants.

– Mais comment ?

– Parfois je ne sais pas moi-même comment je fais, mister Olofson.

Soudain, le gouvernement du pays impose d'importantes restrictions de change. Le prix du cuivre baisse et la valeur du kwacha chute de façon drastique. Hans Olofson se rend compte qu'il ne pourra plus envoyer de l'argent à Judith Fillington comme il avait été prévu dans le contrat.

Encore une fois, Patel lui apporte son aide.

– Il y a toujours une solution, dit-il. Laissez-moi m'en occuper. Je ne vous demande que vingt pour cent pour les risques auxquels je m'expose.

Hans Olofson ne saura jamais comment Patel s'y prend, mais toujours est-il qu'il lui apporte de l'argent tous les mois et qu'il reçoit tous les mois la confirmation de la banque à Londres que l'argent a bien été envoyé.

À cette époque, Hans ouvre également un compte personnel à Londres, sur lequel Patel vire tous les mois deux mille couronnes.

Il perçoit dans le pays une inquiétude croissante, ce que confirment les visites de plus en plus fréquentes de mister Pihri et de son fils.

– Mais que se passe-t-il ? demande Hans Olofson. Des boutiques indiennes sont incendiées et pillées. On parle d'une émeute due à une pénurie de maïs.

Les Noirs n'ont rien à manger. Mais comment est-ce possible que le pays manque soudainement de maïs ?

— Malheureusement, il y a beaucoup de gens qui font de la contrebande et qui vendent notre maïs à nos pays voisins, explique mister Pihri. Les prix y sont plus intéressants.

— Il s'agit de milliers de tonnes !

— Ceux qui s'en occupent ont des relations influentes.

— Des douaniers et des hommes politiques ?

Ils discutent dans le hangar exigu. Mister Pihri baisse soudain la voix.

— Il n'est pas très convenable de faire ce genre de remarque, dit-il. Les autorités du pays sont parfois très susceptibles. Récemment, un fermier blanc du côté de Lusaka a évoqué le nom d'un politicien dans des circonstances malheureuses et il a dû quitter le pays dans les vingt-quatre heures. Sa ferme a été reprise par une coopérative d'État.

— Moi je ne demande qu'à vivre tranquillement, dit Hans Olofson. Je pense à ceux qui travaillent ici.

— Vous avez entièrement raison, admet mister Pihri. Il faut éviter les soucis autant que possible.

De plus en plus souvent, il y a des formulaires à faire signer et tamponner. Mister Pihri semble rencontrer de plus en plus de difficultés à exécuter la tâche qu'il s'est imposée. Hans Olofson le paie de plus en plus cher tout en doutant de ses dires. Mais comment vérifier ?

Mister Pihri se présente un jour à la ferme en compagnie de son fils. Il a l'air très préoccupé.

— Je crains qu'il n'y ait quelques soucis, dit-il.

— Il y a toujours des soucis, riposte Hans Olofson.

— Les politiques prennent tout le temps de nouvelles décisions, affirme mister Pihri. Des décisions·

sages. Des décisions nécessaires. Mais elles peuvent malheureusement apporter des soucis.

– Que se passe-t-il ?

– Rien, mister Olofson. Rien.

– Rien ?

– Pas pour l'instant.

– Il va se passer quelque chose ?

– Ce n'est pas certain, mister Olofson.

– Éventuellement ?

– On peut l'exprimer ainsi, mister Olofson.

– De quoi s'agit-il ?

– Les autorités ne sont hélas pas très contentes des Blancs qui vivent dans notre pays, mister Olofson. Les autorités pensent qu'ils font sortir des devises de notre pays de façon illégale. Ceci est également valable pour nos amis indiens qui vivent ici. Les autorités pensent aussi que les taxes ne sont pas versées correctement, aussi sont-elles en train de préparer en secret une razzia.

– Comment ça ?

– Des policiers rendront visite à tous les fermiers blancs en même temps, mister Olofson. En secret, bien entendu.

– Les fermiers sont au courant ?

– Bien entendu, mister Olofson. C'est pour cette raison que je suis ici. Pour vous prévenir d'une razzia secrète.

– Quand ?

– Jeudi soir de la semaine prochaine, mister Olofson.

– Que dois-je faire ?

– Rien, mister Olofson. Ne laissez pas traîner des papiers de banques étrangères. Surtout pas de devises étrangères. Cela pourrait être très embêtant. Et je ne pourrais rien faire.

– Que pourrait-il se passer ?

– Hélas, nos prisons sont toujours en très mauvais état, mister Olofson.

– Je vous suis très reconnaissant du renseignement, mister Pihri.

– C'est un plaisir de pouvoir vous être utile, mister Olofson. Depuis longtemps, ma femme me signale que sa vieille machine à coudre lui pose de gros problèmes.

– Ce n'est pas une bonne chose, admet Hans Olofson. Il n'y aurait pas des machines à coudre en vente à Chingola en ce moment ?

– J'en ai effectivement entendu parler, mister Olofson.

– Elle ferait mieux d'en acheter une avant que le stock ne soit épuisé.

– Je suis entièrement de votre avis.

Hans Olofson pose un paquet de billets sur la table et le pousse vers mister Pihri.

– La moto marche bien ? demande-t-il au jeune mister Pihri, resté silencieux au cours de la conversation.

– C'est une excellente moto, répond-il. L'année prochaine il y aura un nouveau modèle.

L'enseignement de son père est efficace, constate Hans Olofson. Le fils saura bientôt se charger de mes soucis. Une partie de l'argent que je lui verserai dans l'avenir reviendra au père. Je suis une bonne source de revenus pour eux, ils ont tout intérêt à me soigner.

L'information de mister Pihri se révèle exacte. Le jeudi suivant, deux jeeps de la police arrivent à la ferme peu avant le coucher de soleil. Hans les accueille avec une surprise feinte. Un des policiers, qui a de nombreuses étoiles sur les épaulettes, monte sur la terrasse où attend Hans Olofson. Il est très jeune.

– Mister Fillington ? demande-t-il.

– Non, répond Hans Olofson.

Le mandat de perquisition est au nom de Fillington, ce qui donne lieu à une confusion générale. Refusant de croire que ce n'est pas mister Fillington qui se trouve en face de lui, le jeune officier de police insiste et se montre de plus en plus agressif. C'est seulement lorsque Hans Olofson lui présente l'acte de cession de la propriété qu'il admet qu'il y a une erreur.

– Mais que cela ne vous empêche pas de perquisitionner ma ferme, se dépêche d'ajouter Hans. Tout le monde peut se tromper et je ne voudrais pas vous causer d'ennuis.

Voyant le soulagement de l'officier de police, il se dit qu'il s'est fait encore un ami qui pourra lui être utile dans l'avenir.

– Mon nom est Kaulu, se présente l'officier de police.

– Je vous en prie, entrez, insiste Hans.

Une demi-heure plus tard, l'officier de police quitte la maison, suivi de ses hommes.

– Puis-je me permettre de vous demander ce que vous cherchez ? demande Hans.

– Des actes subversifs sont constamment commis, explique l'officier de police sur un ton grave. La valeur du kwacha est en permanence menacée par des transactions illégales.

– Je comprends qu'il soit nécessaire d'intervenir, concède Hans Olofson.

– Je ferai part à mes supérieurs de votre attitude obligeante, dit l'officier de police en faisant le salut militaire.

– C'est aimable à vous. Revenez quand vous le souhaitez.

– J'aime beaucoup les œufs ! crie le policier au moment où les deux vieilles jeeps à la suspension avachie repartent dans un nuage de poussière.

Hans Olofson a l'impression d'avoir eu un aperçu du désarroi de la jeune Afrique. Soudain, il croit avoir compris quelque chose aux difficultés de ces États fraîchement indépendants.

Cette perquisition maladroite devrait me faire rire, se dit-il. Tout comme ce jeune officier de police qui manifestement n'y comprend rien. Mais ce serait une grave erreur de ma part, car cette inexpérience naïve est dangereuse. Dans ce pays, des gens sont pendus, des jeunes policiers torturent et tuent avec des massues. Rire de leur emportement insensé pourrait me mettre en danger de mort…

Le temps se dilate. Hans Olofson s'inscrit dans la durée et continue de vivre en Afrique.

Au bout de neuf ans à Kalulushi, il reçoit une lettre lui apprenant que son père a péri dans un incendie. Par une froide nuit de janvier, en 1978, la maison au bord du fleuve a entièrement brûlé :

« La cause de l'incendie n'a jamais été trouvée. Nous vous avons vainement cherché pour vous prévenir de l'enterrement mais ce n'est que maintenant que nous avons réussi à retrouver votre trace. Une deuxième personne a d'ailleurs succombé lors de l'accident, une veuve du nom de Westlund. Il est possible que le feu ait démarré dans son appartement mais on n'en aura probablement jamais la preuve. Il ne reste plus rien de la maison. Concernant l'inventaire des biens laissés par votre père, je ne suis pas la bonne personne pour vous fournir les renseignements… »

La lettre porte une signature qui doit être celle d'un des chefs d'équipe de la société forestière où travaillait son père.

Lentement, il accepte d'accueillir le chagrin qui monte en lui.

Il se revoit dans la cuisine, assis en face de son père. Tous les deux entourés de la lourde odeur de laine mouillée.

À présent, la *Célestine* sous son globe n'est plus qu'un bout de bois noirci et la carte marine sur le détroit de Malacca des fragments de papier carbonisés.

Il imagine son père sur une civière, recouvert d'un drap.

À présent je suis seul, se dit-il. Si je choisis de ne pas retourner en Suède, ma mère restera un mystère, tout comme l'incendie.

La mort de son père lui laisse un sentiment de culpabilité et de trahison.

À présent je suis seul. Et cette solitude, je la porterai en moi jusqu'à la fin de ma vie.

Sans vraiment savoir pourquoi, il monte dans sa voiture et se rend à la case de Joyce Lufuma. Elle est en train de piler du maïs. En l'apercevant, elle le salue de la main en souriant.

– Mon père est mort, dit-il.

Elle se joint immédiatement à son chagrin, se jette par terre en pleurant et en hurlant sa douleur, qui est en réalité celle de Hans Olofson.

D'autres femmes s'approchent et s'associent aux pleurs en apprenant la mort de l'homme blanc dans un pays lointain. Hans Olofson s'assied au pied d'un arbre et se force à écouter les plaintes déchirantes des femmes. Sa douleur à lui est muette, une angoisse qui a planté ses griffes dans son corps.

Il retourne à sa voiture, suivi par les cris des femmes. L'Afrique rend hommage à Erik Olofson, un marin qui s'est noyé dans la mer des forêts suédoises…

Hans Olofson entreprend un voyage qui ressemble à un pèlerinage vers les sources du fleuve Zambèze dans le nord-ouest du pays. Il se rend d'abord à Mwinilunga et à Ikkelenge, il passe la nuit dans sa voiture devant l'hôpital missionnaire de Kalenje Hill. Le lendemain, il poursuit sa route le long d'une piste à peine praticable qui mène à la source du fleuve Zambèze. Il atteint son but après une longue marche dans le bush.

Un simple amas de pierres marque le lieu. Il s'accroupit et regarde quelques gouttes tomber et former un filet d'eau, pas plus large que sa paume, qui serpente entre les pierres. Il lui suffit de placer sa main à travers le filet pour couper le cours du fleuve Zambèze.

Tard dans l'après-midi, il va récupérer sa voiture avant que la nuit ne tombe.

Sa décision est prise : il va rester en Afrique puisqu'il n'a plus rien en Suède, plus personne à aller voir. Dans son chagrin, il trouve la force d'être honnête avec lui-même. Il admet qu'il n'arrivera jamais à transformer sa ferme en un exemple politique. Il s'était promis de ne pas se perdre dans des rêves idéalistes, dans des illusions, c'est pourtant ce qu'il a fait.

Un Blanc, qui se trouve en position de supériorité, ne peut pas aider les Africains à développer leur pays, se dit-il. En revanche, il est sans doute possible de proposer de nouvelles connaissances et de nouvelles manières de travailler si on se situe en dessous ou à l'intérieur. Mais jamais en tant que *bwana*. Jamais si on détient la totalité du pouvoir. L'Africain voit ce qui se cache derrière chaque mot et chaque mesure prise par l'homme blanc, il sait que l'homme blanc est celui qui possède. Il accepte volontiers une augmentation de salaire, la construction d'une école ou quelques sacs de ciment. En revanche, l'idée que ce soit lui, l'Africain, qui ait la responsabilité est à ses yeux un caprice sans importance mais qui présente l'avantage de recevoir un œuf supplémentaire ou des pièces détachées qu'il pourra ensuite revendre.

Un passé de colonisation prolongée a libéré les Africains de toute illusion. Ils connaissent l'inconstance des Blancs, leur tendance à remplacer une idée par une autre, en exigeant en plus que l'homme noir se montre enthousiaste. Un Blanc ne cherche jamais à connaître les traditions, encore moins à être à l'écoute des ancêtres. L'homme blanc travaille beaucoup et vite alors que l'homme noir associe l'urgence et l'impatience à un manque d'intelligence. Pour l'homme noir, la sagesse c'est de réfléchir longuement et minutieusement…

À la source du fleuve Zambèze, il cherche à atteindre le degré zéro de sa réflexion. J'ai géré ma ferme bâtie sur le capitalisme sous un voile de rêves socialistes, se dit-il. Je me suis occupé d'une illusion, incapable de voir les antagonismes les plus fondamentaux. Je suis toujours parti de mes idées, jamais de celles des Africains, de celles de l'Afrique.

Je cède aux ouvriers une partie plus grande de l'excédent de la production que Judith Fillington et les autres fermiers. L'école que j'ai fait construire, les uniformes scolaires que je paie sont l'œuvre des ouvriers, pas la mienne. Ma tâche essentielle est de maintenir la ferme et de veiller à ce qu'il n'y ait pas trop de vols ni trop d'absences au travail. C'est tout. La seule chose que je puisse encore faire serait de transmettre la ferme à une coopérative ouvrière et de céder mes titres de propriétaire.

Mais même ça, c'est une illusion. Les temps ne sont pas encore mûrs. La ferme se dégraderait rapidement, quelques ouvriers s'enrichiraient, alors que d'autres seraient poussés vers une pauvreté encore plus grande.

Ce que je peux faire, c'est continuer à gérer la ferme comme aujourd'hui mais en évitant d'introduire de nouvelles idées qui, de toute façon, ne compteraient pas aux yeux des Africains. C'est à eux de concevoir leur avenir. Moi, je participe en produisant de la nourriture. J'ignore ce que les Africains pensent de moi. Il faut que je pose la question à Peter Motombwane. Je pourrais peut-être lui demander de se renseigner auprès de mes ouvriers. Je me demande aussi ce que Joyce Lufuma et ses filles pensent de moi.

Il se sent apaisé quand il retourne à Kalulushi. Il se rend compte qu'il ne comprendra jamais entièrement les courants sous-jacents de la vie. Il est parfois nécessaire de renoncer à certaines questions, se dit-il. Il n'existe pas toujours de réponses.

En entrant dans la cour de la ferme, il repense à Karlsson, son voisin qui transportait des œufs, et qui a apparemment survécu à l'incendie.

Si on m'avait dit que je serais un jour marchand d'œufs en Afrique, j'aurais eu du mal à le croire. Et c'est pourtant ce que je suis aujourd'hui. J'ai des revenus confortables, ma ferme est solide, mais mon existence est bâtie sur du sable mouvant. Il n'est pas impossible que mister Pihri et son fils viennent un jour m'annoncer qu'ils ne peuvent plus s'occuper de mes papiers et que les autorités me déclarent indésirable. Je vis ici sans véritable autorisation. Je ne suis pas citoyen de ce pays, mes racines ne sont pas légalement replantées en Afrique. Ma ferme peut être confisquée et moi expulsé sans préavis...

Quelques jours après son retour du Zambèze, il va voir Patel à Kitwe pour lui demander d'augmenter le montant des devises étrangères qu'il transfère à sa banque à Londres.

– Cela devient de plus en plus compliqué, déclare Patel. Les risques d'être découvert augmentent sans cesse.

– Dix pour cent de plus compliqué ? Ou vingt pour cent de plus compliqué ?

– Je dirais vingt-cinq pour cent de plus compliqué, répond Patel, l'air soucieux.

Hans Olofson acquiesce et sort de la boutique sombre qui sent les épices. J'assure mes arrières à l'aide de bakchichs, de transactions illégales et de corruption, se dit-il. Mais je n'ai pas vraiment le choix. Pourtant, j'ai du mal à croire que la corruption soit plus importante ici qu'en Suède. La différence se situe dans la visibilité. En Suède, les méthodes sont plus développées, plus raffinées, mieux déguisées. Mais c'est vraisemblablement l'unique différence.

Le temps se distend. L'arche qui relie son présent à son passé s'allonge. Hans Olofson perd une dent, puis une autre.

Il fête son quarantième anniversaire, il convie ses nombreux amis blancs et ses rares amis noirs. Peter Motombwane décline l'invitation sans fournir d'explication. Hans Olofson devient rapidement ivre à sa fête. Il écoute des discours incompréhensibles prononcés par des gens qu'il connaît à peine. Des discours élogieux à son égard et qui donne une aura d'honorabilité à sa ferme africaine.

Ils me remercient de gérer désormais ma ferme sans me faire trop d'illusions sur sa fonction d'exemple, se dit-il. Aujourd'hui, pas un seul mot de vrai n'a été prononcé ici.

À minuit, encore éméché, il remercie ses amis d'être venus aussi nombreux. Soudain, il se rend compte qu'il s'est mis à parler suédois. Il s'entend attaquer furieusement l'arrogance raciste qui caractérise les Blancs qui vivent encore dans ce pays.

– Une bande d'escrocs et de putes, voilà ce que vous êtes, dit-il avec un sourire en levant son verre.

– *How nice* d'avoir mélangé les deux langues, commente plus tard dans la soirée une femme d'un certain âge. Mais on se demande bien ce que tu as réellement dit.

– Je m'en souviens à peine, répond Hans Olofson.

Il sort seul dans la nuit. Il entend un jappement à ses pieds et découvre le petit berger allemand que lui ont offert Ruth et Werner Masterton.

– Sture, dit-il. Tu t'appelleras Sture.

Le chiot couine et Hans demande à Luka de s'en occuper.

La fête dégénère et prend des allures de nuit du Jugement dernier. Des gens ivres sont affalés partout dans les différentes pièces, un couple d'amants occupe le lit de Hans Olofson et dans le jardin quelqu'un tire avec un revolver sur des bouteilles qu'un serveur effrayé pose au fur et à mesure sur une table.

Hans Olofson sent l'excitation monter en lui et il se met à tourner autour d'une femme qui habite une des fermes les plus éloignées de la sienne. Elle est grosse et enflée, sa jupe est remontée au-dessus de ses genoux. Hans a noté que son mari s'est endormi sous une table dans la pièce qui servait de bibliothèque du temps de Judith Fillington.

– Je vais te montrer quelque chose, lui dit-il.

La femme émerge de sa torpeur et le suit à l'étage, dans la pièce qui était jadis remplie de squelettes. Il allume et ferme la porte derrière eux.

– C'est ça que tu veux me montrer ? dit-elle en riant. Une pièce vide ?

Sans un mot, il la pousse contre le mur, remonte sa jupe et la pénètre.

– Une pièce vide, répète-t-elle en riant.

– Imagine que je sois noir, dit Hans Olofson.

–. Ne dis pas ça.

– Imagine que je sois noir, répète-t-il.

Une fois l'acte accompli, elle s'agrippe à lui. Il sent l'odeur de transpiration de son corps sale.

– Encore une fois, dit-elle.

– Hors de question. C'est ma fête et c'est moi qui décide, dit-il en l'abandonnant dans la pièce.

Quand il entend les coups de revolver retentir dans le jardin, il n'a soudain plus la force de rester. La seule personne qu'il a envie d'avoir à côté de lui, c'est Joyce Lufuma.

Il monte dans sa voiture et s'éloigne rapidement de sa maison et de sa fête. Deux fois, il quitte la route mais il réussit à redresser la voiture sans qu'elle se retourne et il pénètre enfin dans la cour de Joyce Lufuma.

La lumière des phares dévoile le délabrement des lieux, il coupe le moteur et reste un moment dans le noir. La nuit est douce et silencieuse, il sort de la voiture et retrouve à tâtons sa place habituelle sous l'arbre.

Nous avons tous en nous un chien abandonné qui aboie, pense-t-il.

Il se réveille à l'aube en sentant le regard d'une des filles de Joyce posé sur lui. Il sait qu'elle a douze ans, il se souvient de sa naissance.

J'aime cette enfant, pense-t-il. Je me reconnais en elle. Je vois la grandeur de l'enfant, bienveillant, toujours attentionné envers les autres.

Elle l'observe avec gravité, il s'efforce de lui sourire.

– Je ne suis pas malade, la rassure-t-il. Je me repose un peu.

En voyant son sourire, elle sourit, elle aussi.

Je ne peux pas abandonner cette petite, se dit-il. Je suis responsable de Joyce et de ses filles.

Il a la gueule de bois et ne se sent pas bien. Il frissonne en repensant à la fornication minable dans la pièce vide. J'aurais aussi bien pu m'envoyer un des squelettes. Je m'impose une humiliation sans limites.

Il retourne chez lui et voit Luka ramasser des éclats de verre dans le jardin. Il a honte devant lui. La plupart des invités sont partis, il ne reste plus que Ruth et Werner, qui sont en train de prendre le café sur la terrasse. Sture, le chiot qu'ils lui ont offert, joue à leurs pieds.

– Tu as survécu, constate Werner en souriant. Les fêtes deviennent de plus en plus violentes, comme si le jour du Jugement dernier était imminent.

– C'est peut-être vrai…, réplique Hans.

Luka passe devant la terrasse avec un seau plein de bouteilles cassées. Ils le suivent du regard et le voient se diriger vers le trou creusé pour les déchets.

– Viens nous voir, propose Ruth quand elle et Werner se lèvent pour repartir.

– D'accord.

Quelques semaines après la fête, Hans Olofson est victime d'une crise de paludisme encore plus violente que les précédentes. Les hallucinations le poursuivent.

Il se voit lynché par ses ouvriers qui lui arrachent ses vêtements, le frappent avec des bâtons et le poussent vers la maison de Joyce Lufuma. Il s'attend à ce qu'elle le sauve mais elle l'accueille une corde à la main. Il se réveille au moment où il comprend qu'elle et ses filles se préparent à le pendre à l'arbre.

La première fois qu'il se rend chez Joyce après sa guérison, ce rêve lui revient. Peut-être est-ce un signe ? Joyce et ses enfants acceptent mon aide et ma protection, se dit-il, elles en dépendent et ont donc toutes les raisons de me haïr. J'oublie ça trop facilement. J'oublie les vérités et les antagonismes les plus simples.

Le temps suit son cours et forme une arche au-dessus de sa vie, au-dessus du fleuve qu'il abrite au fond de lui. Ses pensées retournent souvent à la maison incendiée dans la nuit glaciale qu'il n'est jamais allé voir. Il s'efforce de se figurer la tombe de son père et, au bout de dix-huit ans en Afrique, il commence à chercher un endroit pour la sienne.

Il se rend à la colline où Duncan Jones repose depuis de nombreuses années et il promène son regard alentour. L'après-midi est avancé, le soleil est rouge, coloré par la terre qui virevolte en permanence sur le continent africain. Il voit à contre-jour ses poulaillers blancs, il voit les ouvriers qui rentrent chez eux après leur journée de travail. C'est déjà le mois d'octobre et les pluies ne vont pas tarder à arroser la terre brûlée. Seules quelques cactées forment des taches vertes par-ci par-là dans le paysage desséché. Un mince filet d'eau coule au fond du lit du Kafue. Les hippopotames se sont cherché des trous d'eau ailleurs, les crocodiles ne reviendront qu'après les premières pluies.

Il débarrasse la tombe de Duncan Jones des mauvaises herbes tout en cherchant du regard un endroit qui conviendrait à un lieu de sépulture pour lui-même. Mais il ne veut pas prendre la décision tout de suite, de peur de s'attirer la mort avant l'heure.

C'est quand, l'heure ? Qui peut se faire une idée du temps qui nous est attribué ?

Personne ne sort indemne d'une si longue immersion

dans la superstition africaine, se dit-il. Un Africain ne chercherait pas l'endroit de sa future tombe. Pour lui, ça équivaudrait à une invitation à la mort.

Si je suis monté sur cette colline, c'est en fait pour profiter pleinement de la vue…

D'ici je vois des paysages dégagés et des horizons interminables que mon père a passé sa vie à chercher. Je suis peut-être particulièrement sensible à cette beauté parce que je sais qu'elle m'appartient.

C'est ici le début et peut-être aussi la fin de ce voyage que j'ai entrepris de façon fortuite, poussé par des rencontres encore plus fortuites.

Il décide soudain de se rendre de nouveau à Mutshatsha.

Il part précipitamment. La saison des pluies vient de commencer et les routes sont transformées en champs de boue, mais cela ne l'empêche pas de rouler vite. Comme s'il cherchait à fuir quelque chose. Son désespoir a rompu les digues. Le trombone de Janine retentit dans sa tête…

Il ne parviendra pas à Mutshatsha. La route s'est effondrée et il n'y a aucun moyen d'y aller. Un ravin s'est ouvert devant lui. Ses roues avant tournent dans le vide et il décide de faire demi-tour mais il s'enlise. Il a beau glisser des branchages sous les roues, rien n'y fait. Dans le bref crépuscule, une pluie torrentielle se déchaîne sur lui et il se réfugie dans sa voiture. Personne ne passera par là, se dit-il. Pendant mon sommeil, ma voiture sera peut-être envahie par des fourmis pèlerines et quand la saison des pluies sera terminée il ne restera plus que mon squelette, blanc et brillant comme de l'ivoire.

La pluie cesse cependant dès le lendemain matin et

les habitants d'un village voisin lui apportent leur aide. Il regagne sa ferme tard dans l'après-midi…

L'arche du temps s'aplanit lentement et redescend vers la terre.

Sans qu'il s'en rende compte, les gens se regroupent de nouveau autour de lui. Nous sommes en janvier 1987. Cela fait maintenant dix-huit ans qu'il est en Afrique.

Cette année-là, la saison des pluies est longue et violente. Le Kafue déborde de son lit et les pluies diluviennes risquent de noyer ses poulaillers. Les camions s'enlisent, les poteaux électriques se renversent et provoquent des coupures de courant qui durent longtemps. Il n'a encore jamais vécu des pluies de cette intensité. Il règne une atmosphère troublée dans le pays. Les gens ont faim. Des foules se déplacent et des émeutes éclatent dans les villes de la province du Copperbelt et à Lusaka. Un de ses camions partis livrer des œufs à Mufulira est arrêté par un groupe de gens agités qui le vident de son chargement. Il entend des coups de feu dans la nuit, les fermiers ne s'éloignent de leurs fermes qu'en cas de nécessité.

Un matin à l'aube, quand Hans Olofson arrive à son hangar, il s'aperçoit que quelqu'un a lancé une grosse pierre à travers l'unique fenêtre. Il interroge les gardiens de nuit mais personne n'a rien vu ni entendu.

Un vieil ouvrier observe à distance l'interrogatoire. Quelque chose dans le visage du vieillard pousse Hans Olofson à s'interrompre et à renvoyer les gardiens de nuit chez eux sans les punir.

Il sent une menace mais il ne peut pas dire de quel ordre. Les ouvriers font leur travail, mais l'ambiance à la ferme est pesante.

Un matin, Luka a disparu. Comme tous les jours,

Hans Olofson ouvre la porte de la cuisine à l'aube et il s'aperçoit que Luka n'est pas là. C'est la première fois que ça arrive. Le brouillard s'amoncelle au-dessus de la ferme après les pluies de la nuit. Il appelle Luka. Pas de réponse. Il interroge les ouvriers mais personne n'a d'information à lui donner. Personne n'a vu Luka. Il rentre chez lui et trouve sa maison ouverte, la porte bat dans le vent.

Le soir il nettoie les armes que Judith Fillington lui a laissées. Le revolver qu'il a acheté à Werner Masterton il y a dix ans est toujours à sa place sous son oreiller. Cette nuit-là, il dort mal. Ses rêves le poursuivent. Soudain, son attention est attirée par un bruit de pas qui vient de l'étage du dessus. Il saisit son arme sans allumer la lumière, tend l'oreille et s'aperçoit que ce n'est que le vent qui se force un chemin à travers la maison.

Il reste éveillé, le revolver posé sur sa poitrine.

Peu avant l'aube, il entend une voiture se garer devant la maison. Quelqu'un cogne à la porte en criant son nom. Il reconnaît la voix de Robert, le contremaître de Ruth et Werner Masterton.

– Il est arrivé quelque chose, *bwana*, dit Robert.

Hans Olofson constate encore une fois qu'un Noir peut être pâle.

Il a visiblement très peur.

– Qu'est-ce qui est arrivé ?

– Je ne sais pas, *bwana*. Quelque chose. Ce serait bien que *bwana* vienne avec moi.

Hans Olofson a vécu suffisamment longtemps en Afrique pour déceler la gravité dans la manière énigmatique de s'exprimer des Africains.

Il s'habille rapidement, glisse le revolver dans sa poche et sort le fusil à plomb à la main. Il verrouille la porte, s'étonne encore de l'absence de Luka et monte dans sa voiture pour suivre Robert. Des nuages noirs se pourchassent dans le ciel quand les deux véhicules se rangent devant la maison des Masterton.

Je suis déjà venu ici mais à une autre époque et j'étais un autre homme. Il reconnaît Louis parmi les Africains alignés devant la bâtisse.

— Pourquoi sont-ils là, devant la maison ? demande-t-il.

— Justement, *bwana*, dit Robert, c'est parce que les portes sont verrouillées. Hier c'était pareil.

— Ils sont peut-être partis en voyage. Où est leur voiture ?

— Elle n'est pas là, *bwana*, mais nous ne pensons pas qu'ils soient partis en voyage.

Après avoir observé la façade inanimée de la maison, il fait le tour et appelle en direction de leur chambre. Les Africains le suivent à distance. Méfiants. Sur leurs gardes.

Hans Olofson est soudain saisi d'une grande angoisse sans savoir pourquoi. Quelque chose est arrivé, c'est certain.

Il demande à Robert d'aller lui chercher un pied-de-biche dans le coffre de sa voiture. Il ouvre la porte, l'alarme ne se déclenche pas. Quelque chose d'effrayant l'attend, il le sent. Au moment de pénétrer dans la maison, il s'aperçoit que la ligne téléphonique a été coupée.

— J'entre seul, annonce-t-il.

Il arme son fusil et pousse la porte.

Ce qu'il découvre est bien pire que ce qu'il a pu imaginer. C'est une scène d'horreur, une vraie boucherie. Des morceaux de corps humains sont éparpillés par terre.

Il ne comprend pas comment il fait pour ne pas s'évanouir…

19

Et après ?

Qu'est-ce qu'il reste ?

La dernière année, avant que Hans Olofson ne quitte les collines recouvertes de sapins et qu'il abandonne son père à son rêve d'une mer lointaine.

La dernière année de la vie de Janine…

Un samedi matin, en mars 1962, Janine se place à l'angle de la quincaillerie et de la salle des fêtes. C'est le cœur du village, un endroit où tout le monde passe. Elle tient au-dessus de sa tête une pancarte sur laquelle elle a écrit un texte en grosses lettres noires.

Quelque chose d'ahurissant est en train de se produire. Une rumeur commence à courir, elle enfle rapidement et risque d'exploser. Quelques rares personnes ont le courage de dire que Janine et son écriteau expriment un bon sens bien trop mal partagé, mais leurs voix se perdent dans le vent glacial de mars.

Les bien-pensants se mobilisent. Quelqu'un qui n'a même pas de nez ? On a toujours cru qu'elle se tenait tranquille sous la protection de Hurrapelle et voilà qu'elle se montre ! Elle ferait mieux de ne pas se faire remarquer et de cacher son vilain visage ! Janine est au courant des réflexions qui courent sur elle dans le village.

Elle a quand même tiré quelques leçons des discours moralisateurs du pasteur. Elle sait résister quand le vent souffle fort et que la foi vacille… Ce matin, elle a décidé de remuer la fourmilière endormie. Les gens marchent vite dans les rues, jettent un œil sur ce qu'elle a écrit et repartent aussi sec pour saisir le premier venu par le col en lui demandant ce que cette folle est censée leur dire. Une bonne femme sans nez s'autorise à nous imposer ses idées ? Qui lui a permis de faire ça ?

Les poivrots sortent du bistro en titubant pour voir cette chose inouïe. Non pas qu'ils se préoccupent du sort du monde mais ils veulent se ranger derrière Janine, leur besoin de vengeance étant infini. Quelqu'un qui donne un coup de pied dans la fourmilière mérite tout encouragement… Ils sortent à la lumière du jour en clignant des yeux et constatent avec satisfaction que plus rien n'est comme avant. Ils comprennent immédiatement que Janine a besoin de leur appui. Un homme, plus entreprenant que les autres, traverse la rue pour lui offrir une bière, ce qu'elle décline poliment.

Hurrapelle, tiré du sommeil par un paroissien choqué, arrive dans sa voiture nouvellement acquise pour la raisonner, mais elle résiste à ses arguments et refuse de s'en aller. Comprenant que sa décision est irrévocable, il se rend au temple pour soumettre ce problème compliqué à son dieu.

Au commissariat, on cherche fébrilement un texte de loi permettant une intervention des forces de l'ordre. On peut difficilement prétendre que la femme est « un danger public ». On ne peut pas non plus qualifier son activité d'« émeute » ni dire qu'elle « détient une arme dangereuse ». Les policiers soupirent en décortiquant les textes du gros livre…

Tout d'un coup, quelqu'un se souvient de Rudin, l'homme qui s'est immolé par le feu quelques années auparavant. Voilà la solution ! « Prise en charge d'une personne présentant un danger pour elle-même ». Des mains moites continuent à feuilleter le code et enfin on décide d'agir.

Mais lorsque les policiers s'approchent du lieu où la foule attend avidement la suite des événements, Janine baisse sa pancarte et s'en va. Les policiers restent penauds, la foule ronchonne et les hommes du troquet applaudissent.

Une fois le calme revenu, on discute enfin du texte qu'elle a écrit sur sa pancarte insolente : « Non à la bombe atomique ! Oui pour une seule terre. » Qui a envie de recevoir une bombe sur la tête ? Qu'est-ce qu'elle veut dire par « une seule terre » ? Il y en aurait d'autres ? De quel droit se permet-elle de dire ça ? Elle, une bonne femme sans nez…

Janine s'en va la tête haute même si elle baisse les yeux, comme d'habitude. Elle est cependant fermement décidée à reprendre sa place au coin de la rue le samedi suivant, personne ne pourra l'en empêcher. Elle tient à apporter sa contribution, même si elle habite loin des arènes où le sort du monde se joue. Elle traverse le pont, jette ses cheveux en arrière en fredonnant *A Night in Tunisia*. Sur le fleuve dansent les premières plaques de glace du printemps. Elle s'est prouvé à elle-même qu'elle osait. Et elle a quelqu'un qui la désire. Même si l'existence est éphémère, elle a vécu un moment intense, un moment où la douleur a été combattue, du moins temporairement…

Au cours de la dernière année de Hans Olofson dans sa maison au bord du fleuve, tous les villageois ressentent un changement, au début si léger qu'il est à peine perceptible. On dirait un léger décalage de l'axe terrestre. Même ce village oublié est touché par la déferlante du monde extérieur qui vient leur rappeler son existence. Les perspectives changent. Le frissonnement des guerres d'indépendance et des révoltes passe à travers les collines recouvertes de sapins.

Dans la cuisine de Janine, ils apprennent ensemble les noms des nouvelles nations. Ils sentent la vibration des continents lointains où les gens se révoltent. Avec surprise, et une certaine crainte, ils voient le monde changer. Le vieux monde se désintègre, des parties s'écroulent et dévoilent une misère, une injustice et une cruauté indescriptibles. Hans Olofson commence à se rendre compte que le monde qu'il s'apprête à découvrir n'est pas le même que celui de son père. Il se dit qu'il faut tout revoir, qu'il faut corriger les cartes marines, remplacer les anciens noms par de nouveaux.

Il tente d'évoquer ses impressions avec son père. Il essaie de le convaincre de laisser sa hache plantée dans un tronc d'arbre et de retourner à la mer. Mais leurs conversations se terminent souvent avant même d'avoir commencé. Erik Olofson se dérobe, n'a pas envie qu'on lui rappelle quoi que ce soit.

Un jour, cependant, une chose inattendue se produit...

– Je pars à Stockholm, annonce Erik Olofson au dîner.

– Pour quoi faire ?

– J'ai un rendez-vous dans la capitale.

– Tu ne connais personne à Stockholm.

– J'ai reçu une réponse à ma lettre.

– Quelle lettre ?

– Celle que j'ai écrite.

– Tu n'écris pas de lettres !

– Si tu ne veux pas me croire, autant changer de sujet.

– Quelle lettre ?

– De la Compagnie maritime de Vaxholm.

– La Compagnie maritime ?

– Oui, de Vaxholm.

– C'est quoi ?

– Elle s'occupe des transports dans l'archipel de Stockholm.

– Qu'est-ce qu'ils te veulent ?

– J'ai vu une annonce. Ils cherchent des gens pour l'équipage de bord. Je me suis dit que ça pourrait être intéressant. Pour les ports de proximité et le trafic côtier.

– Tu as posé ta candidature ?

– Tu n'as pas entendu ce que j'ai dit ?

– Alors qu'est-ce qu'ils répondent ?

– Ils me demandent de venir me présenter.

– Comment ils peuvent savoir si tu leur conviens rien qu'en te regardant ?

– Ils ne peuvent pas. Mais ils peuvent me poser des questions.

– Sur quoi ?

– Ils peuvent me demander pourquoi ça fait si longtemps que je ne navigue plus, par exemple.

– Et tu répondras quoi ?

– Que les enfants sont suffisamment grands pour se débrouiller seuls.

– Les enfants ?

– Oui, je me suis dit que ça serait mieux si je disais que j'en avais plusieurs. Les marins sont censés avoir plein de gosses, d'après ce qu'on m'a dit.

– Et ils s'appellent comment, ces gosses ?

– À toi de trouver leurs noms. Ce que tu veux. Je pourrais demander à quelqu'un de me prêter des photos.

– Tu as l'intention de montrer les photos des gosses de quelqu'un d'autre ?

– Quelle différence ça fait ?

– Ça fait une sacrée différence !

– Ils ne vérifieront pas. Mais je connais les armateurs et on a intérêt à bien se préparer avant de les rencontrer. Dans le temps, il y avait un armateur à Göteborg qui exigeait qu'on sache marcher sur les mains pour embarquer sur ses navires. La Société des gens de la mer a protesté, bien entendu, mais il n'a pas cédé.

– Tu savais marcher sur les mains ?

– Non.

– Tu parles de quoi, en fait ?

– D'une chose que j'ai à faire à Stockholm.

– Tu pars quand ?

– Je n'ai pas encore décidé.

– Qu'est-ce que tu veux dire par là ?

– Que je vais peut-être laisser tomber.

– Il faut que tu y ailles ! Tu ne peux pas passer ta vie à te promener dans les forêts.

– Je ne me promène pas dans les forêts.

– Tu comprends très bien ce que je veux dire. Quand j'aurai terminé le collège, on partira.

– Où ?

– Et si on embarquait sur le même navire ?

– Sur un bateau de Vaxholm ?

– J'en sais rien, merde ! Mais je veux partir. Je veux voyager dans le monde.

– Dans ce cas, j'attendrai que l'école soit finie.

– Il ne faut pas que tu m'attendes ! Il faut que tu partes maintenant !

– C'est impossible.

– Pourquoi ?

– C'est déjà trop tard.

– Trop tard ?

– Le temps s'est écoulé.

– Comment ça ?

– J'aurais dû y aller il y a six mois.

– Il y a six mois ?

– Oui.

– Et tu me dis ça seulement maintenant ! Pourquoi tu n'es pas parti ?

– Je voulais d'abord t'en parler.

– C'est pas vrai !

– Qu'est-ce qu'il y a ?

– Il faut partir. On ne peut plus vivre ici. Il faut partir, il faut découvrir le monde !

– Je suis trop vieux, je crois.

– Tu vieillis parce que tu passes ton temps dans la forêt.

– Je travaille !

– Je sais. Mais quand même…

Peut-être se décidera-t-il à partir malgré tout, se dit Hans Olofson. Il porte la mer en lui, je le sais maintenant. Je n'aurai plus à le voir patauger la nuit dans de l'eau sale…

Il court chez Janine, il veut lui annoncer ce qu'il vient d'apprendre. Sur le pont, il s'arrête pour regarder les plaques de glace qui descendent le fleuve. Au loin, il y a le monde qui attend un nouveau conquérant. Le monde qu'il est en train de découvrir avec Janine…

Mais, quelque part en chemin, Hans Olofson et Janine prennent des directions différentes.

Pour Hans, c'est juste une question de temps. Son pèlerinage, avec ou sans Erik Olofson, se fera dans un monde que d'autres lui auront préparé.

Janine voit les choses différemment. Elle a découvert que la pauvreté n'est pas le résultat d'une fatalité ni d'un caprice de la nature. Elle s'aperçoit qu'il existe des gens prêts à recourir à n'importe quelle arme barbare pour leur profit personnel. Janine et Hans Olofson se séparent ainsi au centre du monde.

Lui traverse sa période d'attente. Elle, elle éprouve le besoin d'agir concrètement. Faire des prières pour ceux qui souffrent ne lui suffit plus. Ce besoin prend de l'ampleur et ne la quitte plus. Même pas dans ses rêves. Elle se met à la recherche d'une manière de s'exprimer pour parler du monde qui se trouve au-delà des forêts de sapins.

Une décision mûrit lentement en elle. Sans rien dire à Hans Olofson, elle va se poster à l'angle de la rue principale. Il faut qu'elle soit seule, elle ne peut partager sa croisade personnelle avec quelqu'un avant d'avoir fait un premier essai...

Ce samedi matin de mars, Hans Olofson se trouve dans un garage avec un des fils de l'inspecteur des Eaux et Forêts à essayer de redonner vie à une vieille moto. Ce n'est que tard dans la soirée, en s'arrêtant au kiosque à journaux de Pettersson, qu'il apprend ce qui s'est passé. Son cœur se serre quand il découvre ce que Janine a fait. Il craint d'être mêlé à l'histoire. Tout le monde doit savoir qu'il se rend chez elle, même s'il s'est toujours efforcé d'y aller à l'abri des regards. Il se met aussitôt à la haïr, comme si la véritable intention de Janine était de l'entraîner dans son humiliation. Il sent qu'il doit prendre ses distances et se séparer d'elle.

– Pourquoi se tourmenter à cause d'une bonne femme sans nez ? marmonne-t-il.

Il était question qu'il aille chez elle ce soir, mais il préfère se rendre à la salle des fêtes. Il danse avec toutes celles qui acceptent, sort des horreurs sur Janine dans la bousculade aux toilettes pour hommes. Lorsque l'orchestre de Kringström termine la soirée en jouant *Twilight Time*, il est satisfait de ce qu'il a fait. Personne ne pourra plus le soupçonner d'avoir une relation secrète avec « la folle à la pancarte ». Il sort dans la rue, s'essuie le front et reste dans l'obscurité à regarder les couples s'en aller. La nuit est pleine de braillements et de gloussements. Ses pieds sont instables, sa tête tourne à cause de l'aquavit tiède qu'il a consommé.

Cette saleté de bonne femme, se dit-il. Si j'étais passé par là, elle m'aurait sûrement demandé de l'aider à tenir sa pancarte...

Il décide de lui rendre une dernière visite pour lui faire savoir ce qu'il pense. Il traverse le pont en catimini et attend longtemps devant sa porte avant d'entrer.

Elle l'accueille sans lui faire de reproches. Il avait promis de venir mais il n'est pas venu. C'est tout.

– Tu m'as attendu ? demande-t-il.

– J'ai l'habitude d'attendre. Ça ne fait rien.

Il la hait et il la désire. Mais ce soir, il se sent chargé de lui parler au nom du village. Il lui dit qu'il ne reviendra plus jamais si elle retourne avec sa pancarte au coin de la rue.

Un vent froid s'insinue dans le cœur de Janine.

Elle s'attendait à des encouragements de sa part. Elle s'attendait à ce qu'il lui dise qu'elle avait raison. C'est comme ça qu'elle avait interprété leurs conversations sur le monde qui est en train de se désagréger sous le vent du changement. Un lourd chagrin s'abat sur elle quand elle comprend qu'elle est de nouveau seule... Non, pas tout à fait, car le désir de Hans Olofson prend le dessus et ils s'enlacent encore une fois.

La dernière période qu'ils passent ensemble est douloureuse. Hans Olofson retourne en arrière, au point de départ, au jour où Sture et lui ont coupé la tête d'une corneille qu'ils ont glissée dans la boîte aux lettres de Janine. Maintenant c'est la tête de Janine qu'il cherche à trancher. Il est agressif, il manque à sa parole, il trahit leurs accords communs et il dit du mal d'elle à tous ceux qui veulent bien l'entendre.

Au milieu de ce chaos, il passe son brevet. En mobilisant ses forces, il réussit à obtenir des notes étonnamment bonnes. Bohlin, le principal, veille à ce que son dossier soit transmis au lycée de la capitale régionale. Il coiffe la casquette grise du brevet et décide de continuer ses études. Il n'a plus besoin d'attendre que son père se débarrasse de son irrésolution. Il s'occupera lui-même de son départ, il peut se libérer vite fait...

La nuit qui suit son examen, il se présente devant la porte de Janine. Elle l'attend avec des fleurs mais il n'en a rien à faire de son bouquet. Il est venu la voir une dernière fois avant de quitter le village. Il accroche sa casquette sur la petite statuette de la Vierge Marie posée devant sa fenêtre.

Jusqu'à la fin de l'été, il continuera à aller la voir, mais il ne connaîtra jamais le dernier secret de Janine...

Leur séparation porte l'empreinte de l'indécision et du chagrin. Il lui rend une dernière visite un soir à la mi-août. Leur rencontre dans sa cuisine est brève. Ils parlent peu, comme la première fois, ce jour où il était là, avec le taille-haie à la main. Il dit qu'il va lui écrire, elle dit qu'elle ne préfère pas. Il faut laisser le passé se dissoudre et s'en aller avec le vent.

Il quitte la maison de Janine, définitivement. En partant, il entend *Some of These Days*...

Le lendemain, son père l'accompagne à la gare. Hans Olofson regarde son visage gris et indécis.

– Je rentrerai bien un jour, dit Hans, et toi tu pourras toujours venir me voir.

Erik Olofson hoche la tête. Mais oui, bien sûr.

– La mer..., commence Erik Olofson, puis il se tait.

Hans ne l'entend pas. Il attend impatiemment que la micheline démarre.

Après le départ de son fils, Erik Olofson reste long-temps à la gare en se disant que la mer sera toujours là… Si seulement… Il retourne à la maison au bord du fleuve et écoute le bruissement de la mer à la radio.

Le mois des sorbiers. Le temps des sorbiers. Un dimanche matin de septembre. Une nappe de brouillard est suspendue au-dessus du village qui émerge de son sommeil. L'air est frisquet et le gravier crisse sous les pas d'un homme solitaire qui quitte la grand-route et prend un raccourci pour descendre vers le fleuve. Au bout de la pointe, le parc abandonné ressemble à une ruine dans la grisaille matinale. Les chevaux de Under paissent dans les prés. Ils avancent dans la brume en silence, comme des navires attendant le vent.

L'homme détache une barque et s'installe sur le banc de nage. Il avance sur l'eau, dans le passage entre le parc et la rive sud, il jette l'ancre, qui se coince parmi les pierres au fond. Il lance une ligne et attend.

Au bout d'une heure, il décide de tenter sa chance un peu plus loin, près de la pointe. Il rame en laissant l'ancre traîner derrière le bateau. Soudain il s'accroche à quelque chose et, quand il parvient enfin à remonter l'ancre, il trouve un morceau de tissu en décomposition. Un bout de chemisier. Il réfléchit en regagnant la rive.

Le morceau de tissu est étalé sur une table du com-missariat. Hurrapelle l'observe. Il hoche la tête.

L'équipe de dragueurs se réunit rapidement. Elle ne met pas longtemps à trouver ce qu'elle cherche. Au deuxième passage de leurs barques, un des grap-pins s'accroche. Depuis la rive, Hurrapelle voit Janine remonter…

Le médecin jette un dernier regard sur le corps avant de terminer l'autopsie. Tout en se lavant les mains devant la fenêtre, il observe les forêts de sapins rougies par le soleil couchant. Sans savoir pourquoi et bien que ce soit contraire au règlement, il décide de ne pas le noter dans le protocole de l'autopsie. Il se dit que ça ne changerait rien. Elle s'est effectivement noyée. Elle avait entouré sa taille d'un épais fil de fer et mis un fer à repasser et des bouts de tuyau en métal dans ses vêtements. Aucun crime n'a été commis. Il n'est donc pas obligé de noter que Janine était enceinte lors de sa mort…

Erik Olofson est penché sur une carte marine dans la maison au bord du fleuve. Il remonte ses lunettes sur son nez et guide son navire à travers le détroit de Malacca. Il inspire l'odeur de la mer, il voit les lumières de navires lointains. Les ondes de l'éther bruissent à la radio. Et malgré tout, pourquoi pas ? Sur un petit navire qui longerait la côte avec une cargaison variée ? Et malgré tout, pourquoi pas…

Et Hans Olofson ? Il ne se rappelle plus qui lui a apporté la nouvelle. Quelqu'un lui a appris que Janine était morte. Janine qui passait tous ses samedis avec sa pancarte à l'angle de la rue entre la salle des fêtes et la quincaillerie. Cette nuit-là, Hans sort de la chambre qu'il loue et qu'il déteste déjà pour errer nerveusement dans les rues sombres de la ville. Il essaie de se persuader qu'il n'est pas coupable. Ni lui ni quelqu'un d'autre. Pourtant il sait. Mutshatsha. C'est là que tu voulais aller. C'était ton rêve. Mais tu n'y es jamais allée et à présent tu es morte.

Il repense au jour où il était caché derrière un four

effondré dans la vieille briqueterie. Ce jour où il a compris qu'il était lui et personne d'autre. Et maintenant ?

Il se demande comment il va pouvoir supporter de passer quatre ans dans ce lycée. Au fond de lui, une lutte ininterrompue se mène entre un espoir d'avenir et la résignation. Il essaie de trouver du courage. Vivre, ça doit être préparer en permanence de nouvelles expéditions, se dit-il. Sinon, il risque de prendre le même chemin que son père…

Soudain, il prend sa décision : un jour, il se rendra à Mutshatsha. Il fera le voyage que Janine n'a jamais pu entreprendre. L'idée devient sacrée. La plus fragile des finalités. Il va réaliser le rêve de quelqu'un d'autre…

En montant l'escalier vers sa chambre sur la pointe des pieds, il sent l'odeur de l'appartement de la vieille Westlund. De pommes, de bonbons acidulés. Ses livres l'attendent sur la table. Mais il pense à Janine.

Devenir adulte, c'est peut-être se rendre compte de sa solitude, pense-t-il.

Il reste longtemps assis sans rien faire.

Encore une fois, il se trouve en haut de l'énorme arche du pont. Au-dessus de lui, il y a les étoiles.

Et en dessous, Janine…

III

L'œil du léopard

20

Le léopard chasse dans les rêves de Hans Olofson.

Le terrain est un paysage fuyant, le bush africain se décale constamment et devient son propre espace intérieur. La perspective change. Parfois il se trouve devant le léopard, parfois derrière, de temps en temps il *est* le léopard. Dans son rêve, il règne un crépuscule permanent. Il se tient dans les herbes hautes au beau milieu d'une plaine. L'horizon lui fait peur. Le léopard est une menace qui revient nuit après nuit et qui s'approche de lui.

Il lui arrive de se réveiller subitement, croyant avoir compris : il est poursuivi non pas par un, mais par deux léopards. Dans son paysage intérieur, ce chasseur solitaire se joint bizarrement à un autre animal. Hans Olofson ne parvient pas à savoir quelles armes il utilise dans ses chasses nocturnes. Des pièges à lacets ou une lance avec une pointe en fer ? À moins qu'il ne suive le léopard les mains nues ? Dans ses rêves, le paysage est une plaine sans limites, il devine vaguement une rivière à l'horizon. Il met le feu à l'herbe à éléphant pour obliger le léopard à se montrer. Parfois il croit voir l'ombre de l'animal se déplacer rapidement sur le terrain éclairé par la lune. Le reste n'est que silence, seule sa propre respiration vibre.

Le léopard doit être chargé d'un message, se dit-il à son réveil. Un message que je ne suis pas encore capable de déchiffrer...

Lorsque les crises de paludisme lui donnent des hallucinations, il voit l'œil du léopard qui veille sur lui.

Non, c'est Janine, songe-t-il, troublé. C'est l'œil de Janine que je vois. Du fond du fleuve, elle lève son regard vers moi, là-haut, là où je me tiens en équilibre sur l'arche du pont. Elle s'est mis une peau de léopard sur les épaules pour que je ne la reconnaisse pas.

Mais elle n'est pas morte ? Quand j'ai quitté la Suède en laissant toute ma vie derrière moi, elle était morte depuis déjà sept ans. À présent, ça fait près de dix-huit ans que je suis en Afrique.

Les accès de paludisme le projettent hors de sa torpeur, il se réveille mais il ne sait plus où il est. Le revolver contre sa joue l'aide à se rappeler. Il tend l'oreille vers l'obscurité.

Je suis encerclé par des bandits, pense-t-il désespérément. C'est Luka qui les a attirés, c'est lui qui a coupé l'électricité et la ligne téléphonique. Ils attendent dans le noir. Bientôt ils viendront m'ouvrir la poitrine pour emporter mon cœur encore vivant.

Faisant appel à ses dernières forces, il se relève suffisamment pour pouvoir s'adosser à la tête du lit. Pourquoi je n'entends rien ? se demande-t-il. Tout ce silence...

Pourquoi les hippopotames ne soupirent-ils plus du côté du fleuve ? Où est ce salaud de Luka ?

Hans Olofson hurle dans l'obscurité mais personne ne répond. Il tient le revolver dans ses mains.

Il attend...

21

La tête tranchée de Werner Masterton baigne dans une mare de sang sur le sol de la cuisine.

Une fourchette enfoncée dans chaque œil. Son corps décapité est encore assis devant la table et ses deux mains coupées sont posées sur un plat devant lui. La nappe blanche est souillée de sang.

Dans la chambre, Hans Olofson découvre Ruth Masterton. Elle a été égorgée, sa tête est pratiquement détachée de son corps. Elle est nue, un violent coup de hache a brisé un de ses fémurs. Des mouches volent autour du cadavre. Ce n'est pas vrai ! Ça ne peut pas être vrai !

Une fois dehors, il s'écroule en larmes. Les Africains qui attendent devant la maison reculent en le voyant. Il leur crie de ne pas entrer et ordonne à Robert d'aller chercher les voisins et de prévenir la police. De désespoir, il tire un coup de fusil en l'air.

L'après-midi est déjà bien avancé quand il remonte dans sa voiture pour rentrer chez lui. Bien qu'il se sente anéanti, il est encore capable de contenir la rage qui va forcément se manifester d'une manière ou d'une autre. La nouvelle s'étant vite propagée dans la colonie blanche, des voitures arrivent et repartent. Petit à petit, une explication sur l'origine du massacre commence à se dégager. Même si la voiture et les objets de valeur ont disparu, Ruth et Werner Masterton n'ont certainement pas été victimes de bandits ordinaires. Ce double assassinat insensé exprime une haine accumulée. Il s'agit d'un meurtre racial, politique. Des mains noires ont décidé de se venger et de se charger du sort de Ruth et de Werner Masterton.

La colonie blanche se réunit précipitamment chez un des voisins des Masterton pour discuter des mesures à prendre. Hans Olofson ne participe pas, il n'en a pas la force. Quelqu'un offre de lui rendre visite dans la soirée pour lui faire part des décisions prises. Il décline la proposition. Il a ses armes et ses chiens, il sait être prudent.

Quand il revient à sa ferme, une pluie battante forme un rideau impénétrable. Croyant voir une ombre noire disparaître derrière sa maison, il reste longtemps dans sa voiture en laissant les essuie-glaces en marche. J'ai peur, constate-t-il. Je n'ai encore jamais eu aussi peur. Les assassins de Ruth et de Werner Masterton ont également planté leurs couteaux dans mon corps. Il arme son fusil, court jusqu'à la maison et ferme soigneusement la porte derrière lui.

La pluie tambourine contre la toiture en tôle. Sture, le berger allemand qu'on lui a offert pour ses quarante ans, est étonnamment silencieux. Hans a l'impression que quelqu'un est entré chez lui pendant son absence. Le comportement de Sture l'inquiète. D'habitude, il l'accueille fou de joie mais là, il est calme et silencieux.

Il observe le chien que lui ont donné Ruth et Werner et se rend petit à petit compte que la réalité est en train de se transformer en cauchemar. Il s'agenouille devant l'animal.

– Qu'est-ce qui se passe ? dit-il en lui caressant la tête. Montre-moi. Raconte-moi ce qui est arrivé.

Il déambule d'une pièce à l'autre en tenant le fusil armé dans la main. Sture le suit tranquillement. Le sentiment que quelqu'un s'est introduit chez lui pendant son absence persiste, bien qu'il n'en voie aucune trace. Pourtant il en est certain.

Il fait sortir le chien avec les autres bergers allemands.

– Soyez vigilants, dit-il.

Il passe la nuit sur une chaise, le fusil à côté de lui. La haine envers les Blancs semble sans limites mais Hans Olofson commence tout juste à prendre conscience de son ampleur. Rien ne dit qu'il sera épargné. Il est là dans la nuit avec son arme, c'est le prix qu'il doit payer pour la vie confortable qu'il mène en Afrique.

À l'aube, il s'assoupit. Les rêves l'emportent vers le passé. Il se voit : un petit bonhomme qui avance péniblement dans la neige profonde avec des chaussures trop grandes aux pieds. Quelque part, il devine le visage de Janine et la *Célestine* sous son globe...

Soudain, on frappe à la porte. Il se réveille en sursaut, arme son fusil et va ouvrir. C'est Luka. Dans une rage irraisonnée, il enfonce le canon froid du fusil dans sa poitrine.

– Tu as intérêt à me donner la meilleure explication possible, rugit-il. Et tout de suite. Sinon tu n'entreras plus jamais dans ma maison.

Ni sa crise de colère ni son arme ne semblent perturber l'homme noir qui se tient devant lui.

– Un serpent blanc s'est jeté sur moi, dit-il. Il a transpercé ma poitrine comme une flamme de feu. Pour ne pas mourir, il a fallu que je me rende chez un *kashinakashi*. Il habite loin d'ici et il est difficile à trouver. J'ai marché pendant un jour et une nuit sans interruption. Il m'a accueilli et il m'a libéré du serpent blanc. Je suis revenu aussitôt, *bwana*.

– Tu mens, sale nègre, dit Hans Olofson. Un serpent blanc ? Ça n'existe pas. Il n'existe pas de serpents qui transpercent la poitrine des gens. Ta superstition ne m'intéresse pas, je veux connaître la vérité.

– Je dis la vérité, *bwana*. Un serpent blanc a bien transpercé ma cage thoracique.

Hors de lui, Hans Olofson le frappe avec le fusil. Le sang coule de la joue de Luka mais sa dignité n'a pas été atteinte.

– On est en 1987, tu es adulte, tu as vécu toute ta vie auprès des *mzunguz*. Tu sais parfaitement que votre superstition vient de votre retard culturel et que ce ne sont que des idées anciennes, mais vous êtes trop faibles pour vous en débarrasser. Les Blancs doivent vous aider aussi pour ça. Si on n'était pas ici, votre imaginaire vous pousserait à vous autodétruire.

– Notre président est un homme cultivé, *bwana*, dit Luka.

– Sans doute, admet Hans. Il a interdit la sorcellerie. Un sorcier peut être mis en prison.

– Notre président tient toujours un mouchoir blanc dans la main, *bwana*, poursuit Luka, imperturbable. Et c'est pour se rendre invulnérable, pour se protéger contre la sorcellerie. Il sait qu'il ne peut pas empêcher ce qui existe d'exister en l'interdisant.

Luka est intouchable, se dit Hans Olofson. Personne n'est aussi dangereux que lui, qui connaît mes habitudes.

– Tes frères ont assassiné mes amis, dit-il. Mais tu le sais déjà, bien sûr.

– Tout le monde le sait, *bwana*.

– C'étaient des gens bons, des gens travailleurs, des gens innocents.

– Personne n'est innocent, *bwana*, réplique Luka. C'est un événement triste, mais des événements tristes se produisent parfois.

– Qui les a tués ? Si tu sais quelque chose, dis-le-moi.

– Personne ne sait rien, *bwana*, affirme Luka calmement.

– Je crois que tu mens. Tu sais toujours ce qui se passe, parfois même avant que ça ne se produise. Et tout d'un coup, tu ne sais plus rien. À moins que ce ne soit un serpent blanc qui les a tués et qui leur a coupé la tête ?

– Peut-être, *bwana*.

– Ça fait bientôt vingt ans que tu travailles chez moi. Je t'ai toujours bien traité, bien payé, je t'ai donné des vêtements, un poste de radio, tout ce que tu m'as demandé, même ce que tu ne m'as pas demandé. Pourtant je n'ai pas confiance en toi. Qu'est-ce qui t'empêcherait de planter une *panga* dans ma tête au lieu de me servir le café ? Vous égorgez vos bienfaiteurs, vous parlez de serpents blancs et vous allez voir des sorciers. À ton avis, que se passerait-il si tous les Blancs quittaient le pays ? Qu'est-ce que vous mangeriez ?

– On le déciderait le moment venu, *bwana*.

Hans Olofson baisse son fusil.

– Je répète, qui a tué Ruth et Werner Masterton ?

– Seul celui qui l'a fait le sait, *bwana*. Personne d'autre.

– Tu dois quand même avoir une idée, insiste Hans. Qu'est-ce qui se passe dans ta tête ?

– L'époque est tourmentée, *bwana*. Les gens n'ont pas de quoi se nourrir. Nos camions qui transportent les œufs se font attaquer. Les gens affamés sont dangereux tant qu'ils ont encore des forces. Ils voient où il y a de la nourriture, ils entendent parler des repas des Blancs et ils ont faim.

– Mais pourquoi justement Ruth et Werner ? Pourquoi eux ?

– Tout commence toujours quelque part, *bwana*. On part toujours d'un endroit.

Il a raison, bien entendu, admet Hans Olofson. Une décision sanglante est prise dans la nuit, un doigt indique un endroit au hasard et la fatalité a voulu que ce soit la maison des Masterton. La prochaine fois, ce doigt peut très bien être dirigé sur moi.

– Il y a une chose que tu dois savoir, dit-il à Luka. Je n'ai jamais tué personne mais je n'hésiterai pas à le faire, même si c'est toi.

– Je m'en souviendrai, *bwana*.

Une voiture s'approche lentement sur la route boueuse qui mène aux poulaillers. Hans Olofson reconnaît la Peugeot rouillée de Peter Motombwane.

– Du café et du thé, commande Hans à Luka. Peter Motombwane n'aime pas le café.

Ils s'installent sur la terrasse.

– Tu m'attendais, je suppose, dit Peter Motombwane en remuant son thé.

– En fait, non. Pour l'instant j'attends tout et rien.

– Tu oublies que je suis journaliste et que tu es maintenant une personne importante. Tu es le premier à avoir vu ce qui s'est passé.

Soudain, Hans fond en larmes. Un sentiment de chagrin et de crainte le submerge brutalement. Le regard rivé sur les dalles fissurées, Peter Motombwane attend, tête baissée.

– Je suis fatigué, explique Hans Olofson, après s'être ressaisi. J'ai vu les cadavres de mes amis. C'étaient les premières personnes que j'ai rencontrées en arrivant en Afrique. J'ai vu leurs corps mutilés. Un crime totalement incompréhensible.

– Peut-être pas, dit Peter Motombwane.

– Je te donnerai tous les détails. Je veux bien te donner autant de sang que tes lecteurs sont capables d'en recevoir, à condition que tu m'expliques d'abord ce qui s'est passé.

– Je ne suis pas de la police, réplique Peter Motombwane en ouvrant les bras dans un geste de regret.

– Tu es africain. Tu es intelligent et cultivé, tu ne crois plus à la superstition et tu es journaliste, si quelqu'un peut me fournir une explication c'est bien toi.

– Ce que tu viens de dire est en grande partie vrai, mais tu as tort quand tu affirmes que je ne suis pas superstitieux. Je le suis. Ma raison me détourne de la superstition mais elle est enfouie en moi. On peut s'installer dans un pays étranger, comme toi, on peut y gagner sa vie et donner une forme à son existence, mais on ne pourra jamais se défaire entièrement de ses origines. Il en restera toujours quelque chose. Et c'est plus qu'un souvenir, c'est un rappel de qui on est. Je ne vénère pas les dieux en bois, quand je suis malade je vais voir des médecins en blouse blanche. Mais cela ne m'empêche pas d'écouter aussi la voix de mes ancêtres. J'entoure mon poignet de bandes noires pour me protéger quand je monte dans un avion.

– Pourquoi Werner et Ruth ? Pourquoi ce bain de sang insensé ?

– Ta réflexion n'est pas correcte, objecte Peter Motombwane. Tu pars dans un mauvais sens parce que ton point de départ n'est pas bon. Ton cerveau blanc t'induit en erreur. Pour comprendre, il faudrait que tu aies des réflexions noires. Et je ne pense pas que tu puisses en avoir. De la même manière que je ne peux pas formuler des idées blanches. Tu demandes pourquoi c'est justement Werner et Ruth qui ont été assassinés. Tu pourrais aussi bien te demander pourquoi pas eux. Tu parles d'un assassinat insensé. Je ne suis pas certain que ce soit le cas. La tête coupée empêche la personne de revenir, les mains coupées empêchent la personne de se venger. Ils ont sans doute été tués par des Africains mais certainement pas de façon aussi absurde que tu le penses.

– Il s'agirait donc d'un banal assassinat ?

Peter Motombwane fait non de la tête.

– Si ça s'était passé il y a un an, c'est ce que j'aurais pensé, mais pas aujourd'hui. Pas compte tenu de l'inquiétude qui s'intensifie jour après jour dans notre pays. Des contre-pouvoirs politiques germent dans cette inquiétude. À mon avis, Werner et Ruth ont été victimes d'assassins qui voulaient planter leurs *pangas* dans la tête des leaders noirs. Il existe également des *mzunguz* noirs. C'est une erreur de penser que ce mot signifie « homme blanc », le vrai sens est « homme riche », mais comme la richesse est associée aux Blancs, le sens initial a été perdu. Il me semble important de rendre son vrai sens à ce mot.

– Tu peux me donner une explication ? insiste Hans Olofson. J'aimerais que tu me fasses un dessin, une sorte de carte politique de la manière dont ça a pu se passer.

– Avant tout, il faut que tu comprennes que ce que je fais est dangereux. Les hommes politiques de ce pays n'ont aucun scrupule. Ils protègent leurs intérêts en laissant leurs chiens vagabonder. Il existe un seul organe efficace ici, parfaitement organisé et toujours en action. C'est la police secrète du président. L'opposition est surveillée par un réseau de dénonciateurs. Dans chaque village, dans chaque entreprise il y a quelqu'un qui est attaché à cette police secrète. Dans ta ferme aussi. Il y a au minimum un homme qui, une fois par semaine, fait un rapport à un supérieur inconnu. C'est à ça que je fais allusion en disant que ma présence ici est dangereuse. Il se peut très bien que ce soit Luka qui fasse le rapport. Il faut à tout prix empêcher une opposition de se constituer. Les politiques qui règnent aujourd'hui veillent attentivement sur notre pays comme sur une proie. En Afrique, on peut facilement disparaître. Les journalistes trop critiques et qui n'écoutent pas les mises en garde disparaissent. Les rédacteurs sont désignés pour leur fidélité au parti et aux politiques, ce qui a pour résultat que leur journal ne parle pas des journalistes disparus. On peut difficilement s'exprimer plus clairement. Il y a dans ce pays un courant sous-jacent d'événements que les gens ignorent. Les rumeurs courent mais rien n'est confirmé. Les gens sont assassinés et on transforme leur mort en suicide. Des cadavres massacrés posés sur les rails de chemin de fer et aspergés d'alcool deviennent des accidentés en état d'ivresse. De prétendus voleurs tués lors d'une tentative de fuite peuvent très bien être des gens qui tentent d'infiltrer les syndicats dirigés par l'État. Les exemples sont innombrables. Mais l'inquiétude est là en permanence. Le mécontentement murmure dans le noir. Les gens s'étonnent qu'il n'y ait subitement plus de farine de maïs alors que les récoltes battent des records depuis plusieurs années. On raconte que des camions officiels chargés de farine de maïs passent les frontières la nuit. On peut se demander pourquoi les hôpitaux n'ont plus de vaccins ni de médicaments tandis que le pays reçoit tous les ans des dons pour des millions de dollars. J'ai entendu parler de quelqu'un qui a acheté un médicament au Zaïre sur lequel était écrit *Donation to Zambia*. Les rumeurs se propagent, le mécontentement grandit, mais tout le monde craint les dénonciateurs. L'opposition et les protestations sont obligées de biaiser. Il se peut que des gens désespérés qui ont des enfants affamés et qui ont compris la trahison des hommes politiques pensent que la seule possibilité d'atteindre les dirigeants est de le faire par des voies détournées. En assassinant des Blancs, ils déstabilisent le pays et créent un sentiment d'insécurité. Ils exécutent des Blancs pour mettre les dirigeants noirs en garde. La raison de l'assassinat de tes amis peut très bien être celle-là. Il va forcément se produire quelque chose dans ce pays. Dans peu de temps. Ça fait maintenant plus de vingt ans que nous sommes une nation indépendante, mais la situation des gens n'a pas été améliorée pour autant. Les quelques Noirs qui ont repris la direction derrière les leaders blancs ont amassé des fortunes colossales. Peut-être sommes-nous arrivés à un point de rupture ? Une révolte jusqu'à présent refoulée est peut-être imminente ? Je n'ai pas de certitude. Nous, les Africains, nous suivons nos intuitions. Nos réactions sont souvent spontanées et nous avons tendance à remplacer l'absence d'organisation par la violence. Si c'est ça qui s'est passé, on ne saura jamais qui a tué Ruth et Werner Masterton. Beaucoup de gens connaissent leurs noms mais les coupables seront protégés. Ils seront entourés d'un respect superstitieux et d'une crainte comme si c'étaient nos ancêtres qui étaient revenus à travers eux. Les guerriers d'autrefois reviendront. Il se peut que les policiers dégotent quelques voleurs insignifiants en déclarant que ce sont eux les assassins, et qu'ils les tuent lors d'une prétendue tentative de fuite. De faux comptes rendus d'interrogatoire et de faux aveux seront fabriqués. On finira bien par savoir si ce que je pense correspond à la réalité.

– Comment ?

– Quand la prochaine famille blanche sera assassinée, répond tranquillement Peter Motombwane.

Luka traverse la terrasse et se dirige vers les chiens avec des restes de viande.

– Il y aurait un délateur dans ma ferme ? dit Hans Olofson. Je me demande bien qui ça peut être.

– Si jamais tu le découvrais, quelqu'un d'autre serait immédiatement désigné. Personne ne peut refuser. Ils reçoivent une récompense pour ça. Et toi, tu finiras par poursuivre ta propre ombre. À ta place, je ferais autrement.

– Comment ça ?

– Surveille celui qui dirige en fait le travail à ta ferme. Il y a tant de choses que tu ne sais pas. Tu vis ici depuis bientôt vingt ans, mais tu ignores encore ce qui s'y passe réellement. Et ce n'est pas parce que tu y vivras vingt ans de plus que tu en sauras davantage. Tu penses avoir divisé le pouvoir et la responsabilité en désignant des contremaîtres, mais tu ignores que tu as un sorcier dans ta ferme, un magicien qui est le véritable chef. Un homme insignifiant qui ne montre jamais son influence. Toi, tu le vois comme un des nombreux ouvriers qui travaillent ici depuis longtemps, un de ceux qui ne posent jamais de problème. Mais les autres ouvriers le craignent.

– Qui est-ce ? demande Hans Olofson.

– Un de tes ouvriers qui ramassent les œufs. Eisenhower Mudenda.

– Je ne te crois pas. Eisenhower Mudenda est arrivé peu après le départ de Judith Fillington. Mais c'est vrai qu'il n'a jamais posé de problème. Il n'a jamais été absent pour avoir trop bu. Il n'a jamais rechigné à travailler plus quand j'avais besoin de lui. Quand je le croise, il s'incline jusqu'au sol. Son obséquiosité m'a même parfois agacé.

– Tu sais d'où il vient ?

– Non, je ne m'en souviens plus.

– En réalité tu ne sais rien de lui, mais ce que je viens de dire est vrai. À ta place, je le surveillerais de près. Montre-lui surtout que tu n'as pas peur malgré ce qui est arrivé à Ruth et Werner Masterton. Et ne lui fais jamais comprendre que tu sais qu'il est sorcier.

– Toi et moi on se connaît depuis longtemps et c'est seulement maintenant que tu me racontes ce que tu sais depuis des années, fait remarquer Hans Olofson.

– C'est seulement maintenant qu'il est important que tu le saches. Je suis aussi un homme prudent. Je suis africain et je sais ce qui pourrait m'arriver si j'étais imprudent. Si j'oubliais que je suis africain.

– Que t'arriverait-il si Eisenhower Mudenda apprenait ce que tu viens de me dire ?

– Je serais sûrement tué, empoisonné, frappé de sorcellerie.

– La sorcellerie n'existe pas.

– Je suis africain.

Luka passe, le silence se réinstalle.

– Pour Luka, notre silence est parlant, explique Peter Motombwane. Ça fait maintenant deux fois qu'il passe et les deux fois nous nous sommes tus. Il a compris qu'il ne doit pas entendre notre conversation.

– Tu as peur ?

– Pour l'instant, c'est raisonnable d'avoir peur.

– Et en ce qui concerne l'avenir ? Des amis proches ont été tués. La prochaine fois, ma maison peut très bien être désignée. Tu es africain, tu es radical. Même si je ne crois pas que tu puisses couper la tête des gens, tu fais partie de l'opposition dans ce pays. Qu'est-ce que tu espères pour l'avenir ?

– Tu as tort, encore une fois. Encore une fois tu tires une mauvaise conclusion, une conclusion de Blanc. Dans certaines circonstances je pourrais très bien lever une *panga* sur la tête d'un homme blanc.

– Sur la mienne aussi ?

– C'est peut-être là que se trouve ma limite, dit doucement Peter Motombwane. Je préférerais demander à un ami de te couper la tête plutôt que de le faire moi-même.

– Cette situation ne peut exister qu'en Afrique. Deux amis qui prennent tranquillement le thé tout en envisageant la possibilité que l'un coupe la tête de l'autre.

– Le monde est ce qu'il est. Les oppositions sont plus grandes que jamais. Les nouveaux impérialistes sont les marchands d'armes internationaux, ceux qui passent d'une guerre à une autre en proposant leur artillerie. La colonisation des peuples pauvres est aujourd'hui plus que jamais d'actualité. Des milliards de dollars d'une soi-disant aide au développement affluent des pays riches, mais pour chaque dollar qui entre il y en a deux qui sortent. Nous vivons au beau milieu d'une catastrophe, dans un monde en feu. Des relations amicales peuvent encore exister, mais souvent on ne se rend pas compte que notre terre commune est déjà minée. Nous sommes amis, mais nous cachons tous les deux une *panga* derrière notre dos.

– Mais tu espères forcément quelque chose, l'incite Hans Olofson. Tu dois rêver de quelque chose. En fait, si j'ai bien compris ce que tu me dis, ton rêve peut très bien être mon cauchemar.

Peter Motombwane acquiesce.

– Tu es mon ami, dit-il. Du moins pour l'instant. Mais il est évident que mon souhait est que tous les Blancs quittent le pays. Je ne suis pas raciste, je ne parle pas de la couleur de la peau. Je vois la violence comme une nécessité, un prolongement de la douleur de mon peuple. Il n'y a pas d'autre issue. En Afrique, les révolutions sont la plupart du temps d'épouvantables bains de sang. Le combat politique est toujours assombri par notre passé et par nos traditions. Si notre désespoir est suffisamment grand, nous pouvons nous unir contre un ennemi commun pour, juste après, diriger nos armes contre nos frères, s'ils n'appartiennent pas à la même tribu que nous. L'Afrique est un animal blessé. Dans nos corps sont enfoncées des lances envoyées par nos propres frères. Et pourtant il faut que je croie en un avenir possible, en une nouvelle ère, en une Afrique qui ne sera plus dominée par des tyrans qui imitent les oppresseurs européens. Mon inquiétude et mon rêve coïncident avec l'anxiété que tu sens actuellement dans notre pays. Il faut que tu comprennes que cette anxiété est en fait l'expression d'un rêve. Mais comment rétablir un rêve qui a été chassé à coups de fouet par la police secrète ? Par les leaders qui gagnent des fortunes en volant les vaccins destinés à nos enfants ?

– Donne-moi un conseil, dit Hans Olofson. Je ne suis pas sûr de le suivre, mais je tiens à l'entendre.

Peter Motombwane tourne son regard vers le jardin.

– Pars, dit-il. Pars tant qu'il est encore temps. Je me trompe peut-être. De nombreuses années s'écouleront peut-être avant que le soleil des *mzunguz* ne se couche. Mais si tu es encore dans notre pays ce jour-là, il sera trop tard.

Hans raccompagne son ami à sa voiture.

– Et pour les détails sanglants ? dit-il.

– Je les ai, répond Peter Motombwane. Je les imagine.

– Reviens me voir.

– Si je ne revenais pas, les ouvriers de ta ferme se poseraient des questions. Et je ne veux pas qu'ils s'en posent. Surtout par les temps qui courent.

– Que va-t-il se passer ?

– Tout peut se passer dans un monde en feu, répond Peter Motombwane.

La voiture quitte la ferme avec son moteur toussotant et ses amortisseurs fatigués. Hans se retourne et voit Luka sur la terrasse qui suit la voiture des yeux.

Deux jours plus tard, Hans Olofson accompagne les cercueils de Ruth et de Werner Masterton à leur tombe qui se trouve à côté de celle de leur fille morte plusieurs années auparavant. Les porteurs – tous blancs – aux visages blêmes et fermés regardent les deux cercueils descendre dans la terre rouge. Les ouvriers noirs se tiennent à distance. Hans voit Robert, seul, immobile, inexpressif. La tension est tangible. Une rage commune anime les Blancs réunis pour dire adieu à Ruth et à Werner Masterton. Beaucoup portent des armes de façon visible. Hans se dit qu'il se trouve dans un cortège funèbre qui à tout moment peut se transformer en une troupe armée.

La nuit de l'enterrement, la maison de Ruth et de Werner Masterton est incendiée. Le matin, il ne reste plus que les murs fumants. Le seul en qui ils avaient confiance, Robert le chauffeur, a soudain disparu. Mais les ouvriers restent là, visiblement en attente de quelque chose. Personne ne sait de quoi.

Hans Olofson érige des barricades autour de sa maison, il change de chambre toutes les nuits, il bloque les portes avec des tables et des armoires. Le jour, il dirige le travail comme d'habitude. Il surveille Eisenhower Mudenda du coin de l'œil et répond à ses salutations toujours aussi humbles.

Un camion de livraison se fait encore attaquer par des gens qui ont construit un barrage sur la route de Ndola. Des boutiques indiennes à Lusaka et à Livingstone sont pillées et incendiées.

Plus personne ne se déplace après la tombée de la nuit pour rendre visite à un voisin. On ne voit plus de phares de voiture dans l'obscurité. Des pluies torrentielles s'abattent sur les maisons isolées. Tout le monde attend avec frayeur qu'une nouvelle cible soit pointée du doigt. De violents orages traversent Kalulushi. Hans Olofson reste éveillé la nuit, ses armes près du lit.

Un matin, peu après l'enterrement de Ruth et Werner, Hans Olofson ouvre la porte de la cuisine après encore une nuit sans sommeil. Il comprend immédiatement qu'il s'est passé quelque chose. Le visage digne et impénétrable de Luka a changé. Pour la première fois, Hans se rend compte que Luka aussi a peur.

– *Bwana*, dit-il. Il est arrivé quelque chose.

– Quoi donc ? s'exclame Hans Olofson en sentant l'angoisse monter en lui.

Avant que Luka n'ait eu le temps de répondre, il s'aperçoit qu'il y a un objet attaché au tronc d'un arbre des mangroves planté par Judith Fillington et son mari. Au début, il n'arrive pas à voir ce que c'est, puis il devine mais il refuse d'y croire. Le revolver dans la main, il se dirige lentement vers l'arbre.

La tête d'un de ses bergers allemands est accrochée au tronc avec du fil de fer barbelé. C'est celle de Sture, le chien que lui ont offert Ruth et Werner Masterton. La tête grimaçante est tournée vers lui, la langue a été coupée, les yeux sont grands ouverts.

L'angoisse s'empare de Hans Olofson. Le doigt a donc désigné la nouvelle cible. Ça explique la peur de Luka, qui comprend la signification. Je suis entouré de sauvages, se dit-il, désespéré. Leurs signes barbares sont incompréhensibles, je ne peux pas les atteindre.

Luka est assis sur les marches de la terrasse, tremblant de peur. La sueur brille sur sa peau noire.

– Je ne te demande pas qui a fait ça puisque je sais d'avance que tu me diras que tu ne le sais pas. Et à en juger par ta peur, ça ne doit pas être toi. Mais je veux que tu m'expliques la signification de tout ça. Pourquoi on a coupé la tête de mon chien et pourquoi on l'a attachée à l'arbre. Pour quelle raison on a tranché la langue d'un chien déjà mort qui ne peut plus aboyer. L'auteur de cet acte veut me faire comprendre quelque chose. À moins qu'il ne cherche uniquement à m'effrayer ?

La réponse de Luka arrive lentement, comme si chaque mot était une mine prête à exploser :

– Ce chien était un cadeau fait par des gens qui sont morts, *bwana*. À présent, le chien aussi est mort. Seul son propriétaire est en vie. Les *mzunguz* ont des bergers allemands pour se protéger parce que les Africains craignent les chiens. Celui qui tue un chien montre qu'il n'a pas peur. Un chien mort ne peut pas protéger un *mzungu*. Une langue tranchée empêche le chien mort d'aboyer…

– Ceux qui ont fait le cadeau sont morts, dit Hans Olofson. Le cadeau a eu la tête coupée. Il ne reste plus que celui qui l'a reçu. Le dernier chaînon de cette chaîne est toujours en vie, mais il est sans défense. C'est ça que tu cherches à m'expliquer ?

– Les léopards chassent à l'aube, murmure Luka, les yeux écarquillés par une connaissance qu'il porte en lui.

– Ce ne sont pas des léopards qui ont fait ça, mais des gens comme toi, des Noirs. Aucun *mzungu* n'attacherait une tête sur le tronc d'un arbre.

– Les léopards chassent, répète Luka.

Hans Olofson voit que sa peur est réelle. Une idée le frappe soudain.

– Les léopards, reprend-il doucement. Des gens transformés en léopards ? Qui se sont mis des peaux de léopards sur les épaules ? Pour se rendre invulnérables ? C'étaient peut-être des gens avec une peau de léopard qui se sont rendus la nuit chez Ruth et Werner Masterton ?

Ses questions augmentent visiblement la peur de Luka.

– Les léopards voient sans être vus, poursuit Hans. Ils sont peut-être également capables d'entendre à distance. Et ils savent peut-être lire sur les lèvres des gens. Mais à travers les murs en pierre ils ne peuvent ni voir ni entendre.

Il se lève, Luka le suit. Nous n'avons jamais été si proches l'un de l'autre, se dit Hans Olofson. À présent, nous partageons le poids de la peur. Luka sent la menace aussi fort que moi. Peut-être parce qu'il travaille pour un Blanc, parce qu'il a la confiance d'un Blanc et qu'il jouit de beaucoup d'avantages ? Un Noir qui travaille pour un *mzungu* est peut-être considéré comme peu fiable dans ce pays ?

Luka s'assied au bord d'une chaise dans la cuisine.

– Les mots se promènent dans la nuit, *bwana*, dit-il. Des mots difficiles à comprendre. Mais ils sont là et ils reviennent. Quelqu'un les prononce, mais on ne sait pas à qui appartient la voix.

– Que disent les mots ?

– Ils parlent de léopards inhabituels. De léopards qui chassent en meute. Le léopard est un chasseur solitaire, dangereux dans sa solitude. Les léopards en meute sont doublement dangereux.

– Le léopard est un prédateur, fait remarquer Hans Olofson. Il cherche des proies.

– Les mots parlent de gens qui se réunissent dans le noir. De gens qui se transforment en léopards et qui veulent chasser tous les *mzunguz* hors du pays.

Hans se rappelle ce que lui a expliqué Peter Motombwane.

– *Mzunguz*, hommes riches, dit-il. Il y a aussi des Noirs qui sont riches.

– Les Blancs sont plus riches.

Il reste encore une question à poser même s'il connaît déjà la réponse.

– Est-ce que je suis un homme riche ?

– Oui, *bwana*. Un homme très riche.

Et pourtant je vais rester, pense rapidement Hans Olofson. Si j'avais eu une famille, je l'aurais fait rapatrier. Mais je suis seul. Je dois rester, ou alors je renonce à tout.

Il enfile une paire de gants, détache la tête du chien que Luka enterre au bord du fleuve.

– Où est le corps ?

– Je ne sais pas, *bwana*. À un endroit où nous ne pouvons pas le voir.

La nuit, Hans Olofson veille, assis sur une chaise derrière la porte barricadée. Son fusil armé sur les genoux. Des monceaux de munitions attendent à différents endroits dans la maison. Il se dit que l'ultime combat aura lieu dans la pièce où il a trouvé la collection de squelettes.

Le jour, il se rend dans les différentes fermes alentour pour faire part du récit confus de Luka concernant la meute de léopards. Ses voisins lui fournissent d'autres morceaux du puzzle, même si aucun d'eux n'a reçu d'avertissement.

Avant la décolonisation, dans les années 1950, il existait un mouvement appelé « le Mouvement des léopards » dans certaines parties du Copperbelt. C'était un mouvement clandestin qui mélangeait la politique et la religion et qui menaçait de prendre les armes si la fédération n'était pas dissoute et la Zambie autonome. Mais personne n'a jamais entendu dire que le Mouvement des léopards avait eu recours à la violence.

Les fermiers qui ont vécu longtemps dans le pays apprennent à Hans Olofson que rien ne meurt ni ne disparaît ici. Qu'un mouvement politique et religieux ressurgisse au bout d'un long silence n'a rien d'inhabituel. Cela ne fait que donner plus de crédibilité à ce que lui a dit Luka.

Quelques bénévoles se proposent de lui donner un coup de main pour défendre sa maison, mais il décline leur offre.

Le soir, il se barricade et prend son dîner seul après avoir renvoyé Luka.

Et il attend. La fatigue le ronge. La peur creuse des trous profonds dans son âme. Et pourtant il est fermement décidé à rester. Il pense à Joyce et à ses filles. Aux gens qui vivent en dehors des mouvements clandestins, à ceux qui doivent tous les jours lutter pour leur survie.

Les pluies sont violentes. Elles tambourinent contre sa toiture en tôle au cours de ses longues nuits solitaires.

Un matin, un homme blanc qu'il n'a encore jamais vu se présente chez lui. À sa surprise, il parle suédois.

– On m'avait prévenu, dit l'homme en riant. Je

sais que tu es suédois et aussi que tu t'appelles Hans Olofson.

Son nom est Lars Håkansson et il a été envoyé par l'ASDI[1] pour surveiller l'élargissement du réseau des relais de télécommunications financé par la Suède. S'il vient lui rendre visite, ce n'est pas seulement pour saluer un compatriote mais aussi parce que sur les domaines de Hans Olofson il y a une colline qui se prêterait à l'installation d'une antenne-relais. Une tour en acier surmontée d'un réflecteur. Avec un grillage et un chemin pour y accéder. Le tout sur une surface de quatre cents mètres carrés.

– Il y aura une compensation financière, bien entendu, si tu acceptes de mettre une partie de tes terres à notre disposition, dit Lars Håkansson. On pourra certainement s'arranger pour que tu sois payé en devises solides, en dollars, en livres ou en Deutsche Mark.

Hans Olofson ne voit aucune raison de refuser.

– Télécommunications, dit-il. Lignes téléphoniques ou télévision ?

– Les deux. Les réflecteurs émettent et captent les ondes de l'éther. Les signaux de télévision sont captés par les récepteurs, les impulsions téléphoniques sont envoyées à un satellite qui se trouve au-dessus du méridien zéro et qui, à son tour, transmet les signaux à chaque téléphone dans le monde entier. L'Afrique sera ainsi intégrée dans un ensemble.

Hans Olofson lui propose du café.

– Tu vis bien, ici, constate Lars Håkansson.

– Le pays est agité. Je ne suis plus très sûr qu'on vive bien ici.

---

1. Agence suédoise de coopération internationale au développement. *(Toutes les notes sont des traductrices.)*

– Ça fait dix ans que je suis en mission. J'ai implanté des relais en Guinée-Bissau, au Kenya et en Tanzanie. Il y a de l'agitation partout. Moi qui suis là pour apporter l'aide de mon pays, je m'en aperçois à peine. On me vénère parce que je sème des millions autour de moi. Les hommes politiques s'inclinent, les militaires et les policiers font le salut sur mon passage.

– Les militaires et les policiers ? s'étonne Hans Olofson.

Lars Håkansson hausse les épaules en faisant une grimace.

– Des relais et des réflecteurs, dit-il. Grâce à ces nouvelles technologies, toutes sortes de messages peuvent être envoyés. Ça permet à la police et à l'armée de mieux contrôler ce qui se passe dans les parties éloignées du pays. Lors d'une crise, les hommes qui détiennent le pouvoir peuvent très bien isoler une partie turbulente. Le parlement suédois interdit à ses coopérants de se mêler à tout ce qui n'est pas d'ordre civil. Mais qui peut vérifier l'utilisation de ces relais ? Les politiciens suédois n'ont jamais rien compris aux réalités du monde. En revanche, les hommes d'affaires suédois, eux, ont très bien compris. C'est pour cette raison que les hommes d'affaires ne deviennent jamais des hommes politiques.

Lars Håkansson est exubérant et décidé. Hans Olofson lui envie son assurance.

Moi je suis là avec mes œufs et mes ongles sales, se dit-il.

Il observe les mains soignées et la veste kaki bien coupée de Lars Håkansson. Il imagine que ce quinquagénaire est un homme heureux.

– Je vais rester ici deux ans, continue Håkansson. Je suis basé à Lusaka, où j'ai une très belle maison dans Independence Avenue. C'est assez rassurant d'habiter un endroit d'où tu vois presque quotidiennement le président passer avec son convoi. Un jour ou l'autre, je serai sans doute invité à la State House pour lui présenter ce merveilleux cadeau suédois. Être suédois en Afrique est aujourd'hui bien plus confortable qu'être suédois en Suède. Notre aide bienveillante nous ouvre les portes des palais.

Hans Olofson lui raconte quelques morceaux choisis de sa vie africaine.

– Fais-moi visiter ta ferme, demande Lars Håkansson. J'ai lu quelque chose dans les journaux sur un assassinat qui a dû avoir lieu par ici. C'est à proximité ?

– Non. C'est assez loin.

– Les fermiers peuvent très bien se faire assassiner aussi dans le Småland, fait remarquer Håkansson.

Ils montent dans sa land-cruiser flambant neuve et ils font le tour de la ferme. Hans Olofson fait visiter son école et un des poulaillers.

– Comme un maître de forges dans le temps, commente Lars Håkansson. Tu couches avec les filles avant qu'elles soient autorisées à se marier ? À moins que ça ne se fasse plus, maintenant que l'Afrique a attrapé le sida ?

– Je n'ai jamais fait une chose pareille ! s'indigne Hans Olofson.

Les deux filles aînées de Joyce Lufuma leur font un signe de la main devant leur maison. L'une a seize ans, l'autre quinze.

– C'est une famille dont je m'occupe particulièrement, signale Hans Olofson. J'aurais voulu pouvoir envoyer ces deux filles en formation à Lusaka, mais je ne sais pas très bien comment faire.

– Où est le problème ?

– Le problème est partout. Elles ont grandi dans

une ferme isolée, leur père est mort dans un accident, elles ne sont jamais allées jusqu'à Chingola ou à Kitwe. Comment veux-tu qu'elles s'adaptent dans une ville comme Lusaka ? Elles n'y ont pas de famille, j'ai vérifié. Et les filles sont vulnérables, surtout s'il n'y a personne à proximité pour les protéger. Le mieux aurait été d'y envoyer toute la famille, la mère et les quatre enfants. Mais Joyce Lufuma ne veut pas.

– Une formation pour quel métier ? L'enseignement ? La santé ?

– Elles aimeraient être infirmières. Le pays a besoin d'infirmières et elles sont toutes les deux des passionnées. À mon avis, elles seraient parfaites pour ce métier.

– Rien n'est impossible pour un expert en aide au développement, dit Lars Håkansson. Je peux arranger ça, si tu veux. Ma maison possède deux logements pour le personnel, seul un des deux est occupé. Si tu veux, elles peuvent disposer de l'autre et je me charge de veiller sur elles.

– Je ne peux pas accepter ça.

– Dans le monde de l'aide au développement, nous parlons de *mutual benefit*. Tu cèdes ta colline à l'ASDI et à la Zambie, en contrepartie j'offre un logement à deux jeunes filles assoiffées de connaissances. Cela contribuerait aussi au développement de la Zambie. Tu peux être rassuré, j'ai moi-même deux filles, elles sont plus âgées mais je me souviens très bien comment elles étaient à leur âge. J'appartiens à une génération d'hommes qui veillent sur leurs filles.

– J'assurerais les frais, bien entendu, dit Hans Olofson.

– J'en suis persuadé.

Encore une fois, Hans Olofson ne voit aucune raison de refuser la proposition de Lars Håkansson.

264

Mais au fond de lui se manifeste une vague inquiétude qu'il ne s'explique pas. Peut-être parce qu'il n'y a pas de solutions faciles en Afrique. L'efficacité suédoise semble contre nature ici. Mais l'homme est convaincant, sa proposition est idéale.

Ils reviennent au point de départ. Lars Håkansson doit repartir afin de se rendre dans un autre lieu envisageable pour l'installation d'une antenne-relais.

– Ça risque d'être plus difficile, dit-il. Je serai obligé de négocier avec tout un village et avec leur chef. Ça va demander du temps. La coopération serait facile si on n'avait pas affaire aux Africains. Réfléchis à ma proposition, poursuit-il. Je reviendrai à Kalulushi dans une semaine. Les filles seront les bienvenues.

– Je te suis reconnaissant, répond Hans Olofson.

– C'est un sentiment tout à fait inutile, affirme Lars Håkansson. Quand je résous des problèmes pratiques, j'ai la sensation qu'il est possible d'intervenir dans la vie et d'influencer son cours. Dans le temps, je grimpais aux poteaux avec des crampons aux pieds. Je réparais des lignes téléphoniques pour permettre à des voix de s'unir. C'était à une époque où la Zambie fournissait les télécommunications du monde entier en cuivre. Puis j'ai continué ma formation et je suis devenu ingénieur, j'ai divorcé et j'ai quitté mon pays. Mais que je sois ici ou que je grimpe aux poteaux, mon rôle est de résoudre des problèmes pratiques. La vie est ce qu'elle est.

Hans Olofson éprouve une grande joie d'avoir fait la connaissance de Lars Håkansson. Il a souvent rencontré des Suédois au cours de ses années africaines, surtout des techniciens employés par de grandes entreprises internationales, mais il n'y a jamais eu de suite. Sa rencontre avec Håkansson se révélera peut-être importante.

265

– Tu peux toujours habiter chez moi quand tu viendras dans le Copperbelt, propose Hans Olofson. J'ai de la place et je vis seul.

– Je me souviendrai de ta proposition.

Ils se serrent la main et Lars Håkansson monte dans sa voiture.

Hans Olofson a retrouvé son énergie. Il est prêt à combattre sa peur, il ne veut plus s'y soumettre. Il part faire un tour d'inspection. Il vérifie les clôtures, la réserve d'alimentation des poules et la qualité des œufs. Il étudie les cartes avec ses chauffeurs, à la recherche d'itinéraires différents pour éviter les attaques. Il regarde les comptes rendus des contremaîtres, les listes de présence, il distribue des avertissements et vire un gardien de nuit qui s'est présenté saoul à son poste à plusieurs reprises.

Je connais mon métier, se rassure-t-il. Deux cents personnes travaillent à ma ferme. Mes œufs et mes poules sont importants pour plus de mille personnes. Je prends mes responsabilités, j'assure le bon fonctionnement de l'entreprise. Pourquoi est-ce que je me laisserais effrayer par l'assassinat insensé de Ruth et Werner Masterton et de mon chien ? Si je partais d'ici, mille personnes se retrouveraient dans la précarité, la pauvreté, peut-être la famine.

Les gens qui se déguisent en léopards ne savent pas ce qu'ils font. Au nom du mécontentement politique, ils poussent leurs frères au bord du précipice.

Il écarte les comptes rendus poussiéreux, pose ses pieds sur un tas de boîtes à œufs et laisse son esprit vagabonder autour d'une idée qui lui est venue soudainement.

Je vais riposter. Même s'il y a des Africains qui ne craignent plus les bergers allemands, ils ont du respect pour les gens qui font preuve de courage. Le sort de Werner Masterton vient peut-être de son ramollissement ? Il était devenu faible et docile, un vieillard surtout préoccupé par ses difficultés à uriner.

Une idée raciste surgit dans sa tête. L'instinct de l'Africain est celui de la hyène, se dit-il. Traiter quelqu'un de « hyène » en Suède équivaut à l'insulter, à le qualifier de parasite, de personne méprisable. En revanche, en Afrique, la manière dont chasse la hyène est normale. Une proie abattue ou perdue par d'autres est immédiatement convoitée. On se jette sur un animal blessé et sans défense. Au bout de toutes ces années en Afrique, Werner Masterton avait peut-être commencé à se comporter comme quelqu'un de fragile et de blessé. Les Noirs s'en sont rendu compte et ils l'ont attaqué. Ruth n'a pas pu opposer de résistance.

Il repense à sa conversation avec Peter Motombwane. Il prend sa décision. Il appelle un des employés de bureau qui attendent devant le hangar.

– Allez me chercher Eisenhower Mudenda, ordonne-t-il. Vite.

L'homme hésite.

– Qu'est-ce que tu attends ? Eisenhower Mudenda ! *Sanksako !* Je t'enverrai un coup de pied dans *mataku* s'il n'est pas là dans les cinq minutes !

Quelques minutes plus tard, Eisenhower Mudenda entre dans la pénombre du hangar. Sa respiration est rapide. Hans Olofson en déduit qu'il a couru.

– Assieds-toi, dit-il en lui indiquant une chaise. Mais essuie-toi d'abord. Je ne veux pas de merde de poule sur ma chaise.

Eisenhower Mudenda s'essuie rapidement et s'assied au bord de la chaise. Son déguisement est parfait, constate Hans Olofson. Un vieil homme insignifiant.

Mais aucun des Africains de cette ferme ne s'opposerait à lui. Même Peter Motombwane le craint.

L'espace d'un instant, il hésite. Le risque est trop grand. Si j'organise la contre-attaque que j'avais prévue, ça peut très mal se terminer. Et pourtant, c'est indispensable. Ma décision est prise.

– Quelqu'un a tué un de mes chiens, commence-t-il. J'ai trouvé sa tête attachée à un arbre. Mais tu le sais sans doute déjà.

– Oui, *bwana*, répond Eisenhower Mudenda.

Son absence d'expression est très explicite, se dit Hans Olofson.

– Parlons ouvertement, Eisenhower. Tu es ici depuis de nombreuses années. Tu t'es rendu à ton poulailler des milliers de jours, une quantité infinie d'œufs est passée entre tes mains. Je sais, bien évidemment, que tu es un sorcier, un homme qui sait faire *muloji*. Tous les Noirs ont peur de toi, personne n'oserait te contredire. Mais je suis un *bwana*, un *mzungu* que ton *muloji* ne peut pas atteindre. J'ai l'intention de te demander une chose, Eisenhower. C'est un ordre, comme lorsque je te demande de travailler un jour où tu devrais être de repos. Quelqu'un de cette ferme a tué mon chien. Je veux savoir qui. Tu le sais peut-être déjà. Mais moi aussi je veux le savoir. Si tu ne me le dis pas, j'en déduirai que c'est toi. Et dans ce cas tu seras renvoyé. Même ton *muloji* ne pourra l'empêcher. Tu seras obligé de quitter ta maison et tu n'auras plus le droit de te montrer ici de nouveau. Si jamais tu revenais quand même, je préviendrais la police.

J'aurais dû lui parler dehors, au soleil, se dit Hans Olofson. Ici, je ne vois pas son visage.

– Je peux donner à *bwana* sa réponse dès maintenant, répond Eisenhower Mudenda.

Hans perçoit une dureté dans sa voix.

– Tant mieux. Je t'écoute.

– Personne de cette ferme n'a tué de chien, *bwana*. Des gens sont venus dans la nuit, puis ils ont disparu. Je sais qui ils sont mais je ne peux rien dire.

– Pourquoi ?

– Mes connaissances me viennent comme des visions, *bwana*. On ne peut pas toujours dévoiler ses visions. Une vision peut se transformer en un poison et tuer mon cerveau.

– Sers-toi de ton *muloji*. Trouve un antidote. Il faut que tu me racontes ta vision.

– Non, *bwana*.

– Alors tu es renvoyé. À partir de cet instant, ton emploi ici est terminé. Demain matin, dès l'aube, tu quitteras ta maison avec ta famille. Je vais te régler immédiatement ce que je te dois.

Il pose un paquet de billets sur la table.

– Je m'en vais, *bwana*, dit Mudenda. Mais je reviendrai.

– Non, à moins que tu ne veuilles que la police vienne te chercher.

– Les policiers sont noirs aussi, *bwana*.

Eisenhower Mudenda attrape les billets et sort dans le soleil aveuglant. Un bras de fer a été engagé entre la réalité et la superstition, se dit Hans Olofson. Il faut que je reste convaincu que la réalité est la plus forte.

Le soir, il se barricade dans sa maison et se met de nouveau à attendre. Il dort mal, sans cesse réveillé par la vision des corps mutilés de Werner et de Ruth.

Le matin, quand il fait entrer Luka, il est exténué. Des nuages noirs s'accumulent à l'horizon.

– Rien n'est comme ça devrait être, *bwana*, affirme Luka avec gravité.

– Comment ça ?

– La ferme est silencieuse, *bwana*.

Hans monte rapidement dans sa voiture et part vers les poulaillers. Les postes de travail sont abandonnés. Personne nulle part. Les œufs n'ont pas été ramassés, les mangeoires sont vides. Des cartons à œufs sont appuyés contre les roues des camions de livraison. Les clés sont sur le contact.

Un bras de fer, se dit-il. Entre le sorcier et moi. Furieux, il remonte dans sa voiture et fonce vers les cases où les hommes sont regroupés autour des feux. Les femmes et les enfants se devinent derrière les portes ouvertes des maisons. Ils m'attendent, pense-t-il. Il appelle quelques-uns des contremaîtres les plus âgés.

– Personne ne travaille, pourquoi ?

En guise de réponse il reçoit un silence compact, des regards indécis marqués par la peur.

– Si vous retournez à vos postes, je ne poserai aucune question. Personne ne sera licencié. Rien ne sera retiré de vos salaires. À condition que tout le monde reprenne le travail immédiatement.

– Nous ne pouvons pas, *bwana*, dit un des aînés.

– Pourquoi ?

– Eisenhower Mudenda n'est plus à la ferme, *bwana*, explique-t-il. Avant de partir, il nous a réunis pour nous dire que désormais chaque œuf qui éclôt est un œuf de serpent. Si nous touchons à ces œufs, les serpents planteront leurs crocs vénéneux en nous. La ferme sera bientôt envahie de serpents.

Hans Olofson réfléchit. Les mots ne suffisent pas. Il faut faire quelque chose de concret, quelque chose qu'ils pourront voir de leurs propres yeux.

Il remonte dans sa voiture, retourne aux poulaillers et ramasse un carton plein d'œufs. Puis il réunit les contremaîtres et, sans un mot, il casse les œufs, l'un après l'autre, et verse le contenu par terre. Les hommes reculent.

– Il n'y a pas de serpents, dit-il en continuant sa démonstration. Des œufs ordinaires. Qui voit un serpent ?

Les visages des contremaîtres sont fermés, inaccessibles.

– C'est quand *nous* attraperons les œufs qu'il y aura des serpents, *bwana*.

Hans Olofson tend un œuf vers eux mais personne n'ose l'attraper.

– Vous allez perdre vos emplois et vos maisons. Vous allez tout perdre.

– Nous ne le croyons pas, *bwana*.

– Vous avez bien entendu ce que je vous ai dit ?

– Les poules ont besoin de manger, *bwana*.

– Je trouverai d'autres ouvriers. Les gens font la queue pour travailler dans une ferme blanche.

– Pas quand ils entendront parler des serpents, *bwana*.

– Il n'y a pas de serpents ici.

– Nous pensons qu'il y en a, *bwana*. C'est pour ça que nous ne travaillons pas.

– Vous avez peur d'Eisenhower Mudenda. Vous avez peur de son *muloji*.

– Eisenhower Mudenda est un homme sage, *bwana*.

– Il n'est pas plus sage que vous.

– Nos ancêtres parlent à travers lui, *bwana*. Nous sommes africains, toi tu es un *bwana* blanc. Tu ne peux pas comprendre.

– Je vous licencie tous si vous ne retournez pas au travail.

– Nous le savons, *bwana*.

– J'irai chercher des ouvriers dans une autre partie du pays.

– Personne ne voudra travailler dans une ferme où les poules pondent des œufs de serpent, *bwana*.

– Puisque je vous dis qu'il n'y a pas d'œufs de serpent !

– Seul Eisenhower Mudenda sait enlever les serpents, *bwana*.

– Je l'ai licencié.

– Il attend de pouvoir revenir, *bwana*.

Je suis en train de perdre, constate Hans Olofson. L'homme blanc a toujours perdu en Afrique. Il n'y a aucune riposte possible contre la superstition.

– Faites venir Eisenhower Mudenda, dit-il avant de remonter dans sa voiture pour retourner à son hangar.

Soudain il voit la silhouette d'Eisenhower Mudenda se détacher dans l'encadrement de la porte.

– Je ne te propose pas de t'asseoir, dit Hans Olofson. Tu peux reprendre ton travail. Je devrais t'obliger à montrer aux ouvriers qu'il n'y a pas de serpents dans les œufs, mais je ne le ferai pas. Dis aux ouvriers que tu as levé ton *muloji*. Retourne au travail. C'est tout.

Eisenhower Mudenda ressort au soleil. Hans Olofson le suit.

– Il y a encore une chose que tu dois savoir, dit-il. Je ne me reconnais pas vaincu. Un jour, il n'y aura plus de *muloji*, les Noirs se retourneront contre toi, ils t'écraseront la tête avec des massues. Je n'ai pas l'intention de prendre ta défense.

– Ça n'arrivera pas, *bwana*.

– Les poules ne pondront jamais d'œufs de serpent. Que feras-tu quand quelqu'un demandera à voir les serpents ?

Le lendemain, un cobra mort est posé sur le siège avant de la voiture de Hans Olofson.

Des coquilles d'œuf sont éparpillées tout autour…

22

L'Afrique est encore loin.

Mais Hans Olofson est en route. Il se rend dans de nouveaux territoires hostiles. Il a quitté la maison au bord du fleuve, il a réussi son bac dans la capitale régionale et se trouve maintenant à Uppsala, où il est censé étudier le droit.

Pour financer ses études, il travaille trois après-midi par semaine à Stockholm, chez le marchand d'armes Johannes Wickberg. Le tir au pigeon d'argile lui est plus familier que le code civil. Il connaît bientôt mieux l'histoire des fusils de chasse italiens et l'utilisation des huiles lubrifiantes à basse température que le droit romain, qui est pourtant le point de départ de tout.

Il lui arrive d'avoir pour clients des chasseurs de grands fauves qui lui posent des questions autrement plus intéressantes que celles auxquelles il doit répondre à l'université.

Existe-t-il des lions noirs ? Non, pas à sa connaissance. Un jour, un certain Stone entre dans la boutique et prétend qu'il y a des lions noirs dans le lointain désert du Kalahari. Stone est venu de Durban pour rencontrer Wickberg. Or celui-ci se trouve à la douane, occupé à résoudre un problème d'importation de munitions des

États-Unis, si bien que Hans Olofson est seul pour servir les clients.

Stone s'appelle en réalité Stenberg et, même s'il vit à Durban depuis de nombreuses années, il a ses origines dans la petite ville suédoise de Tibro. Il passe une bonne heure dans le magasin et raconte entre autres comment il voit sa propre mort. Il souffre depuis plusieurs années d'une mystérieuse démangeaison aux jambes qui l'empêche de dormir. Il a consulté des médecins et des sorciers, sans résultat. En apprenant que la plupart de ses organes internes sont infestés de parasites, il comprend que ses jours sont comptés.

Au début des années 1920, il a voyagé dans les quatre coins du monde pour vendre des roulements à billes suédois. Il est finalement resté en Afrique du Sud, sidéré par les bruits de la nuit et les plaines interminables du Transvaal. Il a quitté les roulements à billes pour monter un bureau de chasse de grands fauves, *Hunters Unlimited*, et il a, par la même occasion, changé son nom en Stone. Il se rend en Suède une fois par an et continue à acheter ses armes chez Wickberg. Il va aussi à Tibro pour s'occuper de la tombe de ses parents. Voilà ce qu'il raconte à Hans Olofson, qui apprend ainsi qu'il existe des lions noirs...

La visite de Stone a lieu à la mi-avril de l'année 1969.

Cela fait neuf mois que Hans Olofson fait la navette entre Uppsala et Stockholm, entre ses études et son gagne-pain. Au bout de tout ce temps, il a encore l'impression de se trouver en territoire ennemi. Il est venu du Nord en tant qu'immigré clandestin et il sera un jour démasqué et renvoyé à ses origines.

En quittant la capitale régionale, Hans Olofson avait l'impression de s'éloigner enfin de sa période préhistorique. Derrière lui il a laissé des outils affûtés, les questions de ses enseignants suspendues comme des haches au-dessus de sa tête. Il avait la sensation que ses quatre années de lycée lui avaient été accordées par charité. L'odeur de chien du Nord était incrustée en lui. Les murs de sa chambre louée avec son papier à fleurs carnivores l'avaient rongé jusqu'aux os. Il avait peu d'amis dans cet espace vide. Pourtant il s'était obligé à rester et, à la surprise générale, surtout la sienne, il avait fini par obtenir son diplôme. Pour lui, ses notes ne reflétaient pas ses connaissances mais constituaient une preuve de sa ténacité.

C'est là qu'est née son idée de faire du droit. Il n'avait pas envie de devenir bûcheron, pourquoi ne pas être juriste ? Il pensait confusément que le droit lui fournirait des armes de survie. Les lois sont des règles, testées et interprétées depuis des générations. Elles montrent les limites de la décence, elles indiquent les chemins que peut emprunter celui qui tient à être irréprochable. Mais une autre raison s'y cachait peut-être : ces études lui permettraient de devenir le défenseur des *circonstances atténuantes*.

Ma vie mériterait qu'on m'accorde des circonstances atténuantes. Mes origines ne m'ont donné ni estime envers moi ni détermination. Je m'efforce d'évoluer dans différents territoires ennemis en toute discrétion, sans faire de vagues. Mais je me suis éloigné de mes origines. Pour quelle raison ? Pourquoi n'ai-je pas creusé la terre chez moi pour y enterrer mes racines ? J'aurais pu épouser une des dauphines de Miss Beauté.

Mon héritage se résume à un trois-mâts poussié-reux sous un globe en verre, à l'odeur de chaussettes mouillées suspendues au-dessus de la cuisinière, à une mère découragée qui a pris le train vers le sud, et à un marin paumé qui a réussi la performance d'échouer dans un endroit sans mer.

Être le défenseur des *circonstances atténuantes* me permettrait peut-être de rester à l'ombre. Moi, Hans Olofson, je possède un talent incontestable : l'art de repérer les cachettes les plus sûres…

L'été qui suit son baccalauréat dans la capitale régionale, il retourne à la maison au bord du fleuve. Personne ne l'attend à la gare, une odeur de propreté l'accueille dans la cuisine et son père est assis devant la table, le regarde vitreux.

Il s'aperçoit qu'ils se ressemblent de plus en plus, lui et son père, les mêmes traits, les mêmes cheveux hirsutes, le même dos courbé. Mais se ressemblent-ils autant à l'intérieur ? Si c'est le cas, où échouera-t-il ?

Pris d'un soudain sentiment de responsabilité, il veut s'occuper de son père qui, de toute évidence, boit de plus en plus. Il s'assied en face de lui et lui demande s'il n'a pas l'intention de quitter bientôt la maison. Où est passé le petit navire côtier ?

Il n'obtient pas de réponse. La tête de son père pend en avant comme si son cou s'était déjà brisé…

Une seule fois, Hans Olofson traverse le pont pour se rendre à la maison de Janine. C'est tard dans la nuit, une de ces nuits d'été claires du Nord. L'espace d'un instant, il lui semble entendre son trombone. Il s'éloigne de la maison et des groseilliers abandonnés pour ne jamais revenir. Il évite la tombe de Janine au cimetière.

Un jour il croise Nyman, le concierge du tribunal. Dans un élan irraisonné, il lui demande des nouvelles de son ami. Au bout de dix ans, Sture est toujours paralysé à l'hôpital de Västervik avec les malades incurables.

Hans Olofson erre nerveusement le long du fleuve.

Il se promène à la recherche d'un endroit où enfouir ses racines arrachées. Où les replanter ? En tout cas, pas à Uppsala où les rues sont pavées.

Début août, il peut enfin s'en aller, il éprouve un grand soulagement. Encore une fois, ce sont les circonstances qui le poussent en avant. S'il n'avait pas été dans la même classe que Ture Wickberg, on ne lui aurait jamais proposé de travailler à Stockholm, dans le magasin de son oncle, le marchand d'armes, ce qui lui permet de financer ses études.

Son père l'accompagne à la gare et ne cesse de surveiller les deux valises de son fils, ce qui énerve prodigieusement Hans Olofson. Qui aurait l'idée de les voler ?

Le train s'ébranle, Erik Olofson lève la main dans un geste maladroit pour lui dire au revoir. Son père remue les lèvres, mais il n'entend pas ce qu'il dit. Lorsque le train traverse bruyamment le pont, il ouvre la fenêtre et voit les poutres métalliques passer à toute vitesse. Il regarde l'eau du fleuve couler vers la mer. Il referme la fenêtre et la porte du compartiment pour rester seul dans la pénombre. Il s'est trouvé une cachette à l'abri des regards...

Mais le contrôleur du train ne semble pas prendre en considération l'aspect philosophique d'un compartiment fermé et sans lumière. Il ouvre la porte et pénètre par surprise dans le monde secret de Hans Olofson, qui lui tend son billet comme s'il demandait grâce. Le contrôleur valide le billet et l'informe du changement de train à l'aube...

Il n'y a pas de place pour les trouillards dans un monde blessé et déchiré.

Cette idée ne veut pas le lâcher, même après dix mois de navette entre Uppsala et Stockholm.

Il trouve une chambre à louer chez un homme passionné de champignons qui occupe un poste de maître de conférences en biologie. Sa nouvelle cachette sera donc une jolie chambre mansardée dans une belle maison ancienne entourée d'un jardin un peu sauvage. Hans Olofson pense que le maître de conférences s'y est organisé une jungle personnelle.

Le temps y règne en maître. Partout dans la maison il y a des horloges et des pendules. Hans Olofson écoute le tic-tac, le cliquetis, les soupirs de cet orchestre qui mesure le cours du temps et calibre l'insignifiance de la vie. Le sable coule dans des sabliers posés dans l'embrasure des fenêtres et qui sont régulièrement retournés par une mère vieillissante qui se promène à travers les pièces au rythme des tic-tac pour surveiller les pendules...

Un héritage, apprend-il. Le père du maître de conférences, un inventeur excentrique qui a fait fortune dans sa jeunesse grâce à des moissonneuses-batteuses sophistiquées, avait consacré sa vie à une collection d'appareils qui mesuraient le temps.

Les premiers mois, Hans Olofson a l'impression de ne rien comprendre et éprouve une profonde angoisse. Le droit est pour lui aussi incompréhensible qu'une écriture cunéiforme inconnue dont il ne disposerait pas du code. Il est en permanence prêt à abandonner, mais il persévère et finit, début novembre, par percer le mystère et saisir le sens caché derrière les mots obscurs.

En même temps, il décide de changer d'apparence. Il se laisse pousser la barbe et il se fait couper les cheveux en brosse. Il glisse quelques couronnes dans des photomatons pour pouvoir étudier calmement et minutieusement son visage sur les photos. Mais, derrière son nouveau masque, il voit encore les traits d'Erik Olofson…

Découragé, il imagine à quoi ressembleraient ses armoiries : un monceau de neige et un chien du Nord enchaîné sur un fond de forêts interminables. Il n'y échappera donc jamais…

Un jour où il est seul dans la Maison aux horloges, il décide d'explorer les secrets du maître de conférences et de sa mère, la gardienne du temps. Fouiner pourrait peut-être devenir ma mission, le but de ma vie, se dit-il. Sous l'aspect d'une taupe, je quitterais mes passages secrets pour aller fureter ailleurs.

Il ne trouve rien ni dans les secrétaires ni dans les armoires.

Il s'installe parmi les pendules et les horloges et, avec leur tic-tac dans les oreilles, il essaie de comprendre qui il est. Il est arrivé jusqu'ici en partant de la briqueterie et en passant par les arches du pont, mais après ?

Étudier le droit pour devenir le défenseur des *circonstances atténuantes* parce que je n'ai pas l'étoffe d'un bûcheron… ? Je ne suis ni placide ni impatient. Je suis né à une époque où tout se disloque. Je suis obligé de prendre des initiatives. Il faut que je décide de mener à bien ce que j'ai choisi. Je pourrais retrouver ma mère… Mon irrésolution est peut-être aussi une cachette et je risque de ne jamais en découvrir la sortie…

Le jour d'avril où le chasseur de grands fauves lui parle des lions noirs du Kalahari et de son problème de vers intestinaux, un télégramme l'attend dans la Maison aux horloges. C'est son père. Il lui apprend qu'il arrive à Stockholm le lendemain matin par le train.

Son sang ne fait qu'un tour. Pour quelle raison vient-il ? Hans croyait son père amarré pour l'éternité derrière les collines des sapins. Le télégramme ne dit rien sur la raison de sa visite.

Tôt le lendemain matin, Hans Olofson se rend donc à Stockholm pour attendre l'arrivée du train du Norrland. Il voit son père descendre discrètement d'un des derniers wagons. Dans sa main il tient la valise dont se servait Hans pour partir à la capitale régionale. Sous le bras, il porte un paquet enveloppé d'un papier marron.

– Tiens, tu es là ? s'étonne Erik Olofson en apercevant son fils. Je ne pensais pas que tu recevrais mon télégramme à temps.

– Qu'est-ce que tu aurais fait si je n'étais pas venu ? Et pourquoi tu es là ?

– C'est encore pour la Compagnie maritime de Vaxholm. Ils ont besoin de matelots.

Hans Olofson emmène son père dans une des cafétérias de la gare.

– Il y aurait moyen d'avoir une bière ici ? demande Erik Olofson.

– Non, pas de bière. Du café, si tu veux. Alors, raconte !

– Il n'y a pas grand-chose à raconter. J'ai écrit et j'ai reçu une réponse. J'ai rendez-vous dans leur bureau à neuf heures.

– Tu vas habiter où ?

– J'avais l'intention de me chercher une pension de famille.

– Il y a quoi dans le paquet ?

– Un rôti d'élan.

– Un rôti d'élan ?

– Oui.

– On n'est pas en période de chasse.

– Peut-être mais c'est quand même un rôti d'élan. Il est pour toi.

– Il y a du sang qui coule du paquet. Les gens peuvent penser que tu as assassiné quelqu'un.

– Qui ça ?

– Pfff, arrête…

Ils réservent une chambre à l'Hôtel Central. Hans Olofson regarde son père défaire sa valise. Aucun de ses vêtements ne lui est inconnu. Il les a tous vus.

– Rase-toi de près avant de sortir. Et pas de bière !

Erik Olofson lui montre une lettre et il voit que la Compagnie de Vaxholm a ses bureaux à Strandvägen.

Son père se rase et ils quittent l'hôtel.

– Nyman m'a prêté une photo de ses gosses. Elle est tellement floue qu'on les voit à peine. Tant mieux.

– Tu as encore l'intention de montrer des photos d'enfants qui ne sont pas à toi ?

– Les marins sont censés avoir beaucoup d'enfants. Ça fait partie du jeu.

– Pourquoi tu ne l'as pas dit à ma mère ?

– J'avais justement l'intention de te parler d'elle. Tu ne l'aurais pas vue, par hasard ?

Hans Olofson se fige en pleine rue.

– Qu'est-ce que tu veux dire par là ?

– Je te pose juste la question.

– Pourquoi je l'aurais vue ? Et où ?

– Il y a beaucoup de gens qui habitent ici. Elle est forcément là, quelque part.

– Je ne comprends pas ce que tu veux dire.

– N'en parlons plus.

– Je ne sais même pas à quoi elle ressemble.

– Tu as bien vu les photos.

– Elles sont vieilles de vingt-cinq ans. Les gens changent. Toi, tu es sûr que tu la reconnaîtrais si tu la croisais dans la rue ?

– Évidemment.

– Tu ne sais pas ce que tu dis !

– N'en parlons plus.

– Pourquoi tu n'as jamais essayé de la retrouver ?

– On ne peut pas courir derrière les gens qui foutent le camp.

– Elle était ta femme ! Ma mère !

– Elle l'est encore.

– Qu'est-ce que tu veux dire ?

– On n'a jamais divorcé.

– Tu veux dire que vous êtes toujours mariés ?

– J'imagine que oui.

Ils arrivent à Strandvägen avec une demi-heure d'avance. Hans Olofson entraîne son père dans un café.

– On peut boire une bière ici ?

– Pas de bière. Seulement du café. On reprend depuis le début : j'ai vingt-cinq ans. Tout ce que je sais d'elle, c'est qu'elle en a eu marre et qu'elle est partie. J'ai réfléchi, j'ai cherché à comprendre, elle m'a manqué, je l'ai haïe. Toi, tu n'as jamais rien dit. Rien…

– Moi aussi j'ai réfléchi.

– À quoi ?

– Je n'ai pas beaucoup de mots.

– Pourquoi elle est partie ? Tu dois bien le savoir. Tu as dû te poser la question autant que moi. Tu n'as jamais divorcé, tu ne t'es jamais remarié. D'une certaine manière, tu as continué à vivre avec elle. Au fond de toi, tu as attendu qu'elle revienne. Tu as forcément une explication ?

– Il est quelle heure ?

– Tu as le temps de répondre !

– Elle a dû être quelqu'un d'autre…

– Comment ça, « quelqu'un d'autre » ?

– Quelqu'un d'autre que celle que je croyais connaître.

– Qui croyais-tu connaître ?

– Je ne m'en souviens plus.

– Pfff…

– Pas la peine de se torturer la cervelle.

– Ça fait vingt-cinq ans que tu vis sans femme.

– Qu'est-ce que tu en sais ?

– Qu'est-ce que ça veut dire ?

– Aucune importance. Il est quelle heure ? Dans une compagnie maritime on respecte l'heure.

– C'est qui ?

– Si tu tiens à le savoir… il m'est arrivé de voir la femme de Nyman. Mais il ne faut pas que tu en parles. Nyman est quelqu'un de bien.

Hans n'en croit pas ses oreilles.

– Alors ils seraient mes frères et sœurs ?

– Qui ?

– Les gosses sur la photo. Les gamins de Nyman.

– C'est les enfants de Nyman.

– Comment tu peux en être sûr ?

– On ne s'est vus que quand elle était enceinte. C'est des choses qu'on apprend, à force. Il ne doit jamais être question de paternité partagée.

– Et tu veux que je te croie ?

– Je ne veux rien. Je dis seulement les choses comme elles sont.

Hans reste dans le café pendant qu'Erik Olofson va à son rendez-vous. Mon père, se dit-il, décidément je ne sais rien de lui…

Erik Olofson revient au bout d'une demi-heure.

– Ça s'est bien passé ?

– Très bien. Mais je n'ai pas eu le boulot.

– Pourquoi tu dis que ça s'est bien passé alors ?

– Ils vont me contacter plus tard.

– Quand ?

– Quand ils auront de nouveau besoin d'hommes.

– Je croyais qu'ils avaient besoin d'hommes tout de suite.

– Ils ont dû prendre quelqu'un d'autre.

– Et toi tu es content ?

– J'attends depuis si longtemps, dit soudain Erik Olofson sur un ton vif. J'ai attendu, j'ai espéré et j'ai failli tout abandonner. Au moins, j'ai essayé.

– Qu'est-ce qu'on fait maintenant ?

– Je rentre ce soir. Mais d'abord je veux une bière.

– Qu'est-ce qu'on va faire le restant de la journée ?

– Je croyais que tu allais à l'université.

– C'est vrai. Mais tu es là et ça fait longtemps qu'on ne s'est pas vus.

– Ça va, tes études ?

– Très bien.

– Tant mieux.

– Tu n'as pas répondu à ma question.

– Laquelle ?

– Qu'est-ce que tu veux faire aujourd'hui ?

– Je t'ai déjà dit que je veux une bière. Et après je vais rentrer.

Ils passent la journée dans la chambre d'hôtel. Un pâle soleil d'automne brille à travers les rideaux.

– Si jamais je la retrouve, qu'est-ce que tu veux que je lui dise ? demande Hans.

– Rien de ma part, répond Erik Olofson sur un ton décidé.

– Elle s'appelait comment avant d'être mariée ?

– Karlsson.

– Mary Karlsson ou Mary Olofson d'Askersund. Et à part ça ?

– Elle avait un chien qui s'appelait Buffel quand elle était petite. Je me rappelle qu'elle m'a raconté ça.

– Ce chien est sans doute mort depuis cinquante ans.

– En tout cas il s'appelait Buffel.

– Tu ne sais rien d'autre sur elle ?

– Non.

– Juste un putain de chien qui s'appelait Buffel !

– Il s'appelait comme ça, je m'en souviens très bien.

Hans Olofson accompagne son père au train.

Je vais partir à sa recherche, se dit-il. Je ne peux pas avoir une mère qui reste un mystère. Soit mon père me ment et il me cache quelque chose, soit ma mère est vraiment une femme étrange.

– Tu rentres quand ? demande Erik Olofson.

– Cet été. Pas avant. Peut-être que tu seras redevenu matelot avant ça ?

– Peut-être. Peut-être...

Hans l'accompagne jusqu'à Uppsala, le rôti d'élan sous le bras.

– C'est qui le braconnier ? demande-t-il.

– Tu ne le connais pas.

Puis il rentre à la Maison aux horloges.

Il ne faut pas que je renonce. Rien ne pourra m'empêcher de devenir le défenseur des *circonstances atténuantes*. C'est à l'intérieur de moi que je construis les barricades.

Il ne faut pas que je renonce...

23

Il voit le serpent mort.

Qu'exprime-t-il ? De quel message est-il porteur ? Les sorciers interprètent les voix des ancêtres et les masses noires courbent le dos en signe de soumission. Il faut qu'il s'en aille d'ici, il faut qu'il quitte la ferme, il faut qu'il parte de l'Afrique.

Bientôt vingt années africaines. Cela lui semble soudain irréel. Inconcevable.

Je m'attendais à quoi ? Qu'est-ce que je pensais pouvoir accomplir ? Oubliant sans cesse que la super-stition est ici une réalité, je prends le point de départ des Blancs et je fais constamment fausse route. Je n'ai jamais réussi à cerner la manière de réfléchir des Noirs. Cela va bientôt faire vingt ans que je vis ici et je ne comprends toujours pas sur quel fondement je me trouve.

Ruth et Werner Masterton sont morts pour avoir refusé de comprendre…

Vidé et sans forces, il monte dans sa voiture et part à Kitwe. Il prend une chambre à l'hôtel Edinburgh pour pouvoir dormir, il ferme les rideaux et s'allonge nu sur les draps. Un violent orage éclate, les éclairs zèbrent son visage et une pluie diluvienne se déverse sur la fenêtre.

Son pays lui manque soudain douloureusement. Il éprouve une envie intense de retrouver l'eau limpide du fleuve, les collines recouvertes de sapins. C'est peut-être ça que le serpent a voulu lui dire ? Un dernier avertissement ?

Je me suis écarté de ma vie, se dit-il. Au départ, j'avais une possibilité. Mon enfance dans les forêts interminables du Nord était misérable, c'est vrai, mais elle m'appartenait. J'aurais pu chercher à réaliser mes ambitions : veiller sur les *circonstances atténuantes*. Une série de hasards est à l'origine de mon désarroi. J'ai accepté la proposition de Judith Fillington sans en comprendre la portée réelle. Maintenant que je suis dans la force de l'âge, j'ai bien peur que ma vie soit en partie ratée. Je suis constamment à la recherche d'autre chose. Si c'était possible, je retournerais chez moi et je recommencerais tout à zéro.

Trop nerveux pour pouvoir se reposer, il se rhabille et descend au bar de l'hôtel. Il fait un signe à quelques visages connus et découvre Peter Motombwane penché sur un journal dans un coin. Il s'installe à sa table sans rien dire des événements qui se sont déroulés à sa ferme.

– Que se passe-t-il ? demande-t-il. De nouvelles émeutes ? Encore des pillages ? Quand je suis arrivé à Kitwe, la situation m'a paru plutôt calme.

– Les autorités ont fini par lâcher un stock de maïs, dit Peter Motombwane. Un chargement de sucre en provenance du Zimbabwe est en route et il y a maintenant du blé canadien à Dar es-Salaam. Les hommes politiques ont décidé de mettre fin aux émeutes. Beaucoup de gens ont été arrêtés, le président se cache dans la State House. La situation va se calmer. Malheureusement. Quelques sacs de maïs suffisent à repousser une émeute africaine pour un temps indéterminé. Les hommes politiques peuvent de nouveau dormir tranquillement sur leur magot. Et toi, tu peux démonter tes barricades et passer tes nuits sans inquiétude.

– Comment sais-tu que j'ai construit des barricades ?

– Je n'ai pas besoin d'imagination pour le savoir.

– Mais Werner et Ruth Masterton ne reviendront pas pour autant, fait remarquer Hans Olofson.

– C'est déjà ça.

Hans sursaute. Il sent la colère le submerger.

– Qu'est-ce que tu veux dire ?

– J'avais l'intention de venir te voir, dit Peter Motombwane, impassible. Je suis journaliste, j'ai beaucoup examiné ce pays crépusculaire qu'est devenue Rustlewood Farm. Des vérités se dévoilent, personne ne craint le retour des morts puisque leurs têtes ont été détachées de leurs corps. Les ouvriers noirs parlent, un monde inconnu apparaît progressivement. J'avais l'intention de venir t'en parler.

– Pourquoi pas maintenant ?

– Je me sens bien à ta ferme. J'aurais aimé y habiter. Sur ta terrasse on peut aborder tous les sujets.

Hans Olofson sent qu'il y a un sens caché derrière les paroles de Peter Motombwane. Je ne connais pas cet homme, pense-t-il. Au-delà de nos conversations, de nos soirées passées ensemble, se trouve une réalité fondamentale : il est noir et moi je suis un Européen blanc. La différence entre les continents n'est jamais aussi flagrante que lorsqu'elle est représentée par deux individus.

– Deux corps découpés, dit Peter Motombwane. Deux Européens, qui ont vécu ici pendant de nombreuses années, ont été assassinés et mutilés par des Noirs inconnus. J'ai cherché la lumière parmi les ombres et je me suis rendu compte que je m'étais trompé. Si les

288

Masterton ont été les victimes, ce n'est certainement pas par hasard. Un monde sous-jacent commence à se dessiner. Une ferme est toujours un espace clos, les propriétaires blancs élèvent des cloisons visibles et invisibles autour d'eux et de leurs ouvriers. J'ai parlé avec les Noirs, j'ai mis des bribes de rumeur bout à bout et j'ai obtenu quelque chose de lisible et d'évident. Ma supposition se confirme. Werner et Ruth Masterton n'ont pas été assassinés par hasard. Je n'en aurai jamais la preuve absolue puisque des fils invisibles peuvent aussi relier le hasard et les décisions sciemment prises.

– Raconte-moi l'histoire des Ombres, demande Hans Olofson.

– Une image commence donc à prendre forme, se lance Peter Motombwane. Deux personnes qui nourrissaient une haine irrationnelle envers les Noirs. Un climat de terreur avec des menaces et des punitions permanentes. Dans le temps, on recevait des coups de fouet, chose qui n'est plus possible. Aujourd'hui, les fouets sont invisibles et ne laissent des traces qu'à des endroits fragiles tels que le cerveau et le cœur. Les ouvriers noirs de Rustlewood Farm vivaient sous une pluie massive et constante d'humiliations, de menaces de licenciement, d'amendes et de suspensions. J'ai découvert dans cette ferme un racisme effréné digne de l'Afrique du Sud. Ruth et Werner Masterton se nourrissaient essentiellement du mépris qu'ils cultivaient.

– Je ne peux pas le croire. Je les connaissais. Tu n'arrives pas à reconnaître les mensonges dans le monde imaginaire que tu as visité.

– Je ne te demande pas de me croire. Je te donne la vérité noire.

– Un mensonge ne devient jamais vérité, même à force d'être répété. La vérité ne suit pas une échelle de couleurs, du moins, elle ne devrait pas le faire dans une conversation amicale.

– Tous les récits ont coïncidé. Différents détails se sont confirmés. À la lumière de ce que je sais maintenant, leur sort m'indiffère. Ils l'ont mérité.

– Ta conclusion rend notre amitié impossible, dit Hans Olofson en s'apprêtant à s'en aller.

– A-t-elle réellement été possible ? demande Peter Motombwane, impavide.

– Je l'ai cru. C'était du moins ce que je pensais.

– Ce n'est pas moi qui m'oppose à notre amitié. C'est toi qui préfères nier la vérité sur les morts plutôt que d'accueillir l'amitié d'un vivant. Tu es en train de prendre une position raciste. J'avoue que j'en suis étonné.

Hans Olofson a envie de gifler Peter Motombwane mais il se retient.

– Que feriez-vous sans nous ? demande-t-il. Ce pays s'effondrerait sans les Blancs. Ce ne sont pas mes mots, ce sont les tiens.

– Je suis d'accord avec toi. L'effondrement ne serait cependant pas aussi important que tu l'imagines. Mais il serait suffisamment grand pour qu'une transformation indispensable ait lieu. Il est possible qu'une émeute, trop longtemps retenue, éclate. Dans le meilleur des cas, nous nous débarrasserions de toute influence européenne qui nous opprime encore sans que nous en soyons réellement conscients. Nous pourrions peut-être enfin mener à bien notre indépendance africaine.

– À moins que vous ne vous coupiez la tête entre vous. Tribu contre tribu, Bemba contre Luvale, Kaonde contre Luzi.

– Ça, au moins, c'est *notre* problème, répond Peter

Motombwane. Un problème qui ne nous a pas été imposé par vous.

– L'Afrique s'enfonce, s'énerve Hans Olofson. L'avenir de ce continent est déjà fini. Ce qui vous resterait est une déchéance encore plus grande.

– Si tu vis suffisamment longtemps, tu verras que tu as tort.

– Selon les estimations, ma durée de vie sera supérieure à la tienne. Et personne ne pourra la raccourcir en dirigeant une *panga* contre ma tête.

Leur séparation se fait dans la douleur. Hans Olofson s'en va, tout simplement. Peter Motombwane courbe le dos dans l'obscurité. De retour dans sa chambre, Hans se sent abandonné et triste. Le chien solitaire au fond de lui aboie et il revoit la scène du nettoyage impuissant de son père. Mettre fin à une amitié, c'est comme se briser les jointures des mains. En perdant Peter Motombwane, je perds mon lien essentiel avec l'Afrique, se dit-il. Nos conversations vont me manquer, je vais regretter ses commentaires sur la manière de réfléchir de l'homme noir. Peter Motombwane peut évidemment avoir raison, admet-il en s'allongeant sur le lit. Qu'est-ce que je sais, dans le fond, sur Ruth et Werner Masterton ?

Il y a bientôt vingt ans, nous avons partagé un compartiment dans le train entre Lusaka et Kitwe. Ils m'ont aidé, ils se sont occupés de moi à mon retour de Mutshatsha. Ils n'ont jamais caché qu'ils s'opposaient à la transformation de l'Afrique. Ils faisaient toujours référence à l'époque coloniale qui, selon eux, aurait pu aider l'Afrique à progresser. Ils se sentaient à la fois trahis et déçus. Mais cette brutalité que Peter Motombwane croit avoir décelée dans leur vie quotidienne...

Il a peut-être raison. Il existe peut-être une vérité que je refuse de voir. Mes réactions sont peut-être racistes.

Il redescend vite au bar pour essayer de se réconcilier avec Peter Motombwane. Mais sa table est vide. Un des serveurs l'a vu s'en aller brusquement.

Épuisé et triste, Hans Olofson remonte dans sa chambre d'hôtel.

Lorsqu'il prend son petit déjeuner le lendemain matin, le souvenir de Ruth et de Werner Masterton lui revient. Un de leurs voisins, un Irlandais du nom de Behan, entre dans la salle du restaurant et s'arrête à sa table. Il lui apprend qu'on a découvert un testament dans la maison ensanglantée, dans une armoire en acier qui a survécu à l'incendie. Un bureau d'avocats à Lusaka est autorisé à vendre l'exploitation et à transférer l'argent à la maison de retraite britannique de Livingstone.

Behan l'informe qu'une vente aux enchères aura lieu quinze jours plus tard. Les nombreux acheteurs potentiels sont blancs, la propriété ne pourra pas être cédée à des Noirs.

La guerre est en cours, se dit Hans Olofson, mais le combat ne se fait ouvertement que de façon occasionnelle. La haine raciale existe partout, les Blancs envers les Noirs, et inversement.

Il monte dans sa voiture et prend la direction du retour lorsqu'une violente pluie éclate. L'absence de visibilité l'oblige à s'arrêter au bord de la route, non loin de sa ferme. Une femme noire avec deux jeunes enfants couverts de boue et trempés jusqu'aux os passe devant lui. Il la reconnaît. C'est la femme d'un des ouvriers de sa ferme. Il se fait la réflexion qu'elle ne demande pas à monter dans la voiture. Et que lui ne le lui propose pas. Rien ne les unit, même pas une pluie diluvienne quand seul un des deux dispose d'un abri.

Le comportement barbare de l'être humain a toujours un visage humain, pense-t-il confusément. C'est ce qui rend la barbarie si inhumaine.

La pluie tambourine contre le toit de la voiture. Il est là, seul, à attendre que la visibilité revienne. Je pourrais prendre la décision de vendre la ferme et de retourner en Suède, pense-t-il. J'ignore la somme exacte que Patel a sortie du pays pour moi, mais je ne dois pas être totalement démuni. Cette ferme m'a donné quelques années de répit.

L'Afrique est pour moi aussi effrayante aujourd'hui que le jour où je suis descendu de l'avion à l'Aéroport international de Lusaka. Mes vingt années ici n'y ont rien changé et ça pour la simple raison que je n'ai jamais remis en question le point de vue des Blancs. Qu'est-ce que je dirais si quelqu'un me demandait d'expliquer ce continent ? J'ai des souvenirs, j'ai des expériences aussi bien effroyables qu'exotiques, mais je ne possède pas de connaissances réelles.

La pluie s'arrête soudainement, le mur nuageux disparaît et le paysage est sec de nouveau. Avant de démarrer, il décide de consacrer une heure par jour à préparer son avenir.

Un calme impassible règne à la ferme. Rien ne semble s'être produit pendant son absence. Il croise par hasard Eisenhower Mudenda, qui s'incline profondément, et il se fait la réflexion que l'homme blanc en Afrique participe à une pièce de théâtre dont il ignore tout. Les Noirs sont les seuls à connaître les répliques.

Tous les soirs, Hans Olofson construit des barricades, vérifie ses armes et change de chambre. Chaque nouveau jour constitue pour lui un soulagement mais il ignore pendant combien de temps encore il va résister.

Je ne sais pas où se situent mes limites, mon point de rupture, se dit-il. Pourtant ce point existe…

Lars Håkansson revient un après-midi. Il gare sa voiture devant le hangar. Hans Olofson est content de le revoir. Håkansson annonce qu'il compte rester deux nuits, Hans décide de se construire discrètement des barricades intérieures.

Au crépuscule, ils passent un moment sur la terrasse.

– Je me demande pourquoi on va en Afrique, dit Hans Olofson. Qu'est-ce qui nous pousse à voyager ? Je te pose la question parce que j'en ai assez de me la poser tout seul.

– Je ne crois pas qu'un expert en coopération internationale soit la bonne personne pour y répondre, rétorque Lars Håkansson. Du moins pas si tu veux une réponse honnête. Derrière la belle surface de motivations idéalistes se cachent une série de raisons égoïstes et économiques. Signer un contrat avec un autre pays équivaut à la promesse d'une vie aisée et confortable. Le bien-être suédois te suit partout et s'élève à des hauteurs insoupçonnées quand il s'agit de conseillers techniques confortablement rémunérés. Si tu as des enfants, l'État suédois se charge de te trouver les meilleures écoles, tu vis dans un monde parallèle où pratiquement tout est possible. Tu achètes une voiture hors taxes en arrivant dans un pays comme la Zambie, tu la revends et tu auras suffisamment d'argent pour vivre sans toucher à ton salaire qui prospère tranquillement sur un compte bancaire quelque part dans le monde. Tu disposes de personnel et d'une maison avec piscine, tu vis comme si tu avais fait venir un manoir suédois. J'ai calculé qu'en un mois je gagne autant que ma domestique en soixante ans, si je tiens compte de la valeur de mes devises étrangères sur le marché noir. Ici, en Zambie, pratiquement aucun expert technique suédois ne change son argent selon le cours officiel. Le montant de nos revenus n'a aucun rapport raisonnable avec notre travail. Le jour où les Suédois sauront à quoi servent leurs impôts, le gouvernement en place sera minoritaire aux élections suivantes. La classe ouvrière suédoise a accepté de payer ce qu'on appelle une aide au développement. C'est vrai que la Suède est un des rares pays où la notion de solidarité a toujours cours. Mais elle veut évidemment que les impôts soient utilisés de façon correcte. Ce qui n'arrive que très rarement. L'histoire de la coopération internationale suédoise est un récif contre lequel d'innombrables projets se sont échoués. Plusieurs étaient scandaleux, des journalistes ont d'ailleurs attiré l'attention sur quelques-uns, mais bien plus nombreux sont ceux qui ont été enterrés et étouffés. La coopération suédoise est un cimetière pour chiens. Si je te dis tout ça c'est parce que, personnellement, j'ai la conscience tranquille. J'estime que développer les communications facilite le rapprochement de l'Afrique avec le reste du monde.

– Dans le temps, on disait que la Suède était la conscience autoproclamée du monde, dit Hans Olofson de sa place dans l'obscurité.

– C'est une époque révolue. Le rôle de la Suède est infime. Le Premier ministre qui a été assassiné était peut-être une exception. L'argent suédois est, bien entendu, convoité. La naïveté politique a eu pour résultat qu'un nombre infini de politiciens et d'hommes d'affaires noirs se sont amassé de grandes richesses avec l'argent suédois destiné à l'aide au développement de leur pays. J'ai discuté avec un homme politique de Tanzanie qui avait démissionné de son poste et qui était suffisamment vieux pour dire ce qu'il pensait. Il possédait un château en France, en partie financé avec de l'argent suédois envoyé pour la création de puits dans les régions les plus pauvres de son pays. Il m'a parlé d'une association officieuse, un groupe d'hommes politiques qui se rencontraient régulièrement pour partager leurs expériences sur la manière la plus simple d'acquérir de l'argent de Suède, de l'argent qu'ils mettaient dans leurs poches. Je ne sais pas si c'est vrai, mais ce n'est pas impossible. Le politicien qui avait un château en France n'était d'ailleurs pas particulièrement cynique. Être un homme politique africain constitue une possibilité légitime de s'enrichir. Que les plus pauvres en pâtissent est tacitement admis.

– J'ai du mal à croire ce que tu me dis.

– C'est bien la raison pour laquelle ça peut continuer comme ça pendant encore longtemps. Cet état des choses est trop incompréhensible pour que quelqu'un fasse l'effort d'y croire, encore moins d'agir concrètement.

– Pour moi, une question reste encore sans réponse, fait remarquer Hans Olofson. Pourquoi es-tu parti ?

– Un divorce qui était un bain de sang mental. Ma femme m'a quitté de la manière la plus banale. Elle a rencontré un agent immobilier espagnol à Valence. Mon existence, que je n'avais encore jamais remise en question, a éclaté en morceaux comme si un camion avait foncé dedans. Pendant deux ans, j'ai vécu dans une sorte de paralysie émotionnelle, puis je me suis levé et je suis parti. Mon envie de vivre s'était grippée et j'avais l'intention d'aller à l'étranger pour mourir. Mais je suis encore en vie.

– Les deux filles, lui rappelle Hans Olofson.

– Ma proposition est encore valable. Elles sont les bienvenues. Je veillerai sur elles.

– Leur formation professionnelle n'a pas encore commencé, mais elles auront sans doute besoin d'un peu de temps pour s'acclimater. J'avais l'intention de les emmener à Lusaka d'ici quelques semaines.

– Ça sera avec plaisir, dit Lars Håkansson.

Hans Olofson a un pressentiment étrange, mais il n'arrive pas à comprendre ce qui l'inquiète. Lars Håkansson est un Suédois bien rassurant, suffisamment honnête pour admettre qu'il travaille pour une organisation qu'on peut difficilement qualifier autrement que de scandaleuse. Je reconnais sa mentalité suédoise, son envie de rendre service. Et pourtant, quelque chose me gêne.

Le lendemain, ils vont voir Joyce Lufuma et ses filles. Hans Olofson apprend la bonne nouvelle aux deux aînées, qui se mettent à danser de joie. Lars Håkansson les regarde en souriant. Aux yeux de Joyce Lufuma, le comportement bienveillant d'un homme blanc est une garantie suffisante. Hans s'en rend compte et chasse son inquiétude.

Je me fais du mauvais sang pour rien, se dit-il, peut-être parce que je n'ai pas d'enfants moi-même. Si Joyce Lufuma a confiance en nous, ce n'est pas seulement parce que nous sommes des *mzunguz*, des hommes riches. C'est surtout à cause de la couleur de notre peau et cela montre la contradiction de ce continent.

Deux semaines plus tard, Hans Olofson conduit les deux filles à Lusaka. Marjorie, l'aînée, est assise à côté de lui, Peggy sur le siège arrière. Elles sont toutes les deux d'une beauté éblouissante. En voyant leur joie de vivre, il ne peut empêcher une boule de se former dans sa gorge. Pourtant ce que je fais est bien, essaie-t-il de se tranquilliser, je vais aider ces deux jeunes filles à se préparer un meilleur avenir, à ne pas avoir à subir trop jeunes des grossesses répétées, à échapper à la pauvreté et à une vie trop dure. Je veux aussi leur éviter une mort prématurée.

L'accueil chez Lars Håkansson le rassure. Le logement qu'il met à la disposition des filles est bien équipé et fraîchement repeint. Marjorie jette un regard rêveur sur l'interrupteur qui va lui donner de l'électricité pour la première fois de sa vie.

Hans Olofson se dit de nouveau que l'inquiétude vague qu'il a ressentie n'a aucun fondement, qu'il projette probablement sa propre angoisse sur les autres.

Il passe la soirée chez Lars Håkansson. Par la fenêtre de sa chambre, il voit les ombres de Marjorie et de Peggy derrière les fins rideaux. Il se souvient du jour où il est arrivé dans la capitale régionale. C'était son premier voyage et sans doute le plus important de tous…

Le lendemain, il signe le contrat de cession de sa colline et indique son numéro de compte à la banque anglaise. Avant de quitter Lusaka, il s'arrête devant un des bureaux de Zambia Airways sur Cairo Road pour prendre les horaires des vols pour l'Europe.

Le long retour à Kalulushi se fait par étapes à cause des averses qui réduisent considérablement sa visibilité. Il est tard quand il pénètre enfin dans la cour de sa ferme. Le gardien de nuit vient à sa rencontre, mais il n'est pas sûr de le reconnaître. C'est peut-être un bandit qui a endossé l'uniforme du gardien ? Il me faut mes armes, se dit-il, paniqué.

En fait, c'est bien son gardien de nuit. Il s'en rend compte lorsqu'il arrive plus près.

– Heureux de vous voir de retour chez vous, *bwana*, dit le gardien.

Je ne saurai jamais s'il pense ce qu'il dit. Le sens

de ses mots peut très bien être qu'il est content de me voir pour découper mon corps et me prendre mon cœur.

– Tout est calme ? demande-t-il.

– Rien ne s'est passé pendant votre absence, *bwana*.

Luka est là. Il lui a préparé son dîner, qui l'attend dans un placard chauffant. Hans Olofson le renvoie et se met à table. Mon plat est peut-être empoisonné, se dit-il soudain. Et demain on me retrouvera mort, on fera une autopsie à la va-vite sans déceler de trace de poison.

Il repousse l'assiette, éteint la lumière et reste dans l'obscurité. Il perçoit le bruit des ailes des chauves-souris dans le faux plafond. Une araignée passe rapidement sur sa main. Il sent que son point de rupture est proche, qu'une tornade de pensées et de sentiments refoulés est sur le point de se déchaîner.

Il lui faut un bon moment pour comprendre que c'est en fait une crise de paludisme qui se prépare. Ses articulations deviennent douloureuses, il a mal à la tête et la fièvre monte brusquement. Il installe rapidement les barricades, pousse les meubles devant la porte d'entrée, vérifie les fenêtres et change de chambre. Il emporte son revolver dans son lit, avale une dose de quinine et sombre lentement dans le sommeil.

Un léopard chasse dans ses rêves. Il se rend compte que c'est en fait Luka qui a revêtu une peau de léopard pleine de sang. L'accès de paludisme le pousse vers un précipice.

Quand il se réveille le lendemain à l'aube, il constate que la crise n'a pas été très forte cette fois-ci. Il se lève, s'habille rapidement et dégage la porte pour faire entrer Luka. Il s'aperçoit qu'il a toujours son revolver à la main et qu'il a gardé le doigt sur la détente pendant toute la nuit. Je suis en train de perdre le contrôle, se dit-il. Je vois des ombres menaçantes partout et des *pangas* invisibles posées sur mon cou. Mon éducation suédoise ne m'a pas préparé à gérer la crainte. Je la refoule en permanence et elle est devenue un sentiment asservi qui commence à se rebeller. Le jour où elle se sera libérée, j'aurai atteint mes limites. Ce jour-là, l'Afrique m'aura vaincu de façon définitive et irrévocable.

Il s'oblige à prendre son petit déjeuner et se rend au hangar. Les employés de bureau, penchés sur les comptes rendus des livraisons et les listes de présence, se lèvent pour le saluer.

Ce jour-là, Hans Olofson réalise que les actes les plus simples sont devenus compliqués. Chaque décision, même la plus routinière, le met dans un état d'hésitation et de mal-être. Peut-être est-il seulement fatigué ? Il devrait déléguer la responsabilité à un de ses contremaîtres de confiance, partir en voyage et s'accorder un peu de repos.

Immédiatement surgit le soupçon qu'Eisenhower Mudenda est en train de le détruire secrètement avec un poison invisible. La poussière sur son bureau est peut-être en réalité une poudre qui émet des vapeurs toxiques ? Il décide d'installer un cadenas supplémentaire à la porte du hangar. Un carton à œufs vide qui tombe d'une pile provoque chez lui une crise de colère absurde, les ouvriers noirs l'observent avec gravité. Un papillon qui se pose sur son épaule le fait sursauter comme si c'était une main inconnue.

Cette nuit-là, il ne parvient pas à dormir. Son paysage intérieur n'est plus qu'un espace vide. Soudain il éclate en sanglots et se met à pousser des cris tout seul dans le noir. Je n'arrive plus à me contrôler, constate-t-il une fois la crise de larmes surmontée. Différents sentiments surgissent en lui et dérèglent son discernement. Il jette un regard sur sa montre : minuit passé.

Il se lève et commence à lire un livre qu'il attrape au hasard dans la collection laissée par Judith Fillington. Il entend les grondements des bergers allemands qui se déplacent autour de la maison. Il entend aussi le chant des cigales et les cris de quelques oiseaux près du fleuve. Il tourne les pages, sans rien comprendre de ce qu'il lit, en attendant l'aube.

Peu avant trois heures, il s'assoupit sur sa chaise, le revolver toujours posé sur la poitrine. Soudain quelque chose le tire de son sommeil, il tend l'oreille mais la nuit africaine est calme. C'est un rêve qui m'a réveillé, se rassure-t-il. Il ne s'est rien passé. Tout est calme… Mais c'est justement ce calme qui m'a réveillé ! Ce calme n'est pas normal. Un sentiment de frayeur l'envahit. Son cœur se met à cogner, il saisit son revolver et écoute.

Les cigales continuent de chanter mais les bergers allemands sont silencieux.

Il court chercher son fusil de chasse, persuadé que quelque chose est en train de se tramer dans l'obscurité devant sa maison. Les mains tremblantes, il charge le fusil et l'arme tout en tendant l'oreille. Les bergers allemands ne grognent plus et ne se déplacent plus autour de la maison. En revanche, il y a des gens dehors. Ça y est, ils sont arrivés chez moi ! constate-t-il, désespéré. Il repart à travers les pièces vides pour téléphoner. Pas de tonalité. À présent il sait, et il a tellement peur qu'il n'arrive plus à contrôler sa respiration. Il monte l'escalier en courant, attrape les cartouches sur une chaise dans le couloir et continue jusqu'à la pièce aux squelettes. Il lance prudemment un regard par l'unique fenêtre. L'éclairage de la terrasse jette une lumière pâle sur la cour. Pas la moindre trace des chiens.

Soudain les lampes s'éteignent. Il entend un faible

bruit de verre cassé et quelqu'un se déplacer. Le regard rivé dans le noir, il s'oblige à réfléchir calmement. Ils passeront forcément par le rez-de-chaussée, et quand ils auront compris que je suis monté, ils m'enfumeront.

Il dévale l'escalier pour vérifier que les deux portes d'entrée sont bien bloquées par les armoires.

Les chiens, se dit-il désespérément. Qu'est-ce qu'ils ont fait de mes chiens ? Il court d'une porte d'entrée à l'autre en se disant que l'attaque pourra très bien se faire par les deux en même temps. Tout d'un coup, il se rappelle qu'il n'y a pas de grillage devant la fenêtre de la salle de bains. Elle est toute petite, mais quelqu'un de menu pourrait sans doute s'y glisser. Il ouvre prudemment la porte de la salle de bains, le fusil dans ses mains tremblantes. Il ne faut pas que j'hésite à tirer. Si je vois quelqu'un, il faut que je tire.

Constatant que la fenêtre est bien fermée, il retourne aux portes d'entrée.

Un grattement du côté de la terrasse attire son attention. Le toit ! Ils vont passer par le toit de la terrasse pour accéder à l'étage. Il remonte l'escalier en courant. Deux des chambres d'amis ont des fenêtres qui donnent sur la terrasse, les deux sont équipées de barreaux en acier. Il ouvre la porte de la première chambre, avance à tâtons jusqu'à la fenêtre et passe ses mains sur les fins barreaux scellés dans le ciment. Il sort de la chambre, ouvre la porte de la deuxième. Le grattement est plus près, maintenant. Il avance dans l'obscurité, tend la main vers la fenêtre mais sent seulement le carreau sous ses doigts. Il n'y a plus de barreaux.

C'est Luka qui les a enlevés, se dit-il. Luka sait que ces chambres ne servent presque jamais. Je vais le tuer et le jeter aux crocodiles. Ou juste le blesser et laisser les crocodiles le dévorer vivant.

Il se retire jusqu'à la porte, attrape une chaise et s'assied.

Il y a six cartouches dans le fusil, huit balles dans le revolver. Ça devrait suffire, essaie-t-il de se rassurer. Je n'arriverai pas à en introduire d'autres, mes mains tremblent trop. L'idée que ce soit Luka qui le menace dans l'obscurité le tranquillise d'une certaine manière. Cela donne enfin un visage au danger. Il se réjouit à l'idée de diriger son fusil vers lui et d'appuyer sur la détente. Le grattement sur la terrasse cesse subitement. Quelqu'un est en train de forcer la fenêtre avec un outil, sans doute un des miens. Je vais tirer. Je vais viser la fenêtre et vider les deux canons. La tête de mon assassin se trouve juste à quelques mètres de moi.

Il se lève, avance de quelques pas sans réussir à contrôler le fusil qui bouge dans tous les sens entre ses mains tremblantes. Il a appris qu'il faut retenir son souffle au moment de tirer. Je m'apprête à tuer un être humain, se dit-il. Je vais commettre un meurtre avec préméditation, même si on peut dire que c'est de la légitime défense. Il lève le fusil, il se rend compte qu'il a les yeux remplis de larmes, il retient son souffle et appuie sur la détente.

L'explosion est violente, il reçoit des éclats de verre sur le visage. Le recul le pousse en arrière et il heurte l'interrupteur avec son épaule. La lampe s'allume, mais au lieu de l'éteindre il se précipite vers la fenêtre éclatée en poussant un hurlement. Quelqu'un a allumé les phares de sa voiture et il voit deux silhouettes noires passer rapidement. L'une d'elles semble être celle de Luka. Il vise et tire. Une des silhouettes trébuche, l'autre se sauve. Il lâche le fusil, oubliant qu'il lui reste encore deux cartouches, et sort le revolver de sa poche. Il tire quatre fois en direction de la personne qui a trébuché avant de se rendre compte qu'elle a également disparu.

Il s'aperçoit qu'il y a du sang sur le toit de la terrasse. Il éteint la lumière et ferme la porte. Puis il ramasse le fusil, s'assied par terre pour le charger de nouveau. Ses mains tremblent, son cœur cogne dans sa poitrine et il se concentre pour introduire de nouvelles cartouches. Plus que tout, il aimerait pouvoir enfin dormir.

Assis dans le couloir, il attend l'aube. En voyant apparaître la première lueur, il repousse l'armoire et ouvre la porte de la cuisine. Les phares de sa voiture sont éteints, sans doute parce que la batterie est vide. Luka n'est pas là. Il se dirige lentement vers la terrasse, le fusil à la main.

Il découvre un corps suspendu à la gouttière. Le pied est resté accroché et la tête plonge dans les cactus plantés par Judith Fillington. Une peau de léopard ensanglantée entoure les épaules de l'Africain mort. À l'aide d'un râteau, Hans Olofson bouge le pied et le corps s'écroule par terre. Bien que le visage soit presque entièrement déchiré par une balle, il reconnaît aussitôt Peter Motombwane. Des mouches grouillent déjà dans son sang. Il va chercher une nappe sur la terrasse pour recouvrir le corps. En passant près de la voiture, il aperçoit une flaque rouge et des traces qui partent vers le bush mais qui, un peu plus loin, s'arrêtent net.

Il se retourne. Luka se tient devant la terrasse. Hans s'approche de lui, le fusil levé.

– Tu es toujours en vie, dit-il, mais plus pour long-temps. Cette fois, je ne vais pas te louper.

– Que s'est-il passé, *bwana* ? demande Luka.

– C'est à moi que tu poses la question ?

– Oui, *bwana*.

– Quand as-tu enlevé les barreaux devant la fenêtre ?

– Quels barreaux, *bwana* ?

– Tu sais très bien de quoi je parle.

– Non, *bwana*.

– Mets tes mains sur la tête et marche devant moi !

Luka s'exécute et Hans Olofson le pousse vers l'étage supérieur. Il lui montre le trou béant à la place de la fenêtre.

– Tu as presque réussi. Je dis bien *presque*. Tu savais que je n'entre jamais dans cette chambre. Tu as démonté les barreaux pendant mon absence pour que vous puissiez entrer par là et vous introduire dans la maison sans que je m'en rende compte.

– Les barreaux n'y sont plus, *bwana*. Quelqu'un les a enlevés.

– Pas quelqu'un, Luka. Toi ! C'est toi qui les as enlevés.

Luka le regarde droit dans les yeux en secouant la tête.

– Cette nuit tu es venu, poursuit Hans. Je t'ai vu et j'ai tiré. Peter Motombwane est mort. Qui était le troisième homme ?

– Je dormais, *bwana*. J'ai été réveillé par les coups d'un *uta*. Par plusieurs coups. Je suis resté éveillé. Ce n'est qu'après m'être assuré que *bwana* Olofson était sorti que je suis venu ici.

Hans Olofson lève le fusil et l'arme.

– Je vais te tuer, dit-il. Si tu ne me dis pas ce qui se passe et qui est le troisième homme, je te tue.

– Je dormais, *bwana*. Je ne sais rien. Je vois juste que Peter Motombwane est mort et qu'il a une peau de léopard sur les épaules. Je ne sais pas qui a enlevé les barreaux.

Il dit la vérité, pense Hans Olofson. Je suis pourtant sûr que c'est lui que j'ai vu cette nuit. Personne d'autre n'a pu démonter les barreaux, il est le seul à savoir que je ne vais presque jamais dans cette chambre, et, malgré ça, je crois qu'il dit la vérité.

Ils redescendent.

Les chiens, se rappelle Hans Olofson, j'oublie les chiens.

Il les découvre derrière le réservoir d'eau. Six corps étendus par terre. Des bouts de viande sortent de leur gueule. Un poison très concentré, constate-t-il, une bouchée a suffi. Peter Motombwane savait ce qu'il faisait.

L'air incrédule, Luka regarde les chiens morts. Il existe forcément une explication plausible, se dit Hans Olofson. Peter Motombwane connaissait ma maison. Il lui est arrivé de m'attendre pendant mon absence. Les chiens le connaissaient aussi. Il se peut que Luka ait raison quand il dit qu'il dormait et qu'il a été réveillé quand j'ai tiré. J'ai pu me tromper dans le noir. J'ai pensé que Luka était là et j'ai cru le voir.

– Ne touche à rien, dit-il. N'entre pas dans la maison, attends-moi dehors.

– Oui, *bwana*.

Ils poussent la voiture pour la faire démarrer, le moteur diesel se met à tourner et Hans Olofson monte pour partir au hangar. Les ouvriers noirs l'observent sans bouger. Combien d'entre eux font partie des léopards ? se demande-t-il. Combien d'entre eux pensaient que j'étais mort ?

Le téléphone du hangar fonctionne. Il appelle la police à Kitwe.

– Dites à tout le monde que je suis en vie, demande-t-il à l'employé de bureau. Dites que j'ai tué les léopards. Il est possible que j'en aie touché un sans le tuer. Dites que je verserai un mois de salaire à celui qui retrouvera le léopard blessé.

Il retourne chez lui. Le corps de Peter Motombwane est entouré d'un essaim de mouches.

En attendant la police, il essaie de rassembler ses

esprits et de réfléchir. Peter Motombwane est venu ici pour me tuer, comme il a tué Ruth et Peter Masterton. Il a commis une seule erreur : il est arrivé chez moi trop tôt. Il a sous-estimé ma peur. Il croyait que j'avais recommencé à dormir la nuit.

Peter Motombwane est venu dans l'intention de me tuer, il ne faut pas que j'oublie ça. C'est ça le point de départ. Il m'aurait abattu comme un animal de boucherie avant de me couper la tête. Sa détermination a dû être très grande. Il savait que je possédais des armes, il était donc prêt à sacrifier sa vie. Il a essayé cependant de me prévenir, la dernière fois qu'on s'est vus. Il m'a expliqué qu'il fallait que je parte d'ici, il savait ce qui m'attendait. Malgré sa tristesse désespérée, il a dû être profondément convaincu de la nécessité de ce dernier sacrifice.

Cet homme n'était pas un bandit. Quand il rampait sur le toit de ma terrasse, il était persuadé d'accomplir une mission, un acte nécessaire. Il ne faut pas non plus que j'oublie ça. En le tuant, j'ai peut-être tué le meilleur homme de ce pays malmené. Un homme qui n'était pas seulement porteur d'un rêve d'avenir, il était prêt à agir lui-même ! En tuant Peter Motombwane, j'ai tué l'espoir de beaucoup de gens.

Lui, de son côté, estimait que ma mort était importante. Il n'est certainement pas venu chez moi dans un esprit de vengeance. Je ne pense pas que Peter Motombwane soit capable d'éprouver ce genre de sentiment. Il a rampé sur mon toit parce qu'il était désespéré. Il savait ce qui se passe dans ce pays et il n'avait pas d'autre choix que de se joindre au Mouvement des léopards. Pour qu'un jour le soulèvement ait lieu, il fallait se lancer dans une résistance acharnée. Ou alors c'est lui qui est à l'origine du Mouvement des léopards ?

Il a fait ça seul ou avec quelques personnes animées des mêmes sentiments ? A-t-il voulu assurer la relève avant de saisir sa *panga* ?

Hans Olofson se dirige vers la terrasse, évitant de regarder le corps sous la nappe. Derrière quelques roses, il trouve ce qu'il cherche : la *panga* de Peter Motombwane. Elle est bien aiguisée, son manche est décoré de différents symboles sculptés dans le bois marron. Il discerne une tête de léopard, un œil. Il repose la *panga* parmi les roses et la recouvre de feuilles mortes.

Une voiture de police rouillée au moteur toussotant approche et s'arrête sur le chemin, manifestement en panne d'essence. Que se serait-il passé si j'avais appelé la police cette nuit ? se demande-t-il. Si j'avais demandé aux policiers de venir à mon secours ? Se seraient-ils excusés en me disant qu'ils n'avaient plus d'essence ? Ils m'auraient peut-être demandé d'aller les chercher avec ma voiture ?

Il reconnaît l'officier de police qui précède les quatre agents. C'est lui qui s'est présenté un jour à la ferme avec un faux mandat de perquisition. Hans Olofson se souvient de son nom, Kaulu.

Il montre le corps, les chiens, et décrit le cours des événements. Il ajoute qu'il connaissait Peter Motombwane. L'officier de police secoue la tête en disant qu'il ne faut jamais faire confiance aux journalistes, en voilà la preuve.

– Peter Motombwane était un bon journaliste, riposte Hans Olofson.

– Il s'intéressait trop à ce qui ne le regardait pas, fait remarquer l'officier. À présent, nous avons la certitude que c'était un bandit.

– La peau de léopard, dit Hans Olofson, j'ai entendu de vagues rumeurs concernant un mouvement politique.

– Entrons, dit rapidement le policier. On parle mieux à l'ombre.

Luka leur sert du thé.

– Des rumeurs regrettables se répandent facilement, dit l'officier au bout d'un long moment de silence. Il n'existe pas de Mouvement des léopards. Le président en personne nous l'a bien expliqué. Donc il n'en existe pas. Il serait regrettable que de nouvelles rumeurs se mettent à courir. Nos autorités seraient très mécontentes.

Qu'essaie-t-il de me dire ? se demande Hans Olofson. C'est une information ? Une mise en garde ? Une menace ?

– Si je ne l'avais pas tué, lui et peut-être l'autre homme, ma ferme serait dans le même état que celle de Ruth et Werner Masterton.

– Il n'y a absolument aucun rapport, assure l'officier de police.

– Bien sûr que si.

– Un jour, je suis venu ici avec un faux mandat, dit le policier en remuant son thé. Vous m'avez été d'une aide précieuse et ça serait pour moi un plaisir de pouvoir vous rendre la pareille. Il n'existe pas de Mouvement des léopards, notre président en a décidé ainsi. Il n'y a pas non plus de raison de voir un rapport là où il n'y en a pas. De plus, il serait extrêmement malheureux que la rumeur propage que vous connaissiez l'homme qui a essayé de vous tuer. Ça pourrait faire naître des soupçons auprès des autorités. Elles pourraient se dire qu'il s'agissait d'une sorte de vengeance. Un vague rapport entre un fermier blanc et des rumeurs concernant le Mouvement des léopards. Vous vous retrouveriez en mauvaise posture. Il vaut mieux rédiger un rapport simple et clair sur une agression qui, heureusement, s'est bien terminée.

Nous y voilà ! se dit Hans Olofson. Je déduis de cette explication confuse que l'affaire sera classée et oubliée. Ils veulent à tout prix éviter que Peter Motombwane reste dans la mémoire des gens comme un résistant héroïque. Son nom doit être assimilé à celui d'un bandit.

— Ce qui vient de se passer pourrait ennuyer le ministère de l'Immigration, poursuit l'officier de police, mais je vais vous rendre service en classant cette histoire au plus vite.

Il est totalement inaccessible, constate Hans Olofson. Les instructions qu'il a reçues sont évidentes : il n'existe aucune opposition politique dans ce pays.

— Je suppose que vous avez un permis de détention d'armes à feu, dit aimablement le policier.

— Non.

— Cela pourrait être très embêtant. Nos autorités considèrent avec beaucoup de gravité l'absence de permis.

— Je n'y ai jamais pensé, admet Hans Olofson.

— Je me ferai un plaisir d'oublier cela aussi, ajoute l'officier de police avant de se lever pour partir.

L'affaire est close, se dit Hans. Ses arguments sont meilleurs que les miens. Personne ne veut croupir dans une prison africaine.

En sortant de la maison, il constate que le corps a disparu.

— Mes hommes l'ont coulé dans le fleuve, explique le policier. C'est plus simple comme ça. Nous nous sommes permis d'utiliser la ferraille que nous avons trouvée dans la cour.

Les agents l'attendent devant la voiture.

— Malheureusement, nous n'avions plus d'essence. Un de mes hommes vous en a emprunté pendant que nous prenions le thé.

– Naturellement. N'hésitez surtout pas à emporter quelques cartons d'œufs aussi.

– C'est très bon, les œufs, dit l'officier en lui tendant sa main. Il est rare que l'enquête d'une affaire pénale soit aussi simple à régler.

La voiture de police disparaît, Hans Olofson demande à Luka de brûler la nappe ensanglantée. Il l'observe.

Il se peut bien que ce soit lui que j'ai vu, se dit-il. Je me demande comment je vais pouvoir continuer à vivre à côté de lui. Comment je vais pouvoir continuer à vivre tout court…

Il monte dans sa voiture et se rend au poulailler où travaille Eisenhower Mudenda. Il lui montre la *panga* de Peter Motombwane.

– Maintenant elle est à moi, dit-il. Celui qui attaque ma maison sera tué avec cette arme qui ne m'a pas vaincu.

– Une arme très dangereuse, *bwana*, commente Eisenhower Mudenda.

– Il vaut mieux que tout le monde en soit informé.

– Tout le monde va bientôt l'être, *bwana*.

– Je vois qu'on se comprend, dit Hans Olofson et il retourne à sa voiture.

Il s'enferme dans sa chambre, ouvre les rideaux et voit Luka enterrer les chiens morts. Je vis dans un cimetière africain, constate-t-il. Sur le toit de la terrasse, il y a les traces de sang de mon unique ami africain. La pluie va laver son sang et les crocodiles vont déchiqueter son corps au fond du Kafue.

Il s'assied sur le bord de son lit, endolori de fatigue. Comment survivre à ce qui vient de se passer ? se répète-t-il. Comment sortir de cet enfer ?

Au cours du mois qui suit, son sentiment d'impuissance s'intensifie. La saison des pluies se termine. Il observe attentivement Luka. Apprenant l'attaque de sa ferme, ses voisins viennent le voir et il répète inlassablement le récit des événements de la nuit où Peter Motombwane et ses chiens sont morts. On n'a jamais retrouvé le deuxième homme, les traces de sang en direction du bush se terminent dans le néant. Le souvenir du deuxième homme devient progressivement plus flou. Le visage de Luka s'efface tout doucement.

À plusieurs reprises, il subit des crises de paludisme qui lui donnent de nouveau l'impression d'être attaqué par des bandits. Une nuit, sonné par la fièvre et persuadé qu'il est mourant, il tire un coup de revolver dans le noir.

À son réveil, le lendemain matin, la crise est finie et Luka a repris son poste devant la porte de la cuisine. De nouveaux bergers allemands, offerts par ses voisins, veillent sur sa maison.

Il fait son travail comme si de rien n'était, les livraisons d'œufs se déroulent normalement et le calme règne dans le pays.

Mais comment va-t-il pouvoir continuer à vivre ici ? Il se reproche d'avoir tiré sur Peter Motombwane, mais comment aurait-il pu éviter ça ? Il ne me l'aurait pas permis, se rassure-t-il. Peter Motombwane m'aurait coupé la tête, s'il avait pu. Il était trop désespéré pour attendre que les temps soient mûrs et que la révolte s'organise. Il voulait sans doute précipiter le processus de maturation et il s'est servi de la seule arme dont il disposait. Peut-être savait-il qu'il allait échouer...

Hans Olofson entreprend une comparaison entre lui et Peter Motombwane en suivant le triste parcours de sa propre vie.

J'ai bâti la mienne avec du mauvais ciment. Les fissures sont profondes et elle s'effondrera inévitablement un jour. Mes ambitions ont toujours été superficielles et insuffisantes, mes démarches morales ont été trop sentimentales ou trop impatientes. En réalité, je n'ai jamais rien exigé de moi-même. J'ai fait des études pour pouvoir m'échapper, pour me trouver une porte de sortie. Je suis parti en Afrique porté par le rêve de quelqu'un d'autre. Je me suis retrouvé avec une ferme entre les mains mais tout le travail avait déjà été fait par Judith Fillington. Il ne me restait plus qu'à assurer la routine. Et pour finir, j'ai eu à endosser le rôle épouvantable de l'assassin. J'ai été obligé de tuer un homme, peut-être deux. Des hommes qui étaient prêts à faire ce que je n'aurais jamais eu le courage de faire. On ne peut pas me reprocher d'avoir défendu ma propre vie, c'est pourtant ce dont je m'accuse.

Je me saoule de plus en plus souvent et je titube le soir dans la solitude de mes pièces vides. Il faut que je parte d'ici. Je vais vendre la ferme ou la brûler, il faut que je m'en aille.

Il ne lui reste plus qu'une mission à accomplir : s'occuper des filles de Joyce Lufuma. Il ne peut pas les abandonner. Même si Lars Håkansson est là, il doit s'assurer qu'elles sont dans de bonnes conditions pour mener à bien leur formation.

Un mois plus tard, il décide de leur rendre visite. Il pense d'abord les prévenir mais y renonce, monte dans sa voiture et arrive à Lusaka tard un dimanche soir.

En entrant dans la ville, il ressent une grande joie pour la première fois depuis bien longtemps. J'aurais dû avoir des enfants, se dit-il. Ce n'est peut-être pas encore trop tard ?

Le gardien de nuit de Lars Håkansson lui ouvre les grilles et il pénètre dans la cour...

24

Au moment de la défaite, Hans Olofson aurait aimé pouvoir au moins jouer un petit air de flûte. Mais, à défaut de flûte, il ne tient dans ses mains que ses propres racines arrachées.

C'est Hans Fredström, le fils du pâtissier de Danderyd, qui prononce le jugement qui décidera de son sort. Ils se trouvent dans un bistrot à Stockholm, début septembre 1969. Cinq étudiants qui se sont rencontrés au cours propédeutique de droit. Hans Olofson ne se souvient pas qui d'entre eux a eu l'idée de prendre le train ce mercredi soir pour aller boire une bière à Stockholm, mais il a suivi le mouvement.

Au printemps, Hans Olofson était rentré chez lui dans la maison au bord du fleuve, convaincu qu'il ne parviendrait pas à terminer ses études. Il avait alors enduré des conférences et des cours pendant suffisamment longtemps pour constater qu'il n'était bon en rien. Ses ambitions de devenir le défenseur des *circonstances atténuantes* s'étaient évanouies. Avec un sentiment grandissant d'irréel, il avait écouté le tic-tac du temps dans la Maison aux horloges et il avait fini par se rendre compte que ses études étaient en fait un prétexte pour passer ses après-midi chez le marchand d'armes plutôt que l'inverse.

Les frères Holmström avaient sauvé son été. N'ayant pas encore trouvé la femme de leur vie, ils continuaient à foncer à travers les forêts claires dans leur vieille Saab. Installé sur la banquette arrière, Hans Olofson partageait leur aquavit en regardant les arbres et les petits lacs forestiers défiler derrière les vitres. Il était tombé éperdument amoureux d'une des dauphines de Miss Beauté, rencontrée sur une piste de danse. Elle s'appelait Agnes et était apprentie coiffeuse au salon « Die Welle » situé entre la librairie et le magasin de motos d'occasion de Karl-Otto. Le père d'Agnes avait travaillé en même temps que lui à l'Association des commerçants et il était un de ceux qui lui demandaient d'acheter du tabac à priser et de laver leurs tasses à café. Agnes partageait un petit appartement avec sa sœur aînée au-dessus de l'agence de la Handelsbanken et comme celle-ci était partie en vacances à Höga Kusten avec un homme qui possédait une caravane, ils disposaient de l'appartement. C'est là que Hans Olofson se retrouvait avec les frères Holmström pour mettre au point leurs soirées et c'est là qu'ils revenaient après.

Il avait finalement pris la décision de rester, de chercher du travail et de tirer un trait sur ses projets. Il ne retournerait pas dans le Sud. Mais se rendant compte que son amour était également une illusion, une cachette de plus, il décida quand même de repartir. Les yeux de la fille lui reprochaient sa trahison.

La raison essentielle de son départ était en fait la déchéance insupportable d'Erik Olofson qui se battait avec ses démons de plus en plus souvent et de plus en plus désespérément. Il buvait avec détermination, brisé par son incapacité à regagner la mer.

Cet été-là, Erik Olofson avait définitivement abandonné son rêve et était enfin devenu bûcheron pour de bon. Il n'était plus un marin qui dégageait l'horizon pour déterminer sa position. Un jour, alors que son père cuvait son vin sur le canapé, Hans retrouva la *Célestine* par terre, comme échouée après un violent ouragan. Ce moment lui laissa un sentiment d'impuissance totale. Il était tiraillé entre deux forces contraires. Peu après, il retourna à Uppsala.

En cette soirée de septembre, il se trouve donc dans un bistrot à Stockholm avec Hans Fredström, qui vient de renverser de la bière sur sa main.

Hans Fredström possède quelque chose d'enviable : il a une vocation. Celle de devenir procureur.

– Les criminels doivent être arrêtés et jugés, affirme-t-il. Le rôle du procureur est de promouvoir la propreté. Il faut veiller à ce que le corps social reste propre.

Un jour, Hans Olofson a confié à son ami son intention de devenir le porte-parole des faibles, mais cela lui a immédiatement valu de tomber en disgrâce. Profondément marqué par la mentalité de la bourgeoisie aisée de Danderyd, Hans Fredström lui témoigne depuis une hostilité dont il ne sait pas se protéger. Fredström exprime des opinions tranchées et imbues de préjugés que Hans Olofson trouve répugnantes. Leurs discussions se terminent toujours au moment où elles sont sur le point de dégénérer en pugilats. Hans Olofson fait de son mieux pour esquiver les coups et pourtant c'est toujours lui qui perd.

Il faut que je résiste, se dit-il, c'est avec des gens comme lui que je dois faire respecter la loi et défendre la justice.

L'idée lui apparaît impossible.

Il faut que j'y arrive, il faut que je réagisse, sinon Hans Fredström sévira à sa guise dans les salles d'audience. Il écrasera les *circonstances atténuantes* sous ses pieds insensibles.

Mais Hans Olofson est incapable de l'affronter. Il est trop seul, trop mal armé. Soudain il se lève et quitte le bistrot, suivi des ricanements de Hans Fredström.

Il erre dans la ville, sillonne les rues au hasard. Sa conscience est vide comme les salles d'un palais en ruine, les murs au papier décollé renvoient le bruit de ses pas. Dans une des salles, il découvre Sture. Son ancien compagnon d'armes a un gros tuyau enfoncé dans la gorge et son corps est enserré entre les ailes brillantes du poumon d'acier qui émet le chuintement d'une locomotive à vapeur. Dans une autre salle résonne un mot : Mutshatsha. Mutshatsha, au son de *Some of These Days*...

Il décide de rendre visite à Sture. Il veut le revoir, mort ou vivant.

Quelques jours plus tard, il se rend à Västervik. En fin d'après-midi, il descend du bus qui va de Norrköping à Kalmar et est immédiatement saisi par l'odeur de la mer qui l'entraîne vers l'îlot de Slottsholmen.

Un vent automnal souffle du large. Il longe les pontons, regarde les bateaux. Un voilier solitaire cingle vers le port. À son bord, une femme affale les voiles qui claquent au vent.

Ne trouvant pas de pension de famille, il décide dans un moment d'insouciance de descendre au Stadshotell. À travers le mur de sa chambre, il entend quelqu'un s'agiter et parler longtemps. Quelqu'un qui répète une pièce de théâtre ?

À la réception, un homme aimable avec un œil de verre l'aide à localiser l'hôpital où Sture est censé être.

— C'est sans doute à Granåsen, dit-il. C'est là que sont hospitalisés ceux qui n'ont pas eu la chance de mourir

317

sur le coup. Les accidentés de la route, les motards, les dos brisés. C'est sûrement là.

Granåsen[1] est un nom bien trompeur, constate Hans Olofson le lendemain quand il voit, à travers les vitres du taxi, la forêt s'ouvrir sur un manoir dans un parc bien entretenu. La mer se devine derrière une des ailes. Devant l'entrée principale, un homme sans jambes dort la bouche ouverte dans un fauteuil roulant.

Hans Olofson franchit la grande porte de l'hôpital, qui ressemble à la maison de justice où a vécu Sture. On le conduit à un petit bureau, une lumière verte l'invite à entrer. Un homme qui se présente sous le nom d'Abramovitch s'adresse à lui d'une voix sourde, à peine audible. Hans Olofson imagine que sa tâche essentielle est de maintenir le silence.

– Sture von Croona, chuchote Abramovitch, oui, il est chez nous depuis au moins une dizaine d'années. Mais je ne me souviens pas de vous. Vous êtes de sa famille ?

– Un demi-frère, confirme Hans Olofson.

– Certains visiteurs qui viennent ici pour la première fois sont péniblement affectés, chuchote Abramovitch. À force de rester allongé, il est pâle et un peu enflé.

– Je viens de loin. J'aimerais le voir.

– Je vais me renseigner auprès de lui. Rappelez-moi votre nom. Hans Olofson ? Un demi-frère ?

M. Abramovitch revient au bout d'un moment, il conduit Hans à travers un long couloir, s'arrête devant une porte et frappe. Une sorte de gargouillis leur parvient de l'autre côté.

Rien n'est comme Hans Olofson s'était imaginé. Sture est allongé dans un lit peint en bleu, entouré de plantes

1. « La colline de sapins ».

vertes, au milieu d'une chambre aux murs tapissés de livres. Il n'a pas de tuyau dans la gorge, son corps n'est pas enfermé dans les ailes d'un insecte géant.

La porte de la chambre se referme silencieusement et ils se retrouvent seuls.

– T'as été où pendant tout ce temps, espèce de salaud ? demande Sture.

Sa voix rauque ne dissimule pas sa colère.

Hans Olofson ne s'attendait pas à cette agressivité. Dans son esprit, quelqu'un qui s'était cassé la colonne vertébrale devait être réservé, taciturne.

– Assieds-toi, dit Sture, comme s'il cherchait à le mettre à l'aise.

Hans enlève une pile de livres d'une chaise et s'installe.

– Ça fait dix ans que je t'attends. Dix ans. Les deux premières années, j'étais déçu, mais depuis je suis en colère.

– Je n'ai pas d'explication, dit Hans Olofson. Tu sais ce que c'est.

– Comment tu veux que je sache ce que c'est, merde ? Moi je suis là sans pouvoir bouger !

Soudain son visage s'ouvre dans un sourire.

– Mais finalement t'es venu, dit-il. Jusqu'à cet endroit qui est ce qu'il est. Quand je veux savoir ce qui se passe dehors, ils m'installent une glace pour que je puisse voir le jardin. La chambre a été repeinte deux fois depuis mon arrivée. Au début, ils me faisaient sortir dans le parc mais j'ai fini par refuser. Je me sens mieux ici. Je suis devenu paresseux. Rien n'empêche quelqu'un comme moi de s'adonner à la paresse.

Sidéré, Hans Olofson écoute la force qui émane de Sture. Avec un sentiment grandissant d'irréalité, il se rend compte que, malgré sa situation terrible, il a développé une force et une détermination qu'il est loin de posséder lui-même.

– Ma plus fidèle amie s'appelle Amertume, dit Sture. Elle est là le matin quand je sors de mes rêves, chaque fois que je me fais dessus et que ça commence à puer. Chaque fois que je réalise mon impuissance. Le pire c'est sans doute de ne pas pouvoir se révolter. C'est ma colonne vertébrale qui est cassée, c'est vrai, mais quelque chose s'est cassé aussi dans ma tête. Il m'a fallu beaucoup d'années pour m'en rendre compte. Je me suis alors construit un plan en me basant sur les possibilités que je possède et pas sur celles que je ne possède plus. J'ai décidé de vivre jusqu'à trente ans, pendant encore cinq ans. Il faut que, d'ici là, ma conception du monde soit faite et que mes relations avec la mort soient claires. Mon seul problème, c'est mon immobilité qui m'empêchera de mettre fin à mes jours. Mais j'ai encore cinq ans pour trouver une solution.

– Qu'est-ce qui s'est passé ? demande Hans Olofson.

– Je ne me souviens pas. Ma mémoire est vide. Je ne me souviens que de ce qui s'est passé avant l'accident et puis de mon réveil ici. C'est tout.

Une puanteur se répand subitement dans la chambre, Sture appuie sur la sonnette avec son nez.

– Il faut que tu sortes un instant. Le temps qu'on me nettoie.

Quand Hans regagne la chambre, Sture est en train de boire de la bière avec une paille.

– Il m'arrive de boire de l'aquavit aussi, dit-il, mais ils n'aiment pas ça. Si je vomis, ça leur pose des problèmes. En plus, ça me rend parfois grossier avec les infirmières. Il faut bien que je compense puisque je ne peux rien faire.

– Janine est morte, dit Hans Olofson.

Sture reste longtemps silencieux.

— Qu'est-ce qui lui est arrivé ?

— Elle s'est noyée.

— Tu sais de quoi je rêvais ? Je rêvais de la déshabiller et de coucher avec elle. Il m'arrive encore de m'en vouloir de ne pas l'avoir fait. Toi, tu n'y as jamais pensé ?

Hans Olofson secoue la tête et attrape rapidement un livre pour ne pas avoir à subir d'autres questions.

— Avec l'éducation que j'ai reçue, je n'aurais sans doute jamais pu étudier la philosophie radicale, poursuit Sture. J'inventais des scénarios, je voulais être le Léonard de Vinci de mon temps. J'étais ma propre constellation d'étoiles dans mon cosmos personnel. À présent, je sais que seule la raison me console. Et la raison veut qu'on meure seul, irrémédiablement seul. Tous. Même toi. Je m'efforce d'y penser quand j'écris. J'enregistre des textes sur un magnétophone, d'autres le transcrivent.

— Tu écris sur quoi ?

— Sur une colonne vertébrale brisée qui s'en va dans le vaste monde. Abramovitch n'a pas l'air ravi quand il lit ce que les filles ont transcrit. Il n'en comprend pas le sens et ça l'inquiète. Mais dans cinq ans, il n'aura plus à se soucier de moi.

Sture lui demande de lui parler de sa vie mais Hans Olofson a l'impression de ne rien avoir à dire.

— Tu te souviens du marchand de chevaux ? demande-t-il, faute de mieux. Il est mort cet été. Le squelette rongé par le cancer.

— Je ne l'ai jamais rencontré, dit Sture. Je me demande si, dans le fond, j'ai rencontré d'autres gens que toi et Janine.

— Il y a tellement longtemps.

– Si je n'ai pas trouvé de solution à mon problème d'ici cinq ans, tu voudras bien m'aider ?

– Si je peux.

– N'oublie pas qu'une promesse faite à quelqu'un qui a le dos cassé se respecte. Si tu ne le fais pas, je hanterai ton cerveau jusqu'à la fin de ta vie.

Ils se séparent tard dans l'après-midi.

M. Abramovitch entrouvre prudemment la porte pour annoncer qu'il peut ramener Hans Olofson en ville.

– Reviens me voir une fois par an, dit Sture. Mais pas plus. Je ne pourrai pas te consacrer plus de temps.

– Je peux t'écrire.

– Non, pas de lettres. Ça me rend nerveux. Il y a trop d'actions dedans. Allez, va-t'en maintenant...

Hans Olofson sort de la chambre avec le sentiment d'être le roi des Indignes. Il a vu son image dans le regard de Sture. Il ne pourra plus y échapper...

Tard dans la soirée, il revient à Uppsala. Les pendules égrènent bruyamment les secondes, les minutes et les heures dans la jungle impénétrable du temps qui est le sien.

Mutshatsha. Qu'est-ce qu'il me reste d'autre ?

Le ciel suédois est de plomb ce matin de septembre 1969 où Hans quitte les horizons connus pour partir dans le monde. Il a vidé ses comptes pour acheter le billet qui le projettera dans les couches d'air supérieures. Son pèlerinage douteux vers Mutshatsha, le rêve de Janine, a commencé.

Une épaisseur interminable de nuages dans un ciel immobile est suspendue au-dessus de sa tête quand il monte dans l'avion. Il traverse le tarmac détrempé, l'humidité s'infiltre dans ses chaussures. Il se retourne comme s'il y avait quelqu'un qui l'accompagnait...

Il observe ses copassagers dont aucun ne doit être en route pour Mutshatsha. C'est sans doute la seule chose dont je suis certain pour l'instant, se dit-il.

L'avion de Hans Olofson fait une petite révérence avant de s'élever dans les airs.

Vingt-sept heures plus tard, pile à l'heure prévue, il atterrit à Lusaka. L'Afrique l'accueille avec une chaleur écrasante. Personne ne l'attend.

25

Un gardien de nuit visiblement effrayé s'approche de lui, un gourdin à la main. Deux gros bergers allemands tournent inlassablement dans la cour mal éclairée.

Une grande fatigue s'empare soudain de Hans Olofson. Je n'en peux plus, se dit-il. Je ne supporte plus ces chiens de garde agressifs et ces murs couronnés de tessons de bouteille. Je me déplace d'un bunker blanc à un autre et partout je retrouve la même peur...

Il frappe à la porte du petit logement de service. C'est Peggy qui lui ouvre, Marjorie se tient derrière elle. Elles rient toutes les deux, très heureuses de le revoir. Mais il sent immédiatement que derrière leur rire se dissimule autre chose. Il s'installe sur une chaise et écoute leurs voix qui lui proviennent de la petite cuisine où elles sont allées lui préparer du thé.

J'oublie que je suis un *mzungu* également pour elles, pense-t-il. Peter Motombwane est le seul Africain avec qui j'ai pu passer des moments sans ce mur invisible. Pendant qu'ils prennent le thé, il se renseigne sur leur vie à Lusaka.

– Ça va bien, répond Marjorie. *Bwana* Lars s'occupe de nous.

Sans mentionner l'agression nocturne dans sa ferme, Hans Olofson demande si leur village leur manque. Elles disent que non, pourtant il sent que quelque chose ne va pas. Derrière leur joie se cache une sorte d'inquiétude. Il décide d'attendre le retour de Lars Håkansson.

– Je serai là encore demain, dit-il. On pourra faire du shopping dans Cairo Road.

Il sort dans la cour et les entend verrouiller la porte derrière lui. Dans un village africain, il n'y a pas de verrou, mais la première chose qu'on apprend dans les bunkers des Blancs, c'est de fermer la porte à clé. Une sécurité bien illusoire, se dit-il.

Le gardien de nuit vient vers lui, toujours muni de son gourdin.

– Où est *bwana* Lars ? demande Hans Olofson.

– À Kabwe, *bwana*.

– Il revient quand ?

– Demain peut-être, *bwana*.

– Je vais rester ici cette nuit. Ouvre-moi la porte.

Pendant que le gardien de nuit va chercher les clés, un des chiens vient renifler la jambe de Hans Olofson. Il lui donne un coup de pied, l'animal se retire en gémissant. Les chiens de ce pays sont dressés pour attaquer les gens à la peau noire, constate-t-il. Comment fait-on pour imposer un comportement raciste à un chien ?

Le gardien ouvre la porte et tend les clés à Hans Olofson, qui ferme de l'intérieur. D'abord les deux cadenas de la grille ainsi que celui de la barre de fer, puis les deux serrures et les trois verrous. Huit clés en tout. Huit clés pour se garantir une nuit tranquille…

Qu'est-ce qui tracasse les filles ? Le mal du pays ? Ou est-ce autre chose ?

Il allume toutes les lampes de la maison spacieuse de Lars Håkansson et se promène à travers les pièces décorées avec goût. Partout des enceintes invisibles diffusent de la musique.

Il choisit une chambre d'amis où le lit a été refait avec des draps propres. Je suis plus en sécurité ici que chez moi, constate-t-il. Du moins je le crois. Personne ne sait que je suis là.

Il prend un bain dans une magnifique salle de bains, éteint la musique et se glisse entre les draps.

Au moment où il est sur le point de sombrer dans le sommeil, l'inquiétude s'empare de nouveau de lui. Peggy et Marjorie sont en danger. Mais il se rassure en se disant que l'Afrique l'a rendu trop méfiant. Il a l'impression de voir la peur sur tous les visages.

Il se lève et déambule dans la maison. Il ouvre des portes, regarde les titres des livres, étudie le plan d'une station-relais accroché au mur dans le bureau de Lars Håkansson. Tout est net et précis. Le Suédois s'est installé dans une Afrique sans poussière, impeccablement rangée.

Les tiroirs contiennent des piles parfaites de sous-vêtements. Une des pièces est devenue un atelier de photo, dans une autre il trouve un vélo d'intérieur et une table de ping-pong.

Hans Olofson retourne dans la grande salle de séjour en se faisant la remarque que rien ne rappelle le passé de Lars Håkansson. Il n'y a aucune photo, ni de ses enfants ni de son ex-femme. Il a probablement profité de son éloignement du pays pour se débarrasser des souvenirs dont il ne veut plus.

Dans le tiroir d'un secrétaire, il tombe cependant sur des paquets de photos. Il est obligé de les éclairer pour voir ce qu'elles représentent. Ce sont des photos pornographiques dont tous les acteurs sont des jeunes gens noirs. Sur certaines, il y a des scènes de rapports sexuels, sur d'autres des filles – toutes très jeunes – qui posent nues. Il découvre Peggy et Marjorie, désespérément seules, soumises.

Parmi les photos, il trouve aussi une lettre écrite en allemand. Il arrive à la déchiffrer suffisamment pour comprendre que l'expéditeur est un homme de Francfort qui remercie Lars Håkansson pour les clichés, qui souhaite en avoir d'autres et qui informe que trois mille Deutsche Mark ont été transférés à une banque au Liechtenstein, comme convenu.

Hans Olofson est pris d'une rage violente. J'ai fait une confiance absolue à ce salaud. À ce salopard qui a forcé mes filles africaines à faire des choses pareilles. Avec des menaces ? Des promesses ? Il a peut-être aussi abusé d'elles physiquement ? Elles sont peut-être enceintes ?

Il glisse les photos de Peggy et de Marjorie dans sa poche et referme le tiroir. Sa décision est prise. Par le gardien de nuit il apprend que Lars Håkansson est descendu dans une *Department Guest-House*, près des grands cantonnements militaires, à l'entrée sud de Kabwe.

Il s'habille, sort de la maison et monte dans sa voiture sous le regard étonné du gardien de nuit.

– C'est dangereux d'aller si loin dans la nuit, *bwana*, le prévient-il.

– Qu'est-ce que je risque ?

– Il y a des voleurs, *bwana*. Des assassins.

– Je n'ai pas peur.

C'est vrai, constate Hans Olofson en sortant de la propriété, ma colère est plus forte que ma peur.

Il laisse la ville derrière lui en s'obligeant à ne pas conduire trop vite. Les Africains roulent souvent sans phares et il ne veut pas risquer d'avoir un accident.

Je me suis fait duper avec une facilité consternante, constate-t-il. Un Suédois vient me demander de lui vendre une colline et je lui fais immédiatement confiance. Bien trop vite il met un logement à la disposition de Peggy et de Marjorie et je ne me pose même pas de questions. Est-ce qu'il leur a donné de l'argent ? Est-ce qu'il les a menacées ? Les deux, peut-être ? Il n'existe pas de punition assez forte, mais j'aimerais comprendre comment on peut se comporter comme lui.

À mi-chemin entre Lusaka et Kabwe, il tombe sur un barrage militaire. Il ralentit et s'arrête devant le poste de contrôle. Des soldats casqués en treillis se dirigent vers lui, les mitraillettes levées. Il baisse la vitre, un des soldats se penche pour vérifier l'intérieur de sa voiture. Il est très jeune et très saoul. Le soldat lui demande où il va.

– Chez moi, répond Hans Olofson sur un ton aimable. À Kalulushi.

Le soldat le somme de descendre de la voiture. Il va me tuer, pense-t-il. Il va me tirer dessus parce qu'on est en pleine nuit, qu'il est ivre et qu'il s'ennuie.

– Pourquoi tu rentres chez toi à cette heure-ci ?

– Ma mère est malade.

Le soldat l'observe longuement de ses yeux vitreux, la mitraillette à la hauteur de sa poitrine. Puis il agite son arme en disant :

– Allez, vas-y !

Hans Olofson remonte dans sa voiture, évite de faire des mouvements rapides et démarre tout doucement.

C'est ça, l'imprévisibilité africaine, pense-t-il. Il y a au moins une chose que j'ai apprise au bout de toutes ces années en Afrique, c'est qu'il faut toujours faire référence à sa mère…

Il appuie progressivement sur l'accélérateur tout en se demandant s'il existe une solitude plus grande que celle d'un Blanc à un barrage militaire dans la nuit africaine.

Il est presque quatre heures quand il arrive à Kabwe. Au bout d'une heure, il trouve un panneau indiquant la *Department Guest-House*.

Il a décidé de réveiller Lars Håkansson pour lui jeter les photos au visage. Je le giflerai aussi peut-être. Je lui cracherai dessus…

Un gardien de nuit dort devant les grilles de la maison. Ses bottes sont trop près du feu et dégagent une odeur de caoutchouc brûlé. Une bouteille vide de *lituku* traîne par terre. Hans essaie de réveiller l'homme, sans succès.

Il pousse alors la grille lui-même et découvre rapidement la voiture de Lars Håkansson devant un des petits logements. Il se gare à côté, éteint les phares et grommelle entre ses dents : Me voilà, Lars Håkansson !

Il cogne trois fois à la porte avant d'entendre la voix de Lars Håkansson. Il s'annonce et ajoute qu'il a une affaire importante à lui soumettre.

Il doit comprendre de quoi il s'agit, se dit-il. Peut-être qu'il n'osera pas m'ouvrir.

Lars Håkansson déverrouille cependant la porte et l'invite à entrer.

– C'est toi ! Quelle surprise ! En pleine nuit. Comment tu as fait pour me retrouver ?

– C'est grâce à ton gardien de nuit.

– Il y a un commandant militaire ici qui aimerait confier l'installation des pylônes pour les antennes-relais du pays entier à l'entreprise de son frère, dit Lars Håkansson. Il a senti l'odeur de l'argent mais il a du mal à comprendre que les choses ne se dérouleront pas forcément selon ses désirs.

Il sort une bouteille de whisky et deux verres.

– Je suis allé à Lusaka pour voir Marjorie et Peggy, dit Hans. J'aurais peut-être dû t'appeler avant.

– Elles vont très bien. Des gamines vives et joyeuses.

– En effet. Elles représentent l'avenir de ce pays.

Lars Håkansson vide son verre et lui adresse un sourire oblique.

– C'est joliment dit.

– Je suis sérieux en disant ça, affirme Hans Olofson.

Il jette un œil sur le pyjama en soie de son interlocuteur, puis pose les photos sur la table, l'une après l'autre. Quand il a fini, il voit que Lars Håkansson l'observe fixement.

– Je devrais bien sûr t'en vouloir d'avoir fouillé dans mes affaires, dit-il. Mais je vais faire preuve d'indulgence. Dis-moi ce que tu veux.

– C'est… c'est…

– Qu'est-ce qu'il y a ? l'interrompt Lars Håkansson. Des filles nues sur des photos, et alors ?

– Tu les as menacées ? Tu leur as donné de l'argent ?

Lars Håkansson remplit son verre, Hans Olofson note que sa main ne tremble pas.

– Tu vis en Afrique depuis vingt ans, dit Håkansson, alors tu devrais connaître le respect qu'on voue à ses parents. Les liens du sang sont extensibles. Tu as été leur père, ce rôle m'incombe maintenant en partie. Je peux leur demander gentiment d'enlever leurs vêtements et de faire ce que je leur dis. Pourquoi les menacer ? Je tiens autant que toi à ce qu'elles réussissent leur formation. Je leur donne de l'argent, évidemment. Comme toi. Nous, les coopérants, nous possédons tous la fibre humanitaire.

– Tu m'avais promis de veiller sur elles, rappelle Hans d'une voix mal assurée. Tu les as transformées

330

en modèles porno pour des photos que tu vends en Allemagne.

Lars Håkansson pose brutalement son verre sur la table.

– Tu as fouillé dans mes tiroirs, s'énerve-t-il. Je devrais te mettre à la porte mais je ne vais pas le faire. Je vais t'écouter poliment et patiemment. Mais ne viens pas me donner des leçons de morale. Je ne le supporterais pas.

– Tu couches avec elles aussi ?

– Pas encore. Sans doute parce que j'ai peur du sida. Mais elles sont peut-être vierges ?

Je vais le tuer, se dit Hans Olofson. Je vais le tuer, ici et maintenant.

– Je propose qu'on mette fin à cette conversation, suggère Lars Håkansson. Tu m'as réveillé et demain il faut que je supporte un nègre en uniforme. Oui, je m'intéresse à la photo pornographique. Surtout à l'étape du développement. Voir progressivement la nudité apparaître dans le bain révélateur est assez excitant. Et ça paie bien. Un jour, je m'achèterai un voilier et je voguerai vers les paradis lointains. Les modèles de mes photos ne subissent aucun mal. Ils sont payés et les photos sont publiées dans des pays où ils ne sont pas connus. Je sais, bien sûr, que ce genre de photos est interdit dans ce pays. Mais je jouis d'une immunité encore plus efficace que si j'étais l'ambassadeur de Suède. À l'exception de cet imbécile de commandant de Kabwe, les dirigeants militaires de ce pays sont mes amis. Je leur construis des stations-relais, ils boivent mon whisky et reçoivent parfois une partie de mes dollars. Pareil pour les policiers et les ministres. Tant que l'État suédois distribue ses millions et tant que j'en ai la responsabilité, je suis invulnérable. Si jamais tu avais la mauvaise idée d'aller montrer ces photos à la police, tu risquerais sérieusement d'être expulsé du pays dans les vingt-quatre heures, tu aurais tout juste le temps de ramasser tes affaires. Je n'ai rien d'autre à te dire. Si tu es scandalisé, je n'y peux rien. Si tu veux ramener les filles, je ne pourrai pas t'en empêcher. Mais ça serait dommage pour leur formation. On peut considérer qu'à partir de maintenant nos affaires sont closes, j'ai obtenu ma colline et tu vas avoir ton argent. Je regrette que ça se termine comme ça entre nous, mais je ne supporte pas qu'on abuse de ma confiance et qu'on fouille dans mes tiroirs.

— T'es une ordure ! s'exclame Hans Olofson.

— Va-t'en à présent.

— Quand je pense que la Suède envoie des gens comme toi !

— On m'apprécie beaucoup à l'ASDI, affirme Lars Håkansson. Je suis considéré comme un excellent expert technique.

— Et s'ils étaient au courant ?

— Personne ne te croirait. Ils s'en foutraient. Seul le résultat compte et tout le monde a le droit à sa vie privée. Les considérations morales ou idéalistes sont très éloignées de la réalité politique.

— Quelqu'un comme toi ne mérite pas de vivre ! Je devrais te supprimer tout de suite.

— Mais tu ne le fais pas, commente Lars Håkansson en se levant. Tu n'as qu'à prendre une chambre à l'Elephant's Head pour passer une bonne nuit. Demain tu seras moins indigné.

Hans Olofson ramasse les photos et s'en va. Lars Håkansson le suit.

— Je vais envoyer quelques-unes de ces photos à

l'ASDI, déclare Hans. Il faut qu'ils soient au courant et quelqu'un va forcément réagir.

– Rien n'indique que ces photos ont un rapport avec moi. Pour eux, ce sera seulement une accusation embarrassante venant d'un producteur d'œufs suédois qui a passé trop de temps en Afrique. L'affaire sera vite classée et oubliée.

Fou de rage, Hans Olofson monte dans sa voiture, tourne la clé de contact et allume les phares. Le pyjama en soie de Lars Håkansson brille dans la nuit africaine. Je ne pourrai jamais l'atteindre, constate Hans en enclenchant la marche arrière.

Soudain il change d'avis, met la première, appuie sur l'accélérateur et fonce droit sur Lars Håkansson. Il ferme les yeux quand la voiture passe sur le corps. Un léger bruit, une petite secousse dans le volant. Sans se retourner, il se dirige vers la sortie. Le gardien de nuit dort, ça sent encore le caoutchouc cramé. Hans Olofson pousse les grilles et quitte Kabwe.

Ici on pend les assassins, se rappelle-t-il avec désespoir. Je dirai que c'était un accident, que j'étais sous le choc et que ça explique mon départ précipité. J'ai des excuses. Je viens d'être victime moi-même d'une agression épouvantable. Je suis épuisé, exténué.

Il prend la direction de Kalulushi, étonné de ne pas avoir de remords. Il est certain que Lars Håkansson est mort.

À l'aube, il s'arrête à l'écart de la route principale pour regarder le soleil se lever sur l'immense lande. Après avoir brûlé les photos de Peggy et de Marjorie, il laisse le vent chaud emporter les cendres.

J'ai maintenant tué deux hommes, peut-être trois. Peter Motombwane, probablement le meilleur fils de ce pays, et Lars Håkansson, un monstre.

Tuer quelqu'un est un acte incompréhensible. Pour pouvoir le supporter, il faut que je me dise que j'ai expié la mort de Peter Motombwane en assassinant Lars Håkansson. C'est une sorte de rédemption même si, en réalité, ça ne change rien…

Pendant deux semaines d'angoisse extrême, il attend la police. Il délègue tout ce qu'il peut à ses contremaîtres, prétextant des accès répétés de paludisme. Patel vient en visite et Hans Olofson lui demande des somnifères. Il passe ensuite des nuits sans rêves et ne se réveille que lorsque Luka frappe à la porte de la cuisine.

Il se dit qu'il devrait aller voir Joyce Lufuma mais il ne sait pas quoi lui dire. Il ne peut qu'attendre. Attendre que la police vienne le chercher dans sa vieille voiture qui aura sans doute encore besoin de son essence pour marcher.

Deux semaines plus tard, Luka lui apprend que Peggy et Marjorie sont revenues de Lusaka.

Paralysé par la peur, il craint de voir arriver la police. Que ce soit bientôt fini.

Mais les seules à se présenter devant son hangar sont Peggy et Marjorie. Il les voit arriver dans la lumière du soleil et il sort pour leur demander pourquoi elles sont revenues de Lusaka.

– Les *mzunguz* nous ont appris la mort de *bwana* Lars, dit Marjorie. On ne pouvait plus rester dans notre logement. Un homme du même pays que toi nous a donné de l'argent pour rentrer chez nous. Et nous voilà.

Il les raccompagne chez elles.

– Rien n'est trop tard, leur assure-t-il. Je trouverai une autre solution. Vous allez suivre la formation d'infirmière comme prévu.

Elles ne savent pas qu'on partage un secret, se dit-il. Mais elles se doutent peut-être qu'il existe un rapport entre la mort de Lars Håkansson, les photos et moi. Il se peut aussi qu'elles ne réfléchissent pas du tout comme ça.

– Comment est mort *bwana* Lars ? demande-t-il.

– L'homme de ton pays nous a expliqué que c'était un accident, répond Peggy.

– La police n'est pas venue ?

– Non, il n'y a pas eu de police.

C'est vrai que le gardien de nuit dormait, se rappelle-t-il, et qu'il n'y avait pas d'autres voitures. Lars Håkansson était peut-être le seul client de la guest-house. Et il est possible que le gardien ait préféré éviter des complications. Il n'a peut-être même pas mentionné ma visite la nuit de l'accident. Peggy et Marjorie n'ont certainement rien dit et personne n'a dû leur poser de questions. Il n'y a peut-être même pas eu d'enquête. Un accident inexplicable, le rapatriement du corps d'un coopérant suédois. Quelques lignes dans les journaux, une représentation de l'ASDI aux obsèques. Les gens se posent des questions mais se disent que l'Afrique est un continent indéchiffrable.

Personne ne l'accusera de la mort de Lars Håkansson. Un coopérant suédois meurt de façon inexplicable. La police fait une enquête et trouve des photos porno. Une affaire classée à la hâte.

Les soupçons d'un crime ne sont pas une bonne image pour l'installation d'un réseau de relais de télécommunications. Ces pylônes m'ont sauvé, se dit-il.

Assis sous l'arbre devant la case de Joyce Lufuma, il médite sur la vie qui se déroule sous ses yeux. Peggy et Marjorie sont allées ramasser du bois, leurs plus jeunes sœurs sont parties chercher de l'eau. Joyce écrase du maïs avec un gros pilon. C'est le sort des femmes de décider de l'avenir de l'Afrique, songe-t-il. Les hommes passent leur temps à l'ombre des arbres alors que les femmes travaillent dans les champs, mettent des enfants au monde, transportent d'énormes sacs de maïs sur leur tête. Ma ferme emploie essentiellement des hommes, mais elle ne donne pas une vraie image de l'Afrique. Ce sont les Africaines qui portent le continent sur leur tête. Voir une femme avec sa lourde charge donne une impression de force et de confiance en soi, mais personne ne saura que des souffrances physiques résulteront fatalement de ces efforts.

Joyce Lufuma a trente-cinq ans tout au plus. Elle a mis quatre filles au monde, elle a encore la force de piler du maïs. Sa vie ne lui laisse pas le temps de réfléchir. Elle ne fait que travailler. Travailler pour vivre. Peut-être a-t-elle vaguement espéré qu'au moins deux de ses filles auraient une autre vie que la sienne. Ses rêves sont réservés à ses filles.

Le bruit rythmé du pilon qui écrase le maïs résonne comme celui du tambour. L'avenir de l'Afrique doit partir de cette image : une femme qui pile du maïs…

Joyce a commencé à tamiser la farine. De temps à autre, elle le regarde et quand leurs yeux se croisent elle éclate de rire. Ses dents blanches brillent. Le travail et la beauté sont intimement liés, constate-t-il. Joyce Lufuma est la femme la plus belle et la plus digne qu'il m'ait été donné de rencontrer. Je ressens pour elle un amour respectueux. Sa volonté inaltérée de vivre respire une telle sensualité. Dans ce domaine, sa richesse est bien supérieure à la mienne. Elle fait des efforts pour maintenir ses enfants en vie, pour leur donner à manger tous les jours, pour ne pas avoir à subir leur mort et à les enterrer dans le bush.

Sa richesse est infinie. Comparé à elle, je suis d'une pauvreté navrante et j'aurais tort de penser que mon argent pourrait améliorer sa vie. Tout ce que je peux faire, c'est l'aider à accomplir son œuvre et éventuellement éviter qu'elle meure à quarante ans, épuisée par ses efforts…

En file indienne, les quatre filles reviennent avec des seaux d'eau et du bois. J'emporterai cette image en partant, se dit-il. Il se rend soudain compte que sa décision de quitter l'Afrique est enfin prise. Au bout de dix-neuf ans. Il regarde les filles sur le sentier, elles marchent le dos bien droit pour maintenir les charges en équilibre sur leur tête. Il les regarde et il repense au jour où il s'est caché dans la briqueterie en ruine près de son village.

C'est ici que je suis arrivé. Derrière le vieux four, je me suis demandé à quoi ressemblait le monde. Aujourd'hui je sais qu'il ressemble à Joyce Lufuma et à ses quatre filles. Il m'aura fallu plus de trente ans pour le comprendre.

Il partage leur repas composé de *nshima* et de légumes. Les flammes montent du feu de charbon de bois. Peggy et Marjorie parlent de Lusaka. Elles ont déjà oublié Lars Håkansson et son appareil photo. Le passé est révolu.

Il reste longuement devant leur feu, il écoute, parle peu. Maintenant qu'il a enfin décidé de vendre sa ferme et de s'en aller, il n'est plus pressé. Il n'est même pas triste d'avoir été vaincu par l'Afrique, d'avoir été poussé jusqu'à son point de rupture.

Le ciel étoilé au-dessus de lui est parfaitement clair.

Les filles se retirent dans la case pour la nuit et il reste seul avec Joyce Lufuma.

– Il fera bientôt jour, dit-il dans sa langue à elle, le bemba, qu'il a appris à parler passablement au cours de ses longues années africaines.

– Oui, encore un jour, si Dieu le veut, répond-elle.

Il pense aux mots qui n'existent pas dans cette langue. Des mots comme « bonheur », « avenir », « espérance ». Des mots qui n'ont pas de raison d'être puisqu'ils ne correspondent pas aux expériences des gens d'ici.

– Je suis qui ? demande-t-il soudain.

– Un *bwana mzungu*, répond-elle.

– Rien d'autre ?

– Il y aurait autre chose ? s'étonne-t-elle.

Peut-être pas, se dit-il. C'est peut-être ce que je suis, un *bwana mzungu*. Un drôle de *bwana* qui n'a pas d'enfants, même pas d'épouse. Il décide de lui annoncer sa décision.

– Je vais partir d'ici, Joyce. Quelqu'un d'autre reprendra ma ferme. Mais je vais d'abord m'occuper de toi et de tes filles. Il me semble que le mieux serait que tu retournes avec tes enfants dans la région de Luapula dont tu es originaire. C'est là que tu as ta famille et tes origines. Je te donnerai l'argent qui te permettra de te faire construire une maison et d'acheter suffisamment de *limas* de terres cultivables pour vivre confortablement. Avant de m'en aller, je vais veiller à ce que Peggy et Marjorie puissent mener à bien leurs études. Elles pourraient peut-être aller à l'école de Chipata ? Ce n'est pas trop loin de Luapula et c'est moins grand que Lusaka. Je veux que tu saches que je vais m'en aller mais n'en parle à personne pour l'instant. Les gens de la ferme pourraient s'inquiéter et je veux éviter ça.

Il parle lentement pour qu'elle comprenne l'importance de son message, elle l'écoute attentivement.

– Je rentre dans mon pays, reprend-il, comme toi tu rentres chez toi à Luapula.

Elle lui adresse un sourire comme si elle comprenait soudain la portée de ses mots.

– Ta famille t'y attend, dit-elle. Ta femme et tes enfants.

– Oui. Ils m'attendent. Depuis longtemps.

Pleine d'enthousiasme, elle lui pose des questions sur sa famille et, pour lui faire plaisir, il s'en crée une de trois fils, de deux filles et d'une épouse.

Sinon elle ne comprendrait pas, se dit-il. La vie de l'homme blanc est pour elle incompréhensible.

Tard dans la nuit, il remonte dans sa voiture. À la lumière des phares, il voit Joyce Lufuma fermer la porte de sa case. Les Africains sont hospitaliers, constate-t-il, et pourtant je ne suis jamais entré chez elle.

Arrivé à sa ferme, les bergers allemands viennent à sa rencontre. Plus jamais je n'aurai de chiens, décide-t-il. Plus jamais je ne veux vivre entouré du bruit des typhons et des chiens dressés pour sauter à la gorge des gens. Ce n'est pas normal de dormir avec un revolver sous l'oreiller et de vérifier tous les soirs qu'il est chargé.

Il traverse la maison silencieuse en se demandant ce qu'il va trouver à son retour. Dix-huit ans, c'est une longue période, il sait à peine ce qui s'est passé en Suède pendant toutes ces années. Il s'installe dans son bureau, allume une lampe et s'assure que les rideaux sont bien fermés.

La vente de la ferme me donnera une grande quantité de kwacha : je ne pourrai pas emporter tous ces billets ni les changer. Patel va sans doute pouvoir m'aider en partie mais il en profitera pour exiger au moins cinquante pour cent pour couvrir ses frais. Je possède une somme d'argent dont j'ignore le montant dans une banque en Angleterre et je partirai d'ici les mains vides.

Il hésite de nouveau. Ce départ est-il réellement

nécessaire ? Je ferais peut-être mieux d'accepter le revolver sous l'oreiller, la peur constante et l'insécurité dans laquelle j'ai toujours vécu ?

Si je reste encore quinze ans, je pourrai prendre ma retraite et m'installer à Livingstone ou en Suède. Quelqu'un d'autre que Patel pourra sûrement m'aider à sortir de l'argent pour assurer les dernières années de ma vie.

Je n'ai rien qui m'attend en Suède. Mon père est mort depuis longtemps et dans mon village natal plus personne ne se souvient de moi. Je me demande comment je vais pouvoir survivre dans le froid de l'hiver maintenant que je suis habitué à la chaleur de l'Afrique. Comment supporter de changer mes sandales contre de grosses chaussures fourrées ?

Un court instant, Hans joue avec l'idée de reprendre ses études, de profiter de son âge mûr pour terminer son diplôme de droit.

Il a passé vingt ans à essayer de donner une forme à sa vie mais un concours de circonstances l'a retenu en Afrique. Partir en Suède ne serait pas juste un retour, il serait obligé de tout recommencer à zéro. Mais pour faire quoi ?

Il arpente la pièce, incapable de rester en place. Il entend un hippopotame grogner près du fleuve. J'ai vu combien de cobras au cours de mes années en Afrique ? se demande-t-il. Trois ou quatre par an. Un nombre incalculable de crocodiles, d'hippopotames et de pythons. Un mamba vert qui s'était introduit dans un des poulaillers. J'ai écrasé un singe avec ma voiture aux abords de Mufulira. C'était un babouin, un gros mâle. À Luangwa, j'ai vu des lions et des milliers d'éléphants. J'ai aussi vu des *pocos* et des *kudus* faire d'énormes bonds dans l'herbe et parfois traverser ma route. En revanche, je n'ai jamais vu de léopard, j'ai seulement deviné une ombre la nuit où Judith Fillington m'a demandé de lui donner un coup de main à sa ferme.

Quand je serai parti d'ici, ma période africaine s'évanouira comme un rêve étrange qui aura pourtant constitué une partie décisive de ma vie. Qu'est-ce que j'emporterai avec moi ? Une poule et un œuf ? Le bâton de bois incrusté de signes que j'ai trouvé près du fleuve ? Ou la *panga* de Peter Motombwane ? L'arme qui a tué deux de mes amis et qui devait trancher ma gorge. Dois-je remplir mes poches de terre rouge ?

J'emporterai l'Afrique au fond de moi. Le son des percussions qui retentissent au loin dans la nuit. Le ciel étoilé à la clarté incomparable. La variation des paysages au dix-septième degré de latitude. L'odeur du charbon de bois et de la transpiration de mes ouvriers. L'image des filles de Joyce portant les charges sur leur tête...

Je ne peux pas quitter l'Afrique avant de m'être réconcilié avec moi-même et avec le fait que je sois resté ici pendant près de vingt ans. La vie est ce qu'elle est. Ma vie à moi est celle-ci. Je n'aurais probablement pas été plus heureux si j'avais terminé mes études et passé ma vie dans le monde de la justice suédoise. Beaucoup rêvent de partir ailleurs, moi je l'ai fait, j'ai donc réussi quelque chose. Ça serait stupide de ma part de ne pas assumer mes dix-huit ans en Afrique. Dix-huit ans dont je suis reconnaissant.

Au fond de moi, je sais que je dois m'en aller. Les deux assassinats que j'ai commis et qui me rongent rendent impossible ma présence ici. C'est peut-être une fuite ? Peut-être un départ naturel ? Il faut que je me prépare rapidement.

Allongé dans son lit, il constate qu'il ne regrette pas

d'avoir écrasé Lars Håkansson. Sa mort ne l'affecte pas. En revanche, il souffre en repensant à la tête ensanglantée de Peter Motombwane. Dans son rêve, il voit l'œil d'un léopard qui l'observe...

La dernière période de Hans Olofson en Afrique se prolonge pendant encore six mois. Il propose sa ferme à la colonie blanche, mais, à sa surprise, il n'y a pas d'acheteur. Elle est trop isolée. Elle a un bon rendement mais personne n'ose la reprendre. Au bout de quatre mois, seules deux personnes se déclarent intéressées et il se fait à l'idée qu'il n'en tirera pas grand-chose.

Les deux acheteurs se révèlent être Patel et mister Pihri & fils.

Quand la vente de la ferme se précise, ils viennent tous les trois lui rendre visite. C'est un pur hasard s'ils ne se retrouvent pas en même temps sur sa terrasse. Mister Pihri et son fils disent qu'ils regretteront son départ. Et pour cause, se dit Hans Olofson, avec moi disparaîtra leur meilleure source de revenu. Plus de voitures d'occasion, plus de machines à coudre, plus de cartons d'œufs chargés sur leur banquette arrière.

Quand mister Pihri se renseigne sur le prix de la ferme, Hans Olofson pense d'abord que c'est par curiosité. Il réalise ensuite que mister Pihri est un acquéreur éventuel. Il a les moyens d'acheter ma ferme, je lui ai donc donné autant d'argent au cours de ces années ! Si c'est le cas, ça serait une conclusion parfaite pour ce pays, peut-être même pour l'Afrique.

– J'ai une question, dit-il. En toute amitié.

– Nos conversations sont toujours amicales, réplique mister Pihri.

– Tous ces documents qu'il a fallu faire tamponner pour éviter des ennuis, étaient-ils réellement nécessaires ?

Mister Pihri réfléchit longuement avant de répondre.

– Je ne comprends pas bien.

Ça serait bien la première fois, se dit Hans Olofson.

– En toute amitié, reprend-il, ce que je cherche à savoir, c'est si vous m'avez réellement rendu autant de services que je l'ai cru, vous et votre fils.

Mister Pihri affiche un air soucieux, son fils baisse la tête.

– Nous vous avons toujours évité des ennuis, répond-il. En Afrique, nous essayons toujours de préserver les avantages réciproques.

Je ne connaîtrai jamais le montant des sommes qu'il m'a soutirées, constate Hans Olofson. Ni le montant de l'argent qu'il a versé à son tour à d'autres fonctionnaires corrompus. Il va me falloir vivre avec ce mystère.

Le jour même, Patel se présente à la ferme dans sa voiture rouillée.

– Une ferme comme celle-ci ne doit pas être difficile à vendre, commence-t-il sur un ton aimable.

Sous son obséquiosité se cache une bête féroce, se dit Hans Olofson. En ce moment même il est en train de calculer les pourcentages et de préparer un discours sur le danger de transférer des devises illégalement, hors du contrôle de la Banque nationale de la Zambie. Mister Pihri et Patel sont des représentants particulièrement déplorables de la population de ce continent, mais sans eux rien ne fonctionnerait. Comme toujours, ce sont les pauvres qui payent le prix de la corruption, et les pauvres n'ont pas la possibilité d'agir. Hans Olofson mentionne ses problèmes et annonce le prix qu'il en veut.

– Et vous comprenez bien qu'il s'agit là d'un prix scandaleusement bas, ajoute-t-il.

– Les temps sont difficiles, riposte Patel.

Deux jours plus tard arrive une lettre dans laquelle Patel se dit intéressé par l'acquisition de la ferme mais déclare que le prix lui semble un peu élevé, compte tenu des difficultés liées à l'époque. J'ai donc deux acheteurs éventuels, conclut Hans Olofson. Tous les deux sont prêts à se payer ma ferme avec mon argent…

Il écrit à la banque à Londres pour leur dire qu'il met sa propriété en vente. D'après le contrat de Judith Fillington, établi avec l'aide d'un avocat de Kitwe, le montant de la vente lui revient maintenant dans son intégralité. Quelques semaines plus tard, il reçoit une réponse de Londres l'informant que Judith Fillington est décédée en 1983. La banque, n'ayant pas enregistré de lien entre l'ancien et le nouveau propriétaire, n'a pas jugé bon de tenir Hans Olofson au courant de la disparition de Judith Fillington.

Il garde longtemps la lettre à la main en se remémorant leur mélancolique aventure sentimentale. Chaque vie achevée est une entité, se dit-il. Après, on ne peut rien changer, rien retoucher. Même si elle a été creuse et imparfaite, elle est bel et bien terminée…

Un jour, fin septembre, quelques mois avant de quitter l'Afrique, Hans Olofson conduit Joyce Lufuma et ses filles à Luapula. Il charge leurs quelques biens dans un de ses camions de livraison. Des matelas, des récipients de cuisine, des baluchons de vêtements. Arrivé à Luapula, il suit les indications de Joyce, il s'engage sur un chemin et s'arrête finalement devant un groupement de cases.

Des enfants maigres et sales se précipitent en voyant le camion. Des essaims de mouches se ruent sur eux dès que Hans Olofson ouvre la portière. Les enfants sont suivis d'adultes qui entourent immédiatement Joyce et ses filles. Voilà la famille africaine, constate-t-il.

D'une manière ou d'une autre, ils appartiennent tous à la même famille, ils sont prêts à tout partager, même s'ils ne possèdent rien. Grâce à l'argent que j'ai donné à Joyce, elle devient la personne la plus fortunée du village. Mais elle partagera avec les autres. La solidarité qui n'est pas visible ailleurs sur ce continent existe dans les villages éloignés.

Joyce l'emmène à la lisière du village pour lui montrer où elle va faire bâtir sa maison, installer ses chèvres, cultiver le maïs et le manioc. En attendant que celle-ci soit construite, elle habitera avec ses filles chez une de ses sœurs. Peggy et Marjorie vont faire leurs études à Chipata. Une famille de missionnaires que Hans Olofson a contactée a promis de s'occuper d'elles et de mettre une de ses chambres à leur disposition. Je ne peux pas faire plus, se dit-il. Au moins je suis sûr que les missionnaires ne leur demanderont pas de se déshabiller. Peut-être essaieront-ils de les convertir, mais tant pis.

Il a versé dix mille kwacha sur un compte bancaire pour Joyce et il lui a appris à écrire son nom. Il a donné la même somme aux missionnaires. Il se fait la remarque que vingt mille kwacha, ça correspond à ce que gagne un de ses ouvriers pendant une vie. Mais tout est absurde ici. L'Afrique est un continent disproportionné où rien ne correspond à ce à quoi il a été habitué. Très facilement, il a fait de Joyce Lufuma une femme riche. Elle ne se rend sans doute pas compte du montant dont elle dispose, et cela vaut probablement mieux.

Les larmes lui montent aux yeux quand il se prépare à quitter Joyce et ses filles. C'est en se séparant d'elles que ses derniers liens avec ce continent se brisent. C'est maintenant que Hans Olofson s'éloigne réellement de l'Afrique.

Les filles dansent autour de lui quand il monte dans sa voiture. Joyce tape sur un tambour et le bruit continue à résonner pendant longtemps dans ses oreilles. Ce sont les femmes qui décident de l'avenir de l'Afrique. Tout ce que je peux faire, c'est leur offrir une partie de mon argent. L'avenir leur appartient…

Il réunit ses ouvriers et leur promet de faire de son mieux pour convaincre son successeur de les garder. Il prépare une fête. Il achète deux bœufs, un camion vient livrer quatre mille bouteilles de bière. La fête se prolonge, les feux restent allumés toute la nuit et des Africains ivres dansent au rythme d'un nombre infini de percussions. Installé avec les hommes âgés, Hans Olofson regarde les corps sombres bouger autour des feux. Cette nuit personne ne me hait, pense-t-il. Demain la réalité sera de nouveau marquée par un antagonisme explosif, mais cette nuit les couteaux et les meules à aiguiser se reposent. Un jour ou l'autre, un violent et nécessaire soulèvement finira par éclater.

Il a l'impression de voir Peter Motombwane dans l'obscurité. Qui parmi ces gens se chargera de transmettre son rêve ? Quelqu'un le fera, c'est certain…

Un samedi en décembre, Hans Olofson organise une vente aux enchères improvisée de ses meubles. Toute la colonie blanche est présente. Mister Pihri avec son fils et Patel sont les seuls Noirs : aucun d'eux ne fait d'offre. Un ingénieur des mines de Luansha achète les livres que Judith Fillington lui a laissés et un de ses voisins son fusil. Hans Olofson n'a pas mis son revolver en vente. Les meubles qui lui ont servi à se barricader sont chargés dans des camions et emportés dans les différentes fermes, il garde deux fauteuils en rotin sur la terrasse. Il reçoit un tas d'invitations à des dîners d'adieu, il les accepte toutes.

Une fois les enchères terminées, il ne lui reste plus qu'à régler la vente de la ferme. Comme s'ils avaient conclu un pacte secret, mister Pihri et Patel proposent la même somme, or, sachant qu'ils sont des ennemis jurés, Hans Olofson décide de les faire jouer l'un contre l'autre. Il fixe une date, le 15 décembre, et une heure, midi. Celui qui fera la meilleure proposition sera le nouveau propriétaire.

Le jour dit, en compagnie d'un avocat de Lusaka, il les attend sur la terrasse. Quelques minutes avant midi, les deux hommes se présentent. Hans Olofson les invite à inscrire leur offre sur une feuille de papier ; mister Pihri, n'ayant pas de stylo, emprunte celui de l'avocat. Le montant proposé par Patel dépasse celui de mister Pihri. Quand Hans Olofson annonce le résultat, mister Pihri lance un regard plein de haine vers le nouveau propriétaire.

Patel va connaître des moments difficiles, se dit Hans Olofson, aussi bien avec le père qu'avec le fils.

– Il y a cependant encore une condition, annonce Hans Olofson quand il se retrouve seul avec Patel. Une condition que je n'hésite pas à poser étant donné que tu as acheté cette ferme pour un prix scandaleusement bas.

– Les temps sont difficiles, rétorque Patel.

– Les temps sont toujours difficiles. Si tu ne prends pas soin de mes employés, j'irai te hanter dans tes rêves. Ce sont eux qui savent faire marcher cette ferme, ce sont eux qui m'ont nourri pendant toutes ces années.

– Tout restera comme avant, bien entendu, assure Patel avec humilité.

– C'est préférable. Sinon je reviendrai et j'enfoncerai ta tête sur un pieu.

Le visage blême, Patel courbe le dos.

L'acte de vente est signé, le nom du nouveau propriétaire enregistré. Hans Olofson appose rapidement sa signature pour que l'affaire soit réglée.

Au moment de s'en aller, l'avocat, l'air sombre, se plaint de ne pas avoir récupéré son stylo.

– Si mister Pihri l'a gardé, c'est que tu ne le retrouveras pas, dit Hans Olofson.

– Je sais, réplique l'avocat. Mais c'était un bon stylo.

Hans Olofson et Patel sont seuls.

Le document de cession est daté du 1er février 1988.

Patel promet de transférer autant d'argent que possible à la banque de Londres. Il estime les difficultés et les risques à une valeur de quarante-cinq pour cent.

– Je ne veux pas te revoir ici avant le matin de mon départ, déclare Hans Olofson. Ce jour-là, tu me conduiras à Lusaka et je te donnerai les clés.

Patel se lève et s'incline.

– Va-t'en maintenant. Je te ferai savoir quand tu pourras venir me chercher.

Hans Olofson utilise le temps qui lui reste pour faire ses adieux aux voisins. Il passe d'une ferme à une autre, boit trop, retourne dans sa maison vide.

L'attente le rend nerveux. Il réserve son billet, vend sa voiture pour une broutille à un Irlandais du nom de Behan qui, en contrepartie, l'autorise à s'en servir jusqu'à son départ.

Les voisins lui posent des questions sur ses projets, il répond qu'il n'en sait rien. À sa surprise, il découvre qu'ils sont nombreux à lui envier sa décision, qu'ils ont tous peur. Et leur peur est justifiée. Ils savent que leur temps ici est terminé, comme le sien. Pourtant ils ne parviennent pas à s'en aller…

Quelques jours avant son départ, il reçoit la visite

d'Eisenhower Mudenda. Celui-ci est venu lui offrir une pierre aux veines bleues et une pochette en cuir marron contenant une poudre faite avec des dents de crocodile.

– Je vais avoir un autre ciel étoilé au-dessus de ma tête, explique Hans Olofson. Je pars pour un monde étrange où le soleil brille aussi la nuit.

Eisenhower Mudenda médite ces mots.

– Garde la pochette et la pierre dans ta poche, *bwana*, dit-il finalement.

– Pourquoi ?

– Parce que je te les offre. Ils te donneront une longue vie et ils nous feront savoir, à nous et à nos esprits, quand tu ne seras plus. Ainsi nous pourrons danser pour toi quand tu retourneras auprès de tes ancêtres.

– Je les garderai toujours avec moi, promet Hans Olofson.

Eisenhower Mudenda s'apprête à partir.

– Quelqu'un est venu un matin trancher la tête de mon chien et l'attacher à un arbre, rappelle Hans.

– Celui qui a fait ça est mort, *bwana*.

– Peter Motombwane ?

Eisenhower Mudenda regarde longuement Hans Olofson avant de dire :

– Peter Motombwane vit, *bwana*.

– Je comprends.

Eisenhower Mudenda s'en va, Hans Olofson le suit des yeux et regarde ses vêtements déchirés. Au moins, je ne quitte pas l'Afrique avec sa malédiction, pense-t-il. Je n'étais donc pas si mauvais. En plus, je fais ce qu'ils veulent : je me reconnais vaincu et je m'en vais…

C'est irrémédiablement fini. Il se retrouve seul dans sa maison vide, seul avec Luka.

– N'attends pas que je sois parti, dit-il en lui donnant mille kwacha. Va-t'en d'ici. Mais où vas-tu aller ?

– Mes racines sont au Malawi, *bwana*. Au-delà du grand lac. La route est longue mais je suis encore suffisamment fort pour faire ce grand voyage. Mes pieds sont prêts.

– Pars demain matin. Ne sois pas devant ma porte demain à l'aube.

– Oui, *bwana*, je vais m'en aller.

Le lendemain, Luka n'est plus là. Hans Olofson constate qu'il n'a jamais su ce qui se cachait dans ses pensées et qu'il ne saura jamais si c'est bien lui qu'il a vu la nuit où il a tué Peter Motombwane...

Le dernier soir, il reste longtemps sur la terrasse. Ses voisins sont venus chercher les chiens. Les insectes lui font leurs adieux en bourdonnant autour de son visage. Il sent le vent doux contre sa peau et tend l'oreille vers l'obscurité. Le ciel est encore clair, mais c'est de nouveau la saison des pluies et de grosses ondées ne vont pas tarder à crépiter contre le toit.

Je m'en vais d'ici pour ne plus jamais revenir, songe Hans. Tout ce que j'emporte, c'est une pierre aux veines bleues et une pochette de cuir avec une poudre de dents de crocodile...

Que fera-t-il une fois rentré dans son pays ? Partir à la recherche de sa mère est la seule chose importante qu'il arrive à imaginer. Si je la retrouve, se dit-il, je pourrai lui parler de l'Afrique. De ce continent blessé. De sa superstition et de son infinie sagesse. De sa misère et de sa souffrance que nous, les Blancs, lui avons imposées. Mais je pourrais aussi lui parler de l'avenir de l'Afrique, dont j'ai vu moi-même des signes précurseurs. Et de Joyce Lufuma et ses filles. De l'opposition digne et admirable qui arrive toujours à survivre dans les parties les plus piétinées du monde. Il y a une chose que j'ai comprise au bout de toutes ces années, c'est que l'Afrique a été sacrifiée sur l'autel occidental, qu'elle a été dépossédée de son avenir pendant une ou deux générations. Mais pas pour plus longtemps. Ça aussi je l'ai compris…

Un hibou hulule, il entend un puissant battement d'ailes à proximité. D'invisibles cigales chantent à ses pieds. Quand finalement il se lève pour entrer, il laisse la porte ouverte…

Il se réveille à l'aube. Le 2 février 1988, il s'apprête à quitter l'Afrique. Un départ repoussé tant de fois depuis bientôt dix-neuf ans.

Par la fenêtre de sa chambre, il voit le soleil rouge se hisser au-dessus de l'horizon. Des nappes de brume avancent lentement à la surface du Kafue. Il va s'éloigner de la berge d'un fleuve pour s'approcher d'une autre rive, quitter le Kafue et le Zambèze pour retourner au bord du Ljusnan. Il emportera l'hippopotame qui soupire. Dans ses rêves, les crocodiles continueront à vivre dans les eaux du Nord.

Deux fleuves divisent ma vie, se dit-il, je porte une Afrique nordique dans mon cœur.

Une dernière fois, il traverse la maison silencieuse. Il va s'en aller les mains vides. C'est peut-être un avantage. Ça facilitera les choses.

Il ouvre la porte, marche pieds nus sur la terre encore humide jusqu'au fleuve et lance son revolver dans l'eau. Il lui semble voir un fémur d'éléphant briller dans le fond.

Il remonte à la maison, prend sa valise, glisse l'étui en plastique contenant son passeport et son argent dans la poche de sa veste. En le voyant arriver, Patel, qui attend sur la terrasse, se lève rapidement et s'incline.

– Encore cinq minutes, dit Hans Olofson. Attends-moi dans la voiture.

Hans Olofson tente de résumer une dernière fois cette période de sa vie. Je comprendrai peut-être plus tard ce qu'ont signifié ces dix-neuf années en Afrique, se dit-il. Ces années qui se sont écoulées tellement vite et qui, sans que j'y sois préparé, m'ont projeté dans la maturité de ma vie. J'ai la sensation de me trouver dans le vide, en apesanteur. Seul mon passeport prouve que j'existe encore…

Un oiseau aux grandes ailes pourpres passe devant lui au moment où il s'apprête à monter dans la voiture où Patel l'attend. Je me souviendrai de cet oiseau, pense-t-il. Puis il recommande à Patel de conduire prudemment.

– Je suis toujours prudent, mister Olofson, répond celui-ci, l'air soucieux.

– Tu as pourtant toujours les mains moites à cause de la vie que tu mènes. Ce qui te caractérise, c'est ton avidité du gain et pas cet air soucieux et bienveillant. Roule maintenant et pas de commentaire !

Dans l'après-midi, Hans Olofson descend de la voiture devant le Ridgeway Hotel. Il lance ses clés sur le siège du passager et s'en va. Les chaussures de l'Africain qui lui ouvre la porte de l'hôtel sont en aussi mauvais état que lors de son arrivée, il y a dix-neuf ans.

Il a réservé la chambre 212 mais celle-ci a changé. Tout est différent.

Il se déshabille et s'allonge sur le lit pour attendre.

Après de nombreux essais infructueux, il finit par avoir la confirmation de son vol. Il y a bien une place réservée pour lui sous les étoiles.

L'anxiété et le soulagement sont deux sentiments qui devraient figurer sur mon écusson mental, constate-t-il. Et aussi sur ma pierre tombale. C'est dans l'odeur du chien du Nord et du feu de bois africain que je puise les éléments qui composent ma vie…

Il faut pourtant ajouter encore une chose. Si des hommes tels que Patel et Lars Håkansson cherchent à comprendre le monde, c'est pour en profiter. Peter Motombwane, lui, voulait le transformer, mais il a choisi une mauvaise arme à un mauvais moment pour le faire. Pourtant nous nous ressemblons, lui et moi. Alors qu'il y a un gouffre entre Patel et moi. Lars Håkansson est mort. Peter Motombwane et moi avons survécu, même si mon cœur bat, contrairement au sien. Personne ne pourra m'enlever ce que j'ai appris…

Quand le crépuscule s'installe dans sa chambre d'hôtel, ses pensées vont à Janine, à son rêve de Mutshatsha et à ses pancartes à l'angle de la salle des fêtes et de la quincaillerie.

Peter Motombwane. Peter, Janine et moi…

Un vieux taxi défoncé vient le chercher pour le conduire à l'aéroport. Il donne ses derniers kwacha au chauffeur, un homme très jeune.

Dans la queue devant l'enregistrement, il n'y a que des Blancs.

C'est ici que s'arrête l'Afrique, se dit-il. L'Europe est maintenant plus près que l'herbe à éléphant.

Il essaie de se remémorer les soupirs de l'hippopotame dans le brouhaha devant le comptoir. Derrière les piliers, il lui semble deviner l'œil du léopard qui veille sur lui. Puis il passe les différents contrôles.

Un bruit de percussions se met soudain à retentir en lui. Il voit Marjorie et Peggy danser, leurs visages noirs briller.

Personne n'est venu à ma rencontre quand j'ai débarqué ici.

En revanche je me suis rencontré, moi.

Et la seule personne qui m'accompagne ici, c'est encore moi. Celui que j'étais en arrivant et que je laisse en partant.

Il voit sa silhouette se refléter dans une des grandes baies de l'aéroport.

À présent, je rentre. Ce n'est pas plus étonnant que ça.

La pluie fait étinceler le grand avion éclairé par les projecteurs.

Tout au bout du tarmac, dans un halo de lumière jaune, se tient un Africain solitaire. Immobile, enfermé dans ses pensées. Hans Olofson l'observe longuement avant de monter dans l'avion qui va l'emporter loin de l'Afrique.

C'est fini, se dit-il. Ça se termine ici.

Adieu, Mutshatsha…

Meurtriers sans visage
Christian Bourgois, 1994, 2001
et « Points Policier », n° P1122
Point Deux, 2012

La Société secrète
Flammarion, 1998
et « Castor Poche », n° 656

Le Secret du feu
Flammarion, 1998
et « Castor Poche », n° 628

Le Guerrier solitaire
prix Mystère de la Critique
Seuil, 1999
et « Points Policier », n° P792

La Cinquième Femme
Seuil, 2000
et « Points Policier », n° P877
Point Deux, 2011

Le chat qui aimait la pluie
Flammarion, 2000
et « Castor Poche », n° 518

Les Morts de la Saint-Jean
Seuil, 2001
et « Points Policier », n° P971

La Muraille invisible
prix Calibre 38
Seuil, 2002
et « Points Policier », n° P1081

Comedia Infantil
Seuil, 2003
et « Points », n° P1324

L'Assassin sans scrupules
L'Arche, 2003

Le Mystère du feu
Flammarion, 2003
et « Castor Poche », n° 910

Les Chiens de Riga
prix Trophée 813
Seuil, 2003
et « Points Policier », n° P1187

Le Fils du vent
Seuil, 2004
et « Points », n° P1327

La Lionne blanche
Seuil, 2004
et « Points Policier », n° P1306

L'homme qui souriait
Seuil, 2004
et « Points Policier », n° P1451

Avant le gel
Seuil, 2005
et « Points Policier », n° P1539

Ténèbres, Antilopes
L'Arche, 2006

Le Retour du professeur de danse
Seuil, 2006
et « Points Policier », n° P1678

Tea-Bag
Seuil, 2007
et « Points », n° P1887

Profondeurs
Seuil, 2008
et « Points », n° P2068

Le Cerveau de Kennedy
Seuil, 2009
et « Points », n° P2301

Les Chaussures italiennes
Seuil, 2009
et « Points », n° P2559
Point Deux, 2013

Meurtriers sans visage
Les Chiens de Riga
La Lionne blanche
Seuil, « Opus », 2010

L'Homme inquiet
Seuil, 2010
et « Points Policier », n° P2741

Le Roman de Sofia
Flammarion, 2011

L'homme qui souriait
Le Guerrier solitaire
La Cinquième Femme
Seuil, « Opus », 2011

Les Morts de la Saint-Jean
La Muraille invisible
L'Homme inquiet
Seuil, « Opus », 2011

Le Chinois
Seuil, 2011
et « Points Policier », n° P2936

La Faille souterraine
Les premières enquêtes de Wallander
Seuil, 2012

Le Roman de Sofia
Vol. 2 : Les ombres grandissent au crépuscule
Seuil, 2012

RÉALISATION : NORD COMPO MULTIMÉDIA À VILLENEUVE-D'ASCQ
IMPRESSION : CPI BRODARD ET TAUPIN À LA FLÈCHE
DÉPÔT LÉGAL : AVRIL 2013. N° 110910 (72123)
IMPRIMÉ EN FRANCE